꽃 사슬

미나토 가나에

장편소설

김선영 옮김

꽃
花
の
鎖
사
슬

비채

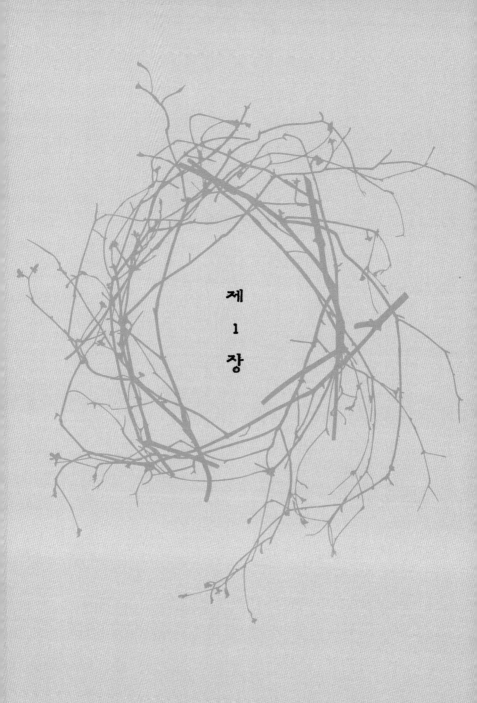

제
1
장

❀ 말하자면, 꽃

팔십 년의 전통을 자랑하는 유서 깊은 가게 '매향당'에서 긴쓰바를 샀다.

한 개에 백 엔. 매화 투각 무늬가 들어간 자그마한 연분홍색 상자에 다섯 개를 포장해달라고 했다.

"요새 할머님이 잘 안 보이시던데, 건강하신 거지?"

주인아주머니가 금색 끈으로 상자를 묶으며 묻기에 위가 안 좋아 지난주부터 H의대 부속병원에 입원하셨다고 설명했다. 긴쓰바는 외할머니께 드릴 선물이다. 드실 수 있을지는 모르겠지만.

"어머, 큰일이구나. 바깥양반한테도 말해줘야겠네. 우리가 할머님께 얼마나 신세를 졌는데."

외할머니는 옛날부터 손님이 오거나 남의 집에 갈 때면 항상 이 가게에서 긴쓰바를 사시곤 했다.

"우리 리카梨花 몫도."

함께 따라가면 포장하는 상자와는 별개로 연분홍색 한지에 싸인 긴쓰바를 딱 하나, 내 주머니에 넣어주셨다. 네모나게 빚은 통팥에

얇은 밀가루 피를 입혀 구운 이 화과자를 맛있다고 생각하게 된 것
은 겨우 몇 년 전 일이다.

어렸을 땐 모처럼 외할머니가 사주신 긴쓰바를 한 입 베어 물고
는 쓰레기통에 버리곤 했다. 주머니에 넣은 채로 세탁기에 옷을 벗
어 던졌다가 어머니께 호되게 혼난 적도 있다.

얼마나 밉상스런 아이였을까.

조심스레 병명을 묻는 주인아주머니에게 용종이 있긴 하지만 다행
히 양성良性이라고 대답했다. 외할머니께도 똑같은 말을 했다.

"할머님께 안부 전해주렴."

하얀 바탕에 매화 무늬가 그려진 종이봉투에 상자를 담아주며,
주인아주머니가 긴쓰바 하나를 연분홍색 한지에 싸서 함께 넣어
주었다. 코끝이 찡했다. 평소보다 큰 목소리로 인사를 하고 서둘러
가게에서 나왔다.

매향당은 아카시아 상점가 중심에 있다. 지방 도시에서 기차로
삼십 분 거리에 있는 시골 마을의 상점가라고는 하지만 역 앞에서
주택지까지 관통하는 길이라 점심때가 지났어도 거리에는 은근히
사람이 많다. 하지만 다들 지나갈 뿐이다. 상점가를 지날 때마다
느끼는 건데 오 년 전, 국도변에 쇼핑센터가 생긴 뒤로는 정기휴일
인 목요일도 아닌데 셔터를 올리지 않은 가게가 늘고 있다.

굳게 닫힌 철물점의 셔터에 커다란 포스터가 세 장 나란히 붙어
있었다. 롤러스케이트를 신은 코알라 일러스트, 말풍선에 '네이티브
가 되어볼래?'라는 글자, 영어 회화 학원 'JAVA'의 포스터다.

함께 노래해요, A, B, C.

애플, 바나나, 초콜릿.

어느새 당신도 네이티브.

자바, 자바, 유쾌한 자바.

애니메이션에나 나올 법한 귀여운 목소리로 부르는 광고 음악이 머릿속에 떠오르더니 빙글빙글 맴돌기 시작했다. 거기에 조금씩, 엄마들의 코러스가 겹쳐진다. 상점가 중심에 있는 큰 시계에서 간식 시간을 알리는 멜로디가 흘러나와서일까?

평일 오후 3시는 정말 끔찍한 시간이었다. 마치 《키다리 아저씨》의 앞부분처럼 옛날 일을 떠올리는 이유는 요 며칠, K가 머릿속에서 떠나지 않기 때문이리라.

JAVA에서 강사로 일했던 나날.

아이들은 기본적으로 귀여웠다. 개중에는 건방지고 얄미운 아이도 있었지만 아이들의 언동이라고 해봤자 뻔하다. 귀엽지 않은 쪽은 오히려 어머니들이었다.

규칙상 초등학생 반부터는 수업 중에 부모가 교실에 들어갈 수 없지만 유아반은 부모도 교실에 들어갈 수 있다. 물론 견학만 가능하다. 요일별로 3시부터 4시 사이의 수업, 정원 여덟 명.

등록 초기인 4월, 어머니들은 교실 구석에 놓인 의자에 앉아 조용히 자기 아이를 지켜보았다. 수업이 시작되면 아이들은 앳된 목소리로 테마송을 부른다. 어머, 우리 아이는 목소리가 작네, 조금만 도와줄까? 그런 생각이라도 하는 건지 해마다 여름이 다가올 무렵에는 어머니 모두가 서로 경쟁하듯 열창했다. 아이들이 움츠러들어 입을 꾹 다물어버리는 것도 모르고.

퀴즈를 내면 몸을 쑥 내밀어 자기 아이에게 답을 가르쳐준다. 그리고 R 발음을 가르칠 때 필요 이상으로 혀를 만다. 수업이 끝나면 수첩을 한 손에 들고 질문 공세.

"우리 아리사 말인데, 다른 아이들보다 발음이 훨씬 좋죠? 해외 유학을 보내는 게 좋을까요?"

"선생님, 우리 루키아 말인데 도쿄대에 붙을까요?"

"남편이 그러는데 우리 나이토의 R 발음이 이상하대요. 선생님이 잘못 가르친 것 아니에요?"

일주일에 한 번 다니는 어린애 영어 회화 학원에서 무슨 소리를 하는 거야. 해외 유학? 도쿄대? 일본어도 제대로 못하는 주제에. 발음이 이상한 건 당신이 이상한 시범을 보여서 그런 거겠지! 이름은 부모의 개인 취향이라지만, 남 앞에서 자기 아이를 우리 누구, 우리 누구, 하고 부르지 마. 이 팔불출, 팔불출, 팔불출아! 이런 일은 때려칠 테야! 머릿속으로 그렇게 몇 번이나 외쳤을까?

이제 와서는 그 시절이 그립다.

열 채쯤 지나서 있는 앞쪽 건어물상의 셔터에도 똑같은 포스터가 붙어 있었다. 이쪽에는 누가 검은 유성 매직으로 낙서를 해놓았다.

'도둑놈, 내 돈 내놔!'

무심코 한숨이 나왔다. 칭찬받을 행위는 아니지만 이런 낙서를 한 사람의 심정은 이해하고도 남는다. 아무리 스트레스가 쌓이는 직업이라도 매달 꼬박꼬박 제날짜에 월급이 들어온다는 것은 그렇게 고마울 데가 없는 일이었다.

고마울 데가 없다니, 나도 참. 꼭 외할머니처럼.

아무리 보잘것없는 선물이라도, 작은 친절에도 "이렇게 고마울 데가" 하면서 눈을 지그시 감고 기뻐했던 외할머니.

꽃집 앞에서 걸음을 멈추었다. '야마모토 꽃집'이라고 적힌 유리문에 '플라워 엔젤 가맹점'이라는 세련된 간판이 걸려 있다. 하지만 가게 앞에는 성묘용 꽃들만 나와 있을 뿐. 그 속에 무척 아름다운 빛깔의 꽃이 있다. 게다가 값도 싸다. 오백 엔어치 한 다발이면 꽤 묵직하다.

외할머니께 이것도 사다드릴까?

"왜, 꽃 선물해주는 사람이 없어서 직접 사려고?"

등 뒤에서 들리는 소리. 이렇게 무례한 소리를 하는 사람은 그 녀석밖에 없다. 뒤를 돌아보니 겐타가 서 있었다. 초·중·고등학교를 함께 졸업한 동창생으로, 가업인 꽃집을 이어받았다.

"할머니 문병 선물. 색이 참 예쁘다 싶어서."

"오, 보는 눈은 있네. 내가 아침에 들여온 거야. 이런 파란색은 좀처럼 나오기 힘들어."

"파란색? 보라색이겠지."

"너, 어느 꽃을 말하는 거야?"

"여기 꽃도라지."

꽃 사슬

"이상하다 했어. 옛날부터 너하고는 똑같은 걸 봐도 같은 소릴 한 적이 한 번도 없었지. 뭐, 됐어, 섞어 줄게."

겐타는 그렇게 말하더니 보라색 꽃도라지 다발과 파란색 용담 다발을 양동이에서 꺼내 가게 안으로 들어갔다. 아직 산다는 말도 안 했는데. 하지만 오늘은 거북한 얘기를 해야 하니 외할머니가 기뻐해준다면야 나쁠 건 없다.

가게 안으로 들어가 지갑을 여니 마침 오백 엔짜리 동전이 하나 있었다. 유리 케이스 안에는 색색의 장미와 백합이 가득했다. 오백 엔으로는 한 송이가 고작이겠지.

K가 보내주는 커다란 꽃다발은 대체 얼마나 할까? 머릿속으로 어림잡은 금액이 삼만 엔을 넘었을 즈음 겐타가 꽃다발을 내밀었다. 투명한 셀로판지와 노란 한지로 감싼 뒤 물빛 리본을 달아주었다.

"얼마야?"

예쁜 포장보다 값이 더 신경 쓰인다.

"오백 엔. 꽤 멋지지? 호화로운 걸로는 K의 발밑에도 미치지 못하지만."

생각을 들킨 것 같아 부끄러웠다.

"그나저나 너 휴대전화 안 되던데, 왜 그래?"

"사정이 있어서 며칠 전원을 꺼뒀어. 무슨 일 있어?"

"내년 동창회 얘기라 급한 건 아닌데, 리카 너도 고생이구나. 할머님한테 안부 전해줘."

"이렇게 고마울 데가."

"뭐?"

"할머니 대신 말해본 거야."

오백 엔짜리 동전을 겐타에게 건넸다. 참, 그렇지. 겐타의 검은 앞치마 주머니에 작은 연분홍색 꾸러미를 넣었다.

"이게 뭐야?"

"오후의 간식. 그럼 또 봐."

가게에서 나오면 바로 아케이드가 끝나고 역 앞 거리가 나온다. 햇살을 받은 꽃들은 보라색도, 파란색도 아름다웠다.

어떻게든 될 거야. 괜찮아. 그렇게 나 자신을 다독이며 역으로 향했다.

병실에 들어가니 외할머니는 텔레비전을 보고 계셨다. 4인실, 입구에서 가장 먼 안쪽 창가가 외할머니의 자리다. 평소에는 내가 오면 바로 꺼버리는데, 오늘은 "잘 왔다" 하는 한마디뿐, 이따금 화면으로 시선을 돌리는 모습에서 나의 방문을 조금 번거롭게 여기는 기색마저 감돌았다.

그렇게 재미있나 싶어 쳐다보니 그냥 뉴스였다. 재정난 때문에 지자체가 관리하는 시설을 내놓는다는 내용으로, 미술관과 박물관 이름이 몇 개 흘러나왔다.

"우울한 얘기뿐이네."

같은 프로그램을 보고 있던 옆자리 할머니가 중얼거렸다. 불길한 예감이 스쳤다. 어쩌면 외할머니는 회사 일을 눈치챘을지도 모른다. 행방이 묘연했던 사장이 어제 마침내 잡혔으니, 경제 소식 전에 뉴스에 나왔을 가능성도 높다. 아니, 어젯밤 뉴스로 사정을 알고, 뒷소식은 없나 기다리는 걸지도 모른다.

"할머니, 텔레비전 카드 사올게요."

함께 뉴스를 볼 용기가 없어 외할머니의 대답은 듣지 않고 병실에서 나왔다. 간호사실 옆에 있는 판매기에서 천 엔짜리 카드를 샀다. 지갑에서 지폐를 꺼내기가 아깝다. 오늘은 돈 얘기를 하러 왔다. 회사가 도산했다는 것을 알고 있다면 외할머니가 먼저 말을 꺼내줄지도 모른다.

마음을 굳게 먹고 병실로 돌아갔다. 외할머니는 텔레비전을 끄고 침대 옆에 팽개쳐두었던 꽃다발을 들어 기쁜 표정으로 바라보고 계셨다.

"색 예쁘죠?"

"정말 예쁜 파란색이구나."

겐타가 한 표를 얻었나. 조금 분했지만 이번에는 꽃다발과 꽃병을 들고 병실 밖으로 나왔다. 겐타가 포장해준 모양이 흐트러지지 않게 창가에 장식하자 외할머니는 다시 한 번 기쁜 듯이 눈웃음을 지었다.

긴쓰바 상자를 종이봉투에서 꺼내 건네자 손뼉을 치며 기뻐했다.

"어머나, 오늘은 호사스럽구나."

내 주머니 사정을 걱정해주는 기색은 눈곱만큼도 없었다. 뉴스를 열심히 보고 있었던 건 단순히 입원 생활이 지루해서 그랬던 건지도 모른다.

어쨌든 나는 말해야만 한다.

그렇게 좋아하는 긴쓰바인데 외할머니는 하나도 맛보지 않고, 같은 병실에 있는 환자와 가족들에게 전부 나눠주라고 했다. 역시 드시기 힘든가? 표정은 온화하지만 상당히 아픈 걸지도 모른다. 한시라도 빨리 수술 일정을 잡아야 한다. 그러려면 돈이 필요하다.

옆자리 할머니가 가족과 함께 밖으로 나갔다. 지금이야, 말해야 해.

수술비를 할머니 저금에서 충당해도 되느냐고 말하는 거야. 어서 말해! 리카!

"리카야, 부탁이 있다."

외할머니가 나지막한 목소리로 말했다.

"왜요? 뭐 필요하세요?"

"입찰에, 참가해줄 수 있겠니?"

입찰?

"어느 회사가 공공사업을 맡을지 정하는, 그 입찰?"

"그거하고 같은 방식으로 사고 싶은 물건이 있단다."

"아, 옥션 말하는 거예요? 얼마쯤 하는데요?"

물건보다 가격이 신경 쓰였다.

"정확한 가격을 모르니 내 통장을 맡겨두마. 혹시 부족할지도 모르지만 가능하면 얘 좀 써줄 수 있겠니?"

"그 말은, 할머니 전 재산을 털어 넣겠다는 뜻이에요?"

꽃 사슬

외할머니는 잠자코 고개를 끄덕였다. 머릿속이 새하얘졌다.

"미안하구나. 리카 결혼 비용으로 모아둔 돈이었는데."

"내 결혼은 아무래도 좋아요. 예정도 없고, 아직 스물일곱이니까요. 하지만 그렇게까지 해가면서 사고 싶은 게 뭔데요? 할머니가 건강을 되찾는 게 먼저잖아요. 혹시 이상한 사기라도 당하신 건 아니죠?"

"사기라도 상관없다. 무슨 일이 있어도 꼭 갖고 싶어. 말로는 설명하기 어려우니 종이에 똑바로 써두마. 그리고 말이다, 내 몸은 내가 제일 잘 안단다."

"무슨 말씀이에요. 할머니가 돌아가시면 난 어쩌라고요? 맞다, 할머니가 아니면 결혼식 때 누가 가족 자리에 앉아요?"

"그럼 결혼을 빨리 해야지."

외할머니는 난처한 기색으로 웃었다. 그리고 천천히 손을 들어 두 손으로 내 손을 움켜쥐었다.

"부탁이다, 리카. 부탁이야."

힘없이 떨리는 손에 눈물이 툭 떨어졌다. 어떻게 거절할 수 있을까. 외할머니의 눈물은 처음 본다. 친딸이 죽어도 내 앞에서는 눈물을 보이지 않으셨다. 외할머니가 손에 넣고 싶은 물건이 무엇이든, 소원을 이루어드리고 싶다.

"알았어요, 나만 믿어. 내 저금을 보태는 한이 있어도 할머니가 원하는 걸 사줄게요."

외할머니의 손을 굳세게 되잡았다. 따스한 손, 너무나 좋아하는 외할머니의 손. 이 손을 잃지 않고 그 소원도 들어드리려면, 역시 K에게 부탁하는 수밖에 없다.

　역 빌딩 잡화점에서 편지지 세트를 사서 집에 돌아왔다. 요즘 시대에 편지를 쓰는 사람이 아직도 이렇게 많나 싶을 정도로 종류가 다양해 한참 고민하다가 연한 물빛에 하얀 괘선이 들어간 심플한 편지지를 골랐다.
　편지를 받을 상대인 K가 어떤 사람인지 상상할 수조차 없으니 별 수 없다. 굳이 말하자면…….
　키다리 아저씨.
　삼 년 전, 부모님을 사고로 여의었을 때 K의 비서라는 사람이 집에 찾아와 경제적 원조를 자청했다. 하지만 나는 그 제안을 거절했다. 그때 나는 스물넷. 이미 사 년제 대학을 졸업해 취직도 한 상태였다. 호강은 못 하겠지만 혼자서 평범하게 생활할 만한 수입이 있었다. 때문에 키다리 아저씨는 필요 없었다.
　게다가 누군지도 모를 사람에게 원조를 받았다가 나중에 상대가 말도 안 되는 요구라도 하면 그게 더 큰일이다. 비서라는 사람은 내 질문에는 아무것도 대답해주지 않았다. 원조를 받을 것인가 말 것인가, 그것뿐. K의 정체도, 원조를 자청한 이유도 몰랐다. 신종 사기인지도 모른다.
　게다가 나는 외톨이가 아니다. 부모님이 남겨주신 집에서 외할머니와 둘이서 살고 있었으니까.

꽃 사슬

이미 어른이었지만 한꺼번에 부모님을 잃은 슬픔은 컸다. 그때까지 병 한 번 안 걸렸던 사람들이 어느 날 갑자기 세상을 떠난 것이다. 틈만 나면 외할머니에게 나를 맡기고 밖으로 나돌던 사람들이었다. 집 지키는 데는 이력이 났다. 하지만 '언젠가 돌아온다'와 '영원히 돌아오지 못한다' 사이에는 깊고 큰 도랑이 있다. 물론 거기에 다리 같은 건 없다. 그저 울 수밖에 없었다.

내가 극복할 수 있었던 건 순전히 외할머니 덕분이었다. 상냥하고, 요리를 잘하는 외할머니.

"리카가 빨리 결혼해야 먼저 간 아이들 볼 면목이 서는데."

내가 기운을 차리자마자 사사건건 그런 말씀을 하시기 시작했지만, 결혼은 귀찮다며 집에 눌러앉았던 것은 외할머니와 지내는 생활이 편안했기 때문인지도 몰랐다.

그런 느긋한 소리를 할 수 있는 것도 마음에 여유가 있어야 가능한 이야기지. 지금은 어떻게든 돈을 마련해야 한다. 그러니까…….

키다리 아저씨, 도와주세요.

남색 수성 볼펜을 손에 들었다.

친애하는 K님.

갑작스럽게 편지를 보내는 점, 용서해주세요.

삼 년 전, 부모님을 여읜 제게 K님은 비서를 통해 경제적 도움을 주겠다고 말씀하셨습니다. 하지만 저는 그 후의를 거절했습니다. 제게 일정한 수입이 있기 때문이라고, 당시에 말씀드린 줄로 압니다.

하지만 상황이 바뀌고 말았습니다. 저는 JAVA라는 영어 회화 학원에서 강사로 일했습니다만, 일 년 전부터 금전 문제로 소송에 휘말리는 등 회사에 불온한 공기가 흐르더니 결국 이 주 전에 부도가 나고 말았습니다.

사원인데도 저는 아무것도 몰랐습니다. 어느 날 밤, 본사 매니저가 전화를 걸어 내일부터 출근할 필요가 없다고 하더니 뚝 끊어버렸습니다. 어찌 된 일인가 다시 전화를 걸어보아도 계속 통화 중이라 연결되지 않았고, 밤 12시가 지나 겨우 연결되었나 싶었는데 음성 사서함으로 넘어갔습니다. 이튿날 아침 8시에 걸어보니 현재 사용할 수 없는 번호라는 안내 음성이 흘러나왔습니다.

학원이 있는 이웃 마을 역 앞 빌딩에 갔더니 서른 명쯤 되는 사람들이 입구 문 앞에 모여 있었습니다. 제가 맡고 있는 유아반 학부모들과 학생들이었습니다. 그 사람들은 저를 에워쌌습니다.

"부도라니, 어떻게 된 일이야!"

"수업은 대체 어떻게 되는 거야!"

"일 년 치 수업비를 선납했는데 어쩔 거냐고!"

부끄러운 얘기지만 저는 아침 뉴스도 보지 않고 학원으로 달려갔습니다. 뉴스를 봤더라면 절대로 가지 않았겠지요. 출입문은 평소 같으면 9시에 열릴 테지만, 10시가 지났는데도 단단히 잠긴 채였습니다. 난처한 건 서로 마찬가지이지만 학생들이 볼 때 저는 회사 사람이니 저를 탓하는 것도 당연하겠지요.

"저도 잘 모르겠어요. 본사에 전화를 해도 연결이 되지 않아요."

꽃 사슬

그렇게 말했지만 아무도 믿어주지 않았습니다. 그 후 본사에 직접 찾아가 확인하고 오겠다고 거짓말을 하고 도망쳤습니다. 본사는 도쿄에 있어 고속철도를 타도 한 시간 넘게 걸리지만, 진짜로 찾아갈까 고민했을 정도입니다. 본사 건물은 텅텅 비었고 사장은 행방을 감추었다는 뉴스가 나온 것은 그날 밤이었습니다.

휴대전화는 쉴 새 없이 울렸습니다. 전부 학생과 그 보호자의 전화였습니다. 전화를 받아도 대답할 말이 없으니 무시할 수밖에 없었지만, 낮이고 밤이고 계속 울려대서 결국 전원을 꺼버렸습니다.

회사하고는 주로 집 전화로 연락을 주고받았던 터라 사정이라도 설명해주지 않을까 싶어 기다렸지만 전화는 오지 않았습니다.

이번 월급날에도 퇴직금은커녕 지난달 급여도 들어오지 않았습니다.

그러던 차에 외할머니가 위통을 호소했고, 병원에서 검사한 결과 암이라는 사실을 알았습니다. 외할머니는 참을성이 많아 오래전부터 아팠을 텐데 병원에도 가지 않고, 제게도 털어놓지 않고, 혼자서 참고 계셨던 모양입니다. 암은 상당히 진행된 상태라 되도록 빨리 수술해야 합니다.

지금은 H의대 부속병원에 입원해 계십니다. 하지만 병원은 공짜가 아닙니다. 자유분방하게 살았던 부모님은 저축을 거의 하지 않았고, 외할머니는 연금 생활, 제 저금은 보잘것없습니다. 해고 서류도 받을 수 없는 상황이라 실업급여도 신청할 수 없는 처지입니다.

일가친척 하나 없는 제가 의지할 사람은 K님뿐입니다. 그냥 도와달라는 말은 아닙니다. 돈을 빌려주세요. 하루라도 빨리 일자리를 찾아

매달 조금씩 갚을 테니 부디 늦기 전에 외할머니를 살려주세요.

제발 부탁드립니다.

자꾸 읽어볼수록 뻔뻔하기 짝이 없었다. 돈을 빌려달라는 직접적인 표현은 쓰지 않는 게 나을까? 하지만 꽃이나 과자를 바라는 게 아니다. 혹시나 정말 그런 물건이 온다면? 물건이 아닌 돈을 달라는 말은 차마 쓸 수가 없다.

이대로 보내자.

편지지를 접어 'K님께'라고 적은 봉투에 넣어, 꼼꼼하게 풀을 발랐다.

자, 이제 이걸 어떻게 K에게 보낸담?

❋ 말하자면, 눈

"부러워."

가요가 앨범을 한 장 넘길 때마다 중얼거립니다. 저와 가요는 소꿉친구. 고등학교까지 함께 나왔고, 졸업 후 가요는 고향 회사에, 저는 이웃 지역 회사에 취직했습니다. 이 부근에 출장 나온 김에 들렀다는 가요와는 오 년 만에 만나는 거예요. 삼 년 전에 결혼한 저는 앨범을 보여주면서 처음 사귈 무렵의 이야기를 해주었습니다. 가요는 아직 독신입니다.

"맞선 본 거지?"

"그렇긴 한데, 꼭 그렇다고만도 할 수 없어."

저는 외삼촌이 임원으로 계신 건설회사에 사무직원으로 취직했습니다. 그곳에서 영업 업무를 맡아보던 사람이 바로 가즈야 씨였습니다. 여섯 살 연상인 가즈야 씨는 다른 영업직 남자들처럼 수다스럽지도 않고, 사려 깊은 상냥한 사람이었습니다. 제가 거래처에서 걸려온 전화 메모를 잃어버려 당황했을 때 왜 그러느냐고 물어봐준 사람이 바로 가즈야 씨였습니다. 사정을 털어놓자 함께 찾아주다가 결국에는 그 거래처하고는 친분이 있다면서 전화를 걸어용건을 다시 물어봐주었습니다.

그 후로 정신을 차려보면 가즈야 씨를 눈으로 좇고 있었습니다. 제가 너무 뚫어져라 쳐다봐서 기척을 느꼈는지 몇 번 눈이 마주치기도 했지만, 그때마다 부끄러워서 허둥지둥 시선을 돌리고 고개를 숙이고 말았습니다.

"그건 가즈야 씨도 미유키美雪 널 보고 있었으니 서로 눈이 마주친 거 아니야?"

가요의 말을 듣기 전까지 그런 생각은 해본 적도 없었습니다. 뺨이 달아오르는 게 느껴졌습니다.

"가요도 참, 옛날부터 항상 그렇게 날 놀리지. 차 식었지? 새로 끓여올게."

"고마워. 이 긴쓰바, 정말 맛있다. 근처에서 팔아?"

"응, 역 앞 아카시아 상점가에 있는 매향당이라는 화과자 가게야. 이사 온 지 얼마 안 돼서 아직 어떤 가게가 있는지 잘 모르지만, 소꿉친구가 놀러 온다고 했더니 가즈야 씨가 가르쳐줬어."

"아, 어디서 깨가 쏟아지네. 그래서 그 멋진 가즈야 씨를 소개해달라고 외삼촌한테 부탁한 거야?"

"설마, 그런 부탁을 어떻게 해? 난 가요하고 달라서 수업 중에 친구들 앞에서 발표하는 것도 겨우 했는데. 게다가 외삼촌이라고는 해도 그렇게 편한 사이는 아니야. 외삼촌은 장남이라 막내인 우리 어머니하고는 띠 동갑만큼 차이가 나서 외삼촌 지시는 절대적인걸. 우리가 먼저 뭘 부탁할 처지가 아니야. 그래서 맞선 얘기가 나왔을 때는 눈앞이 캄캄했어."

취직한 뒤에는 외삼촌댁에서 살고 있었습니다. 외삼촌은 회사에서나 집에서나 엄격한 분이었지만, 외숙모는 푸근하고 상냥한 분이라 제게 무척 친절하게 대해주셨습니다. 자녀는 아들 하나뿐이라 저를 딸처럼 아껴주셨던 거지요. 외사촌 오빠인 요스케는 도쿄에서 대학원에 다니고 있었는데, 어느 날 아무 얘기도 없이 불쑥 도쿄에서 만난 여자와 결혼하겠다는 편지를 보내왔습니다. 외삼촌은 그야말로 불같이 화를 냈고, 회사 사람들에게도 상당히 불똥이 튀었다고 해요.

외숙모는 "그 아이다운 짓이야"라면서 포기한 듯 웃고 계셨습니다. 저만 혼자 꿔다 놓은 보릿자루 같은 기분이었지만 두 분이 아들에게 받은 충격은 제게 돌아왔습니다.

"미유키, 우리가 네 결혼을 좀 도와주면 안 될까?"

어느 날 저녁, 식사 때 외숙모가 그렇게 말을 꺼내자 외삼촌이

꽃 사슬

사실은 네게 소개시켜줄 남자가 있다면서 싱글벙글한 얼굴로 말씀하시는 거예요. 저는 아직 너무 이르다고 작게 항의해보았지만, 이제 너도 사회인이니 서둘러서 손해 볼 것 없다는 말도 안 되는 논리에 눌려 그다음 주에 외삼촌이 즐겨 찾는 요리점에서 맞선을 보게 되었습니다.

그 일주일 동안 얼마나 괴로웠는지 모릅니다. 회사에서 가즈야 씨가 눈에 들어오기만 해도 눈물이 그렁그렁 맺힐 정도였습니다.

"그런데 그 자리에 나타난 게 가즈야 씨였다, 이 말이지?"

"먼저 말하는 게 어딨니?"

"그런 동화 같은 이야기, 어떤 표정으로 들어야 할지 모르겠단 말이야. 그래서 줄곧 동경하던 사람과 결혼해 행복하게 살고 있습니다, 이거지?"

"그게 그렇지만도 않아."

가즈야 씨가 눈앞에 나타났을 때는 꿈이라도 꾸는 줄 알았습니다. 혹시 외숙모가 제 일기장을 훔쳐본 게 아닐까, 회사에서 가즈야 씨에게 푹 빠져 있는 모습을 외삼촌에게 들킨 건 아닐까, 자꾸 의심했을 정도예요.

하지만 곧 가즈야 씨가 외삼촌의 직속 부하고, 또 요스케 오빠의 대학 동창이라는 사실, 전부터 가즈야 씨의 업무 능력을 높이 산 외삼촌이 그 사람 결혼 상대로 저를 점찍어 회사에 데려왔다는 사실을 알게 되었습니다.

제가 연심을 품고 있든 말든, 요스케 오빠가 멋대로 결혼을 하든 말든, 가즈야 씨와 저의 만남은 처음부터 예정된 일이었던 거지요.

다만 가즈야 씨의 친절이 언젠가 이렇게 될 줄 알고 그랬던 거라고 생각하니 서운한 마음이 들더군요. 외삼촌의 친척이 아니라 공채로 입사한 여직원이었다면 함께 메모를 찾아주지도, 거래처에 다시 전화를 걸어주지도 않았을지 모릅니다.

"얘가 배부른 소리 하고 있네. 외삼촌 고맙습니다, 이런 행복이 또 있을까, 이런 생각은 안 해? 미유키 넌 옛날부터 그랬지. 작은 일에 너무 신경 써. 결과가 좋으니 됐잖아."

"나도 배부른 고민이라는 건 알아. 하지만 가즈야 씨는 정말 나하고 결혼하고 싶었을까? 상사의 조카니까 거절하지 못했던 건지도 몰라."

"물어보면 되잖아?"

"그런 걸 어떻게 물어봐? 게다가 요리점에서 만난 뒤에 회사에서 나를 몰래 불러내더니, 내가 싫으면 가즈야 씨 쪽에서 거절해주겠다고 했단 말이야."

"그래서 넌 뭐라고 했는데?"

"그런 건 싫다고, 그만……."

"가즈야 씨가 기뻐했겠네."

기뻐했는지는 모르겠지만 가즈야 씨는 울컥 토라져 큰 소리로 외친 제게 가만히 웃어주었습니다. 마음이 놓여 그만 울어버렸을 정도로 상냥한 미소였어요.

"너 모르는구나? 넌 입으로는 말 안 하지만 얼굴이나 태도에 다

드러나. 가즈야 씨 눈에는 사랑에 빠져 있던 아가씨가 맞선 이야기가 나온 뒤로 당장 자살이라도 할 사람처럼 비쳤겠지. 가즈야 씨는 맞선 상대가 미유키라는 걸 알고 있었지? 날짜가 잡히자마자 침울해하니 네가 가즈야 씨를 싫어한다고 오해했던 게 아닐까? 막상 만났는데 하늘이라도 무너질 것 같은 얼굴을 하고 있었다면 거절 얘기를 꺼낼 만도 하지."

"날 위해 그랬다는 거야?"

"당연하잖니. 보통은 그런 말 먼저 못 해. 상냥하고 남자다운 사람이네. 다른 사진도 보여줘. 신혼여행은 신슈로 갔다면서? 왜?"

"가즈야 씨가 등산을 좋아하거든."

"미유키도 산에 올라갔어? 그 젓가락 같은 하얀 다리로?"

"본격적인 등산은 아니었지만 가미코치 트레킹 길은 걸었어."

가즈야 씨는 몇 걸음 걷다가 발길을 멈추고 고산 식물의 이름과 사방에 뻗어 있는 산의 이름을 하나하나 제게 알려주었습니다. 그때는 가즈야 씨가 산을 정말 좋아해서 그러는 줄 알았지만, 어쩌면 제가 지칠까 봐 신경을 써준 걸지도 모르겠네요.

그런데 저는 도중에 숨이 찬 것만으로도 모자라 새로 산 운동화 때문에 살갗까지 벗겨지고 말았어요. 가즈야 씨는 배낭을 앞으로 메고 숙소까지 저를 업고 가겠다면서 제 앞에 등을 내밀었습니다. 미안하고 부끄러운 마음에 무거우니까 됐다고 거절했지만 가즈야 씨는 괜찮다면서 저를 훌쩍 둘러업고 걸어가기 시작했습니다.

그의 등은 생각보다 훨씬 넓고 탄탄해서, 이 사람을 따라가면 앞으로의 인생에 두려울 건 아무것도 없겠다는 안도감이 온몸으로 퍼져나갔습니다.

"아주 깨소금 냄새가 진동을 하네요. 가즈야 씨한테 미유키 넌 하나도 안 무거웠을 거야. 그런데 무거우니까 됐다니, 깜찍해서 한 대 꼬집어주고 싶다, 얘."

"얘도 참, 그만 놀려. 옛날엔 꼬챙이처럼 비쩍 말랐지만 이래봬도 이 년 동안 건설회사에서 일했어. 사무직원이라도 무거운 자료를 옮길 때도 있어서 나름 체력이 붙었단 말이야."

힘껏 알통을 만들어 가요에게 보여주자 가요는 제 팔뚝을 손가락으로 딱 튕기며 까르르 웃었습니다.

"그럼 튼튼한 아이도 낳을 수 있겠네."

저는 잠자코 웃음으로 답했습니다. 가요는 앨범을 덮고, 긴쓰바를 손에 들고 맛있게 먹더니 자기 근황을 이야기해주었습니다.

삼 년이 지나도록 아이를 얻지 못한 저를 배려해 가만히 격려해 준 거겠지요.

부모나 형제자매, 학창 시절 동급생들과 자주 만나는 가요가 부럽기도 했지만 가요가 하도 "미유키는 행복하겠다"라는 말을 연발하는 바람에 그냥 한 얘기인데 자랑으로 들렸나 싶어 왠지 미안한 마음이 들었습니다.

행복에 익숙해졌던 건지도 모릅니다.

소꿉친구와 함께한 오후의 한때는 눈 깜짝할 새에 지나가버렸습

꽃 사슬

니다. 오 년이라는 시간이 진하게 녹아 있는, 무척 즐거운 시간을 보냈습니다. 연하장만 보낼 게 아니라 서로 가끔은 근황도 주고받자는 약속을 하고 함께 역으로 향했습니다.

가요가 매향당에서 선물을 사 가겠다고 해서 아카시아 상점가를 지나기로 했습니다. 저도 긴쓰바를 네 개 사서 친정어머니께 전해 달라고 가요에게 부탁했습니다.

"멀리서 와줬네, 고맙수다."

주인아저씨가 저와 가요에게 갓 구운 긴쓰바를 하나씩 쥐여주셨습니다.

"크로켓을 굽고 있네?"

정육점 앞에서 가요가 걸음을 멈추더니 갓 튀긴 크로켓을 두 개 사서 제게 하나를 나눠주었습니다. 고기는 몇 번 산 적이 있지만 크로켓은 매번 시간이 맞지 않아 이번이 처음입니다.

저희는 크로켓을 입에 물고 상점가를 걸었습니다. 길에서 군것질하기는 학창 시절 이래로 처음이에요. 외숙모가 보시면 눈살을 찌푸리겠지만 이 마을에서 저를 아는 사람은 아직 거의 없습니다.

"고기가 듬뿍 들어 있어서 정말 맛있다."

튀김옷은 바삭바삭, 속은 매콤하면서도 달짝지근하게 간한 고기와 잘게 다진 감자가 촉촉하게 어우러져 한입 베어 물 때마다 입 안에 육즙이 퍼져나갔습니다.

"이렇게 맛있는 크로켓은 처음이야."

가요도 만족스러운 표정입니다. 기름얼룩이 밴 포장지를 휴지통에 버리는 것도 아쉬워 보였습니다.

"미유키는 좋겠다. 언제든지 먹을 수 있을 것 아냐?"

"하지만 저기 크로켓은 나도 오늘 처음 먹어봐."

"말도 안 돼! 그럼 돌아갈 때 하나 사서 가즈야 씨한테도 주는 게 어때?"

오늘 저녁 메뉴는 벌써 정해놨고, 장도 이미 봤지만 그래야겠습니다.

자전거 가게 유리 안에 바구니가 달린 하얀 자전거가 전시되어 있었습니다.

"가요, 나 자전거를 살까 하는데."

"너 탈 줄 알아?"

가요가 유난스럽게 놀란 눈치로 물었습니다. 저는 학창 시절에는 자전거를 타지 못했거든요. 고등학교에 입학했을 때 자전거를 선물 받아 공터에서 연습해보았지만 운동신경이 둔해서 요란하게 넘어지고 얼굴에 상처만 입었습니다. 그걸 본 어머니가 시집가기 전에 자전거를 타면 안 되겠다면서 새 자전거를 친척 아이에게 줘버렸지 뭐예요.

하지만 지금 사는 이 동네는 전에 살던 곳이나 친정이 있는 곳과는 비교할 수 없을 정도로 시골입니다. 아직은 일상생활에 지장이 없지만 치과나 관공서에 가려면 걸어가기엔 멀고, 그렇다고 택시를 부르기에도 아까우니 자전거가 필요합니다.

"가즈야 씨에게 특훈을 받았거든."

꽃 사슬

자전거를 타지 못한다고 하자 가즈야 씨는 주말에 직장 동료에게서 자전거를 빌려왔습니다. 아이들이 놀고 있는 근처 공터에서 어른이 자전거 연습을 하다니 너무 부끄러웠지만 가즈야 씨는 전혀 개의치 않는 기색으로 연습을 시작하자고 했습니다.

"괜찮다 싶을 때까지는 절대 손을 놓지 않을 테니 안심해."

그 말에 오로지 앞만 보고 페달을 밟았는데, 어느 순간 시야 끝에 가즈야 씨의 모습이 들어왔습니다. 어떻게 된 일인가 생각한 찰나 넘어지고 말았지만, 팔꿈치를 조금 부딪쳤을 뿐 하나도 아프지 않았어요.

"뭐야, 금방 배웠네. 가르치는 보람이 없어, 시시하게."

가즈야 씨는 그렇게 말하며 자전거를 피해 제 앞에 꿇어앉더니 머리를 쓰다듬어주었습니다. 제가 올라타자마자 손을 놓았다고 하네요. 그걸 가즈야 씨가 잡아준다고 믿고 혼자서 페달을 밟았다니, 우스워서 웃음을 터뜨리고 말았습니다.

"아주 참기름까지 짜는구나."

자전거 이야기를 하는 사이에 상점가를 빠져나와 역에 도착했습니다.

"다음에는 가요 네 얘기도 들려줘."

그렇게 말하고 저희는 헤어졌습니다.

개찰구에서 가요를 배웅할 때까지는 웃을 수 있었는데, 멀거니 혼자 남게 되자 갑자기 서러운 마음이 밀려왔습니다.

아카시아 상점가도 가요와 함께 지났을 때는 그렇게 즐거웠는데, 혼자가 되니 갑자기 시시한 곳처럼 느껴졌습니다.

날이 저물어 그런지 더 어둡고 적적해 보이네요. 그런데 불쑥 선명한 파란색이 눈에 들어왔습니다. 역 쪽으로 난 상점가 입구에 있는 꽃집입니다. 가게 앞에는 꽃을 담은 양동이가 즐비했는데, 제 눈에 들어온 것은 파란 용담이었습니다.

신혼여행 때 묵었던 전통여관 방에도 똑같은 꽃이 있었습니다. 파란색 꽃이라면 길가에 피는 달개비밖에 몰랐던 터라 진한 파란색에 시선을 빼앗겼던 기억이 생생합니다.

모처럼 봤으니 사갈까?

집에 돌아가면 가요가 왔다 간 흔적이 그대로 남아 있겠지요. 손님용 찻잔, 과자 접시, 앨범. 깨끗해진 테이블 위에 꽃을 장식하면 뒷정리를 하면서 가라앉을 기분도 밝아질 것 같습니다.

가게 안에 있는 젊은 청년을 부르려는데 고소한 냄새가 물씬 코끝을 스쳤습니다. 가요와 함께 먹었던 크로켓입니다. 특별한 날도 아닌데 크로켓에 꽃까지 사는 건 너무 낭비인 것 같습니다.

가즈야 씨가 예전 회사에 다녔을 때라면 또 몰라도, 지금은 허리띠를 단단히 졸라매야 합니다.

파란 용담을 다시 한 번 바라보다가, 정육점으로 향했습니다.

저녁 반찬으로 크로켓을 샀으니 이제 양배추를 썰고 쌀과 된장국만 안치면 됩니다. 가즈야 씨는 오늘 출장을 간다고 했지만 귀가 시간은 평소와 똑같다고 했으니 7시쯤이면 돌아오겠지요. 아직 삼

십 분 정도 여유가 있어 뜨개질을 하기로 했습니다.

"여름에도 뜨개질이라니, 어지간히 좋아하나 봐."

가즈야 씨는 쓴웃음을 흘리며 그렇게 말했지만, 프로 선생님처럼 빨리 뜨는 건 아닙니다. 날씨가 추워진 후에 스웨터를 뜨기 시작하면 완성될 때쯤에 봄이 찾아오고 맙니다. 지난주에 뒤판을 완성해 이제 앞판을 뜨기 시작했으니 스웨터가 완성될 무렵에는 날씨도 적당히 쌀쌀하겠지요.

가즈야 씨가 이 근처에 단풍이 아름다운 계곡이 있다고 했습니다. 이 스웨터를 걸친 가즈야 씨와 함께 외출할 날이 기다려지네요.

"이번 주말에는 데이트하자."

가즈야 씨는 언제나 그렇게 말하며 저를 밖으로 데려갑니다.

아이는 결혼만 하면 금방 생길 줄 알았어요. 그래서 처음에는 딸을 낳고, 둘째는 두 살 터울로 아들이 좋겠다, 가즈야 씨도 저도 겨울에 태어났으니 아이들은 여름에 태어나면 좋겠다, 그런 꿈같은 소리를 할 수 있었지요.

신혼 무렵, 털실로 자그마한 양말을 떴을 때는 너무 마음만 앞서는 것 아니냐며 가즈야 씨는 물론이고 외숙모까지 황당해했지만 그리 머지않은 장래에 쓰게 되리라 믿었습니다.

하지만 일 년이 지나고, 이 년이 지나도, 아이는 들어서지 않았습니다. 등 푸른 생선이 좋다, 매실장아찌가 좋다, 초절임이 좋다, 좋다는 음식은 뭐든지 먹었고, 외숙모와 함께 아이를 점지해준다는 절에 기도하러 가기도 했습니다. 그래도 생리는 달마다 찾아오더군요.

외숙모의 권유로 유명한 의사에게 진찰을 받았지만 어디에도 이상은 없다고 했습니다. 주위 사람들은 그 말을 듣고 안심했지만 제 마음은 더 참담했습니다. 치료 방법이 없다는 말이나 마찬가지였으니까요. 그저 기다리기만 하는 게 얼마나 괴로운지, 저밖에 모르는 일입니다.

특히 작년에 요스케 오빠가 돌아오자마자 새언니인 나쓰미 씨가 임신을 했는데 그때는 정말 괴로웠습니다. 두 사람의 결혼을 기껍게 여기지 않았던 외삼촌, 외숙모도 임신 사실을 안 순간 나쓰미 씨를 소중하게 대하기 시작했습니다. 특히 외숙모는 어찌나 요란을 떠시던지…….

하루가 멀다 하고 당시 제가 살던 아파트에 찾아와 불룩한 모양새가 영락없이 아들이라며, 요스케가 배 속에 있었을 때 날마다 포도가 먹고 싶어 견딜 수 없었는데 며늘아기도 포도를 먹고 싶다는 걸 보니 역시 유전이라는 게 있기는 한가 보다, 요스케를 쏙 빼닮은 아들이 태어날 게 틀림없다, 몇 시간이나 그런 얘기를 하다가 돌아가곤 했습니다.

게다가 마지막에는 꼭 이런 소리를 하는 거예요.

"경사는 연이어 일어난다고 하니까 미유키도 우리 집에 좀 놀러 오너라, 며늘아기 배를 문지르면 너도 금방 아이가 들어설 거야."

화가 치밀어 오른다는 게 바로 이런 걸 두고 하는 말이구나, 스무 살이 넘어서야 겨우 알았습니다. 하지만 어렸을 때부터 감정을 드러내는 게 서툴렀던 저는 외숙모에게 말대꾸하거나, 온몸으로 대성통곡하거나, 물건을 부수는 등 마음을 풀 행동을 상상할 수는 있어도 진짜로 실행할 용기는 없었습니다.

그저 참고 또 참아, 때로는 웃음까지 지었고, 외숙모가 돌아간 뒤에 혼자 남아서도 마음이 진정될 때까지 잠자코 앉아 있을 수밖에 없었습니다.

울면 안 돼, 울면 안 돼. 그렇게 눈물을 삼키다 보니 한밤중에 저도 모르는 사이에 눈물이 흘러, 아침에 일어나면 베개가 축축이 젖어 있고 눈이 새빨갛게 부어 있는 일도 잦았습니다. 미쳐버린 게 아닌가 싶었습니다.

하지만 자면서 눈물을 흘리는 건 누구에게나 있는 일이겠지요. 그 정도로 끝난 건 역시 가즈야 씨 덕분이에요.

가즈야 씨도 아이가 생기길 기대하고 있었습니다. 양말을 뜨는 저를 놀리면서도 사실은 자기도 아이 이름을 지어놓았다고 했으니까요. 제가 가르쳐달라고 하자 아이하고 너무 안 어울리면 부끄러우니 아이가 태어나면 가르쳐주겠다고 했습니다.

그 후 저를 염려한 가즈야 씨가 아이 이야기를 꺼내지 않게 되어 어떤 이름인지는 결국 지금까지도 모릅니다.

가즈야 씨는 일 때문에 피곤할 텐데도 틈만 나면 저를 밖으로 데려가기 시작했습니다. 영화관이나 맛있는 술이 나오는 가게, 아이가 있으면 갈 수 없는 곳만 찾아다녔습니다.

"둘만의 생활도 이렇게 즐거우니 이런 나날이 영원히 계속되는 것도 나쁘지 않아. 자연스럽게 지내다가 새로운 가족이 늘어난다면 그건 그때 가서 환영하자."

그런 격려를 듣는 사이 저도 아이 때문에 그리 고민하지 않게 되었습니다.

하지만 전혀 의식하지 않았던 건 아닙니다. 아무 연고 없는 낯선 지역으로 이사하기로 결심했을 때, 불안한 마음도 있었습니다. 하지만 환경이 변하면 바로 아이가 들어서는 사람도 많다는 나쓰미 씨의 말을 듣고 자그마한 기대가 가슴속에 싹텄습니다.

현관 벨이 울렸습니다. 가즈야 씨예요.

현관으로 마중을 나가니 가즈야 씨는 두 손을 뒤로 빼고 서 있었습니다.

"다녀왔어."

그렇게 말하며 내민 손에는 파란 용담 꽃다발이 들려 있었습니다.

"정말 예쁜 파란색이지? 역에서 나오는데 눈에 확 띄지 뭐야. 문 닫기 직전이라 급하게 포장해달라고 했어."

"너무 예뻐요."

저도 사려고 했다는 말을 하지 않아도, 가즈야 씨라면 분명 똑같은 꽃을 똑같은 마음으로 보고 있었다는 사실을 이해해주겠지요.

얼른 꽃병에 꽂아 식탁 위에 장식했습니다.

"오, 크로켓이네. 이것도 사고 싶었는데."

시원한 맥주를 잔에 따르면서 가요와 함께 먼저 하나 맛보았다는 얘기를 털어놓았습니다. 가즈야 씨는 맛있다는 말을 연발하며 접시에 담은 크로켓 세 개를 눈 깜짝할 사이에 먹어치웠습니다. 크로 켓이 맛있기야 하지만, 아무래도 뭔가 기쁜 일이 있는 모양이에요.

기념일도 아닌데 꽃을 사온 것도 처음입니다.

"오늘 뭐 좋은 일이라도 있어요?"

밥을 더 퍼주면서 묻자 가즈야 씨는 맥주잔을 내려놓고 용담을 바라보더니, 다시 제 쪽으로 고개를 돌렸습니다.

"목표가 생겼어. 지금 내가 가진 모든 것을 걸어도 좋을 만큼 커 다란 목표야."

일 얘기는 잘 모르지만, 가즈야 씨의 의욕에 찬 남자다운 표정 을 보고 있자니 제 안에서도 뭔가 커다란 힘이 솟아나는 것 같았 습니다.

❭ 말하자면, 달

오늘 과제는 용담. 아동부에서는 할머니 같다며 불평하는 아이 들도 있었지만 성인부에서는 반응이 좋다. 지난주에 그린 해바라 기와는 영 딴판이다.

과제에 필요한 꽃은 아카시아 상점가에 있는 야마모토 꽃집에 배달을 부탁한다. 종류를 지정하지 않고 싼값에 살 수 있는 제철 꽃으로 달라고만 했다. 아이들이 좋아하는 꽃, 어른들이 좋아하는 꽃, 여자가 좋아하는 꽃, 남자가 좋아하는 꽃, 매번 절묘한 꽃을 골 라준다는 사실은 최근에야 겨우 깨달았다.

화가의 길을 꿈꾸었던 것은 아니다. 학창 시절에 고산 식물을 관찰하다가 그린 꽃 일러스트가 졸업 후에 어느 산속 산장에서 우연히 출판사 사람 눈에 띄었고, 유명한 작가의 산악 소설 표지로 쓰이면서 흘러가는 대로 일러스트레이터가 되어 화집까지 냈다.

소재는 오로지 꽃뿐. 꽃을 좋아한다는 이유도 있지만 아직 이거다 싶은 꽃 그림을 그리지 못했기 때문이다. 딱히 좋아하는 꽃은 없다. 똑같은 종류의 꽃이라도 하나하나 색이며 표정이며 전부 다르다. 그것을 한마디로 장미가 좋다느니, 튤립이 좋다느니 말하는 것은 꽃에 대한 실례가 아닐까?

게다가 똑같은 꽃이라도 보는 장소에 따라 감동이 다르다. 본격적으로 등산을 시작한 후 처음 야쓰가타케를 종주했을 때 성주풀을 보고 그 아름다움에 전율했다. 한없이 보랏빛에 가까운 핑크색은 고산 식물의 여왕이 가진 품격을 여실히 드러내고 있었다. 그색을 표현하고 싶어 그림을 그리게 되었다.

하지만 색을 확인하려고 가까운 식물원을 찾아가서 보았던 성주풀은 별 볼 일 없는 작은 꽃이었다. 야경이 보이는 고급 레스토랑에서, 프러포즈 반지와 함께 성주풀 화분을 내민다면 이따위 풀이대체 뭐야 하고 대번에 마음이 식어버릴 게 틀림없다.

시민회관 사무실 안, 긴 테이블 위에 놓인 꽃은 무엇이 됐든 '오늘의 과제'에 지나지 않는다. 그렇게 생각했는데 매주 학생들이 교실에 들어올 때마다 꽃을 보며 저마다 다른 반응을 하니 그림을 가르치는 것보다 그게 더 흥미롭다.

꽃 사슬

다들 마음이 가는 대로 색을 덧칠하고 있다. 자세한 지도는 하지 않는다. 시민회관에서 주최하는 '꽃 수채화 교실'은 실력과 상관없이 그림을 좋아하는 사람들이 모이는 장소다. 매주 금요일, 아동부는 오후 3시부터 6시까지, 성인부는 오후 6시부터 9시까지, 편한 시간에 모여 그림을 즐긴다.

나는 강사로 고용된 몸이지만 핵심은 사실 서류 작업이다. 오후 2시부터 교실 문을 열고 수업 준비를 한다. 미술도구를 주문하고, 다른 사람들에게 그림을 보여주려는 학생들이 많아 그림을 전시할 장소를 찾아 영업 활동도 한다.

수업이 없는 날에는 집에서 일러스트 일을 하지만 수입은 대수롭지 않다. 일주일에 나흘, 아카시아 상점가의 화과자점 매향당에서 아르바이트를 하고 있다.

오늘 그릴 꽃을 한 사람당 한 송이씩 나눠주었다. 다 그린 사람은 그림을 제출하고 꽃을 신문지로 싸서 집으로 가져간다. 수업 시간에 다 못 그린 사람이나 중간에 돌아간 사람은 도화지와 꽃을 가지고 돌아가 다음 주에 그림을 제출한다.

학생들이 모두 돌아간 뒤에 정리를 시작했다. 아동부에서는 어지른 곳을 철저하게 청소하게 한다. 심술쟁이 할멈이라는 말을 들어도 봐주지 않는다. 어른들은 다들 깔끔히 정리하고 돌아간다.

교실 앞에 놓인 양동이 안에 용담이 세 송이 남아 있었다. 꽃집에서 서비스로 매번 몇 송이씩 여유 있게 넣어준다. 어머니는 내가 그 꽃을 가지고 돌아오기를 기대하지만, 심기가 불편한 날에는

"가끔은 애인한테 받은 꽃다발도 구경하고 싶구나" 하고 비꼬기도 한다.

지난달 스물다섯 번째 생일을 맞이한 뒤로는 삼 주 연속으로 잔소리가 이어지고 있다. 어머니가 걱정하는 결혼 적령기를 지났지만 이것만큼은 사람의 인연이니 그만 포기해줬으면 좋겠다.

정리를 마치고 교실 문을 닫고, 접수대에 열쇠를 가져가니 관장님은 이미 돌아갔고 직원인 마에다 씨가 지루한 얼굴로 잡지를 읽고 있었다. 이 사람이 늘어져 있지 않은 모습은 한 번도 본 적이 없다. 시민회관 일이 어지간히 한가한가 보다.

수업이 끝났다고 말하자 마에다 씨는 잡지를 한 손에 든 채 카운터로 다가왔다. 표지에 '산악인'이라고 적혀 있다.

이 사람도 산에 오를까? 구깃구깃한 와이셔츠, 걷어붙인 소매 밑으로 드러난 구릿빛 팔뚝의 근육이 탄탄하다. 핏줄이 울룩불룩한 모습에는 은근히 끌리지만 저녁때까지 뻗쳐 있는 머리는 참을 수 없다.

열쇠를 건네고 먼저 실례하겠다고 가볍게 고개를 숙인 뒤 출구로 향했다.

"짐……."

말을 거는 기색에 고개를 돌렸지만 마에다 씨는 별것 아니라며 머리를 긁적거릴 뿐이었다.

"뭔데요?"

마음에 걸린다.

"아니, 짐이 무거워 보여서 주차장까지 들어줄까 했는데, 생각보다 안정적으로 번쩍 들기에 오히려 번거롭게 할까 봐."

"괜찮아요. 익숙하니까."

미술도구가 든 가방 두 개를 양어깨에 고쳐 메고 시민회관을 나왔다. 시민회관 창고는 공간이 한정되어 있어 학생들의 그림을 놓으면 가득 차버리기 때문에 그림도구는 매번 낡은 경차로 집에 가지고 돌아간다.

그래도 내가 좀 더 연약하고 짐 하나 거뜬히 들지 못하는 여자였다면, 팔다 남은 크리스마스 케이크 신세는 되지 않았을까? 지금 내 모습을 어머니가 몰래 보고 계셨다면 한숨을 쉬었을지도 모른다. 아니, 그보다 마에다 씨에게 고맙다는 말을 안 했다는 것에 화를 내시겠지. 하지만 일부러 인사 한 번 하자고 되돌아갈 여력은 없다.

다음 주까지 기억하고 있으면 자연스럽게 고맙다고 해야지.

사 주 연속으로 잔소리를 들을까 걱정했는데 어머니는 웬일인지 기분이 좋아 보였다. 용담을 꽃병에 꽂아 테이블 위에 장식하자, 평소에는 차려 먹으라고 그러는데 오늘은 직접 저녁 반찬인 소고기감자조림을 데워주셨다.

"일은 어떠니?"

식사를 마치자 그릇을 치우고 뜨거운 차를 끓여주셨다. 어제 매향당에서 받은 팔다 남은 긴쓰바를 하나씩 먹었다. 통팥에 생크림을 섞은 신제품. 주인아저씨는 요새 신제품을 만드는 데 정열을 쏟고 있다. 화과자 가게도 유행을 따라가야 하는 시대라고 말씀하시지만, 오랜 단골들에게는 평판이 썩 좋지 않다. 어머니도 눈썹을 살짝 찌푸리면서 드시고 있다.

나는 맛있는데. 오히려 이 신제품이 더 입에 맞는다.

"그럭저럭. 평소랑 똑같아."

"새 학생이 들어왔다거나, 누구 만날 일은 없니?"

"또 그 얘기예요? 어머니도 알다시피 이 주변엔 아저씨, 아줌마들뿐인걸."

"참, 너한테 편지 왔더라."

어머니가 두 손으로 입을 가리고 살며시 웃었다. 한평생 고생만 해온 이 사람은 이따금 깜찍한 모습을 보인다.

편지는 드문 일도 아니다. 개인전 안내나 일러스트 업무 관계자가 보내는 편지 등 매일 뭔가가 우편함에 들어 있다. 대체 뭐라고 저렇게 들떠 계신 걸까?

"누가 보낸 건데요?"

"그게 말인데, 이것 좀 봐."

어머니가 건네준 옅은 물빛 봉투에는 깔끔한 글씨로 수신인이 적혀 있었다. 뒤집어보니…….

"K?"

그게 다였다.

"K라니, 누구니? 부모님하고 함께 산다고 이니셜만 적어 보내다니 운치가 있어."

꽃 사슬

비밀 연애편지라고 생각하신 모양이다. 그래서 기분이 좋았던 건가? 미안한 일이지만 그런 상대는 없다. 그대로 편지를 들고 방으로 들어가면 어머니가 더 기대만 품을 것 같아 이 자리에서 뜯어보기로 했다.

풀로 붙인 자리를 대충 뜯어내자 어머니는 가위가 있는데 꼭 저런다며 기가 막힌다는 듯이 타박하셨다.

'전략, 갑작스런 편지에 놀랐지. 용서해줘.'

편지지가 한 장뿐인 짧은 편지였다.

"안됐네요. 기미코가 보낸 거야."

"대학 친구? 전에 한 번, 여행인가 어디 갔다가 돌아오는 길에 우리 집에 들렀던 아이이지? 눈이 초롱초롱하고 귀여운."

"정답. 용케 기억하고 계시네요. 치매가 아니라 안심이야."

"애 말버릇 좀 봐. 기미코는 너하고 달리 애교가 많은 아이니 벌써 결혼했겠지."

"시끄러워요!"

먼저 얄미운 소리를 한 건 나지만, 그 한마디는 참을 수 없었다. 누구 때문에, 내가 그 사람을 포기했는데.

어머니는 깜짝 놀란 얼굴로 쳐다보았지만 나는 말없이 편지를 들고 내 방으로 숨었다. 달랑 장지문 한 장으로 막힌 방에서는 소리 높여 울 수도 없다. 어머니가 우는 소리 역시 들은 적이 없다.

우리 모녀는 그렇게 둘이서 굳세게 살아왔다.

어머니는 시골 동네 식당에서 일하면서 여자 손 하나로 나를 키워주셨다. 나는 고등학교를 졸업하자마자 일할 생각이었는데, 어머니는 여자도 배워야 한다며 대학에 진학하라고 하셨다.

고향의 전문대를 생각했지만 도쿄에 소재한 전문대 시험을 치르기로 했다. 졸업하면 고향으로 돌아와 취직하기로 결심했다. 그때 도쿄의 졸업장은 시골에서는 실제 편찻값 이상으로 큰 효력을 발휘하기 때문이다. 학교도 학과도 딱히 가고 싶은 곳이 없었으므로 지방 명사의 따님이 나왔다는 전문대 영문과 시험을 보기로 했다. 도쿄에 영문과라는 조건까지 붙으면 금상첨화다.

그렇게 어설픈 마음으로 용케 합격했다 싶다.

어머니는 기뻐하셨지만 놀라지는 않았다. 아버지를 닮았으니 당연하다는 것이다.

경제적인 이유와 처음 해보는 도시 생활에 대한 불안 때문에 기숙사 입실을 신청했다. 매향당 주인아주머니가 도쿄는 범죄의 소굴이라고 남몰래 귀띔해주셨기 때문이다. 추첨으로 붙은 '백합관'이라는 이름만 아름다운 2인실 기숙사로, 그 룸메이트가 기미코였다.

편지지를 펼쳤다.

사쓰키紗月에게

전략, 갑작스런 편지에 놀랐지. 용서해줘.

대학을 졸업한 지 벌써 오 년이구나. 잘 지내고 있니? 내 편지를 받은 넌 지금도 여전히 불쾌하겠지만, 꼭 만나서 의논하고 싶은 문제가 있어.

　네 사정에 맞춰서 그쪽으로 갈 테니 꼭 연락해줘.

　제발 부탁이야. 이만.

기미코가

　K라는 이니셜로 이름을 대신한 것이 내 눈치를 본 것인지, 어머니 눈치를 본 것인지는 잘 모르겠지만 여전히 기미코가 내 눈치를 본다는 사실이 분했다.

　의논할 문제라니, 난처할 때만 울며 매달리는 버릇은 그때 그대로다.

　그때도 그랬다.

　입학 후 기숙사 친구들 사이에서 제일 먼저 화제가 된 것은 동아리 가입 문제였다. 학교 안에도 동아리 활동은 있지만 거의 대부분의 학생이 다른 대학교의 동아리에 들어갈 생각을 하고 있었다.

　나는 동아리에 들어갈 마음은 없었다. 가급적 어머니에게 부담을 끼치지 않으려 아르바이트를 할 생각이었고, 도쿄에 있는 동안 미술관이나 박물관에 가보고 싶은 마음도 있었기 때문이다.

　그런데 기미코가 징징거리며 매달렸다.

　"사쓰키, 어쩌지? 4호실 구라타 선배 알아? 그 언니, 내 고등학교 선배인데 W대학 산악 동아리에 들어오라고 그러지 뭐야."

　구라타 선배는 기숙사 자치회장으로, 한 학년 차이라고는 믿을 수 없을 정도로 위엄이 있었다. 키는 그리 크지 않지만 뭐라고 할까, 몸에서 발산하는 분위기 때문에 무척 큰 사람으로 보였다.

구라타 선배가 그렇게 말했다면 거절하지 못하겠지. 애초에 기미코가 다른 동급생들보다 조금 더 눈길을 끌고 싶어 구라타 선배 주변을 어슬렁거렸으니 그런 말을 들은 것이다.

"들어가지그래? 즐거울 것 같은데?"

"나는 K대학 테니스 동아리에 들어가고 싶단 말이야."

"그럼 구라타 선배한테 그렇게 말해."

"사쓰키는 너무 쌀쌀맞아. 그런 말을 어떻게 해?"

"그럼 양쪽 다 들던가."

"그게 안 된단 말이야. 구라타 선배 얘기로는 하루가 멀다 하고 모여야 한대."

"그럼 산악 동아리에 가야겠네."

웃으며 그렇게 말하자 기미코는 내 앞으로 다가와 기도하듯 두 손을 모았다.

"그럼 사쓰키, 너도 같이 들어가자. 부탁이야!"

"글쎄다."

내키지 않는 시능을 했지만 사실은 상당히 관심이 있었다. K대학 테니스 동아리라면 그 자리에서 거절했겠지만.

"뭐든지 사쓰키의 부탁 하나를 들어줄게."

"그럼 한번 견학이나 가볼까?"

"고마워, 사쓰키. 너밖에 없어!"

꽃 사슬

기미코는 그렇게 말하고 내 팔을 붙잡더니 구라타 선배의 방으로 끌고 갔다.

　"제 룸메이트 사쓰키예요. 애도 W대 산악 동아리에 꼭 들어가고 싶다는데, 괜찮을까요?"

　기미코는 그런 애였다.

　"물론이지."

　구라타 선배가 내게 말했다.

　"고맙습니다. 저, 아르바이트하면서도 활동할 수 있을까요?"

　"아르바이트는 다른 친구들도 다 해. 참가할 수 있는 날에만 오면 돼. 그보다 우리 동아리는 연습이 호된데 괜찮겠니?"

　"괜찮을 거예요."

　신문 배달 경험도 있다. 체력에는 자신이 있었다.

　"아이, 선배, 사쓰키는 딱 보기에도 튼튼해 보이잖아요. 제 걱정도 좀 해주세요."

　"연약한 척하는 애는 질색이야."

　기미코가 구라타 선배에게 응석을 부렸지만 선배는 상대도 해주지 않았다. 기미코는 유난스럽게 부루퉁한 표정을 지었지만 산악 동아리에 들어가지 않겠다는 말은 하지 않았다.

　오히려 방에 돌아오니 기미코의 마음은 이미 산악 동아리 쪽에 가 있었다.

　"사쓰키, 동아리에 멋진 사람이 있을까? 잘만 하면 졸업과 동시에 결혼할 수도 있겠지?"

기미코가 동아리에 들어가는 목적은 그것이다. 하지만 기미코를 부정할 마음은 없었다. 나도 만남을 기대하고 있었기 때문이다. 연인이 아니라, 아버지의 모습을 찾고 싶었다.

기미코가 내 부탁을 들어준 적도 있다. 마지막 부탁은 기미코가 한 부탁의 열 번, 스무 번에 맞먹을 정도로 큰 부탁이었다. 그런데 나는 그것을 내 손으로 망쳐버렸다.

기미코의 행복을 질투하며, 그 애는 옛날부터 요령 좋은 아이였다고, 만나자는 청을 거절하기 위해 입맛에 맞는 옛날 일들만 기억해내는 짓은 비겁하다.

기미코를 만나자. 그녀가 할 얘기가 그 사람에 관한 문제만 아니면 된다.

답장을 보낸 이틀 후에, 기미코가 전화로 몇 번이고 고맙다는 말을 되풀이했다.

기미코는 우리 집으로 오겠다고 했지만 가까운 고속철도 역으로 나가 구내 카페에서 만나기로 했다.

오 년 만에 만난 기미코는 살이 약간 붙어 인상도 조금 순해졌다. 누가 봐도 '행복한 아내'였다.

"잘 지내는 것 같네. 나 네 화집도 샀어. 고산 식물 스케치할 때도 그림을 잘 그린다고 생각했지만 설마 화가가 될 줄은 꿈에도 몰랐어."

꽃 사슬

"화가라고 할 정도는 아니야. 일러스트레이터. 아마추어 그림이 조금 인기를 얻은 것뿐이지."

"하지만 지금도 그리고 있잖아?"

"일단 그리곤 있지만 화과자점 아르바이트로 버는 돈이 더 많아."

"화과자점이라니, 그 긴쓰바 파는 곳?"

"그래, 매향당."

"나 정말 좋아했는데. 지금도 일본 최고라고 생각해. 이 년 동안 5킬로그램이나 쪘던 건 사쓰키 때문이었을지도 몰라."

"그렇게 따지면 피차 마찬가지이지."

기숙사에는 소포가 자주 왔다. 저마다 집에서 보내준 물건이었다. 어머니도 두 달에 한 번 꼴로 보내주셨다. 자취를 하는 것도 아니니 됐다고 하는데도 부모 된 낙으로 하는 거니 신경 쓰지 말라며 졸업할 때까지 보내주셨다.

내용물은 대개 손수 지은 옷이나 소품, 그리고 매향당의 과자였다. 상점가에는 양과자점도 있었지만 케이크는 도쿄 쪽 가게가 더 맛있다는 어머니의 지론 때문에 매번 긴쓰바나 도라야키밀가루 반죽을 둥글게 구워서 두 장을 겹쳐 그 사이에 팥소를 넣은 일본 과자, 양갱 같은 화과자만 들어 있었다.

사실 나는 화과자가 싫었다.

어렸을 때부터 우리 집안 사정을 알아서 그랬는지, 심부름하러 상점가를 돌아다니면 주인아주머니가 나오셔서 종이에 싼 과자를 몰래 손에 쥐여주셨다.

호의에 제대로 인사해야 한다는 것은 어린 마음에도 알고 있었다. 그래서 기쁜 표정으로 고맙다고 인사를 한다. 어머니께도 말씀드린다. 이렇게 고마울 데가, 하고 눈웃음을 지으며 말씀하시면 맛있는 척 먹을 수밖에 없다.

그러니까 분명 어머니는 내가 좋아하는 음식을 보냈다고 믿고 계실 것이다.

집에서 과수원을 한다는 기미코의 간식은 늘 집에서 딴 과일이었다. 긴쓰바라는 이름도 몰랐을 정도다. "이렇게 맛있는데 왜 안 먹어?" 하며 입에 한가득 물고 오물거린다. 나는 반대로 채소나 겨우 살 수 있었던 환경에서 자랐기 때문에 기미코에게 오는 과일이 기다려졌다.

"다 함께 과자를 가지고 와서 수다도 많이 떨었지. 그땐 참 즐거웠는데."

기미코는 그립다는 듯이 하늘을 올려다보더니 그 시절 먹었던 과자를 손가락으로 꼽아가며 하나씩 끄집어냈다.

"마사미는 아버지가 선원이셔서 외국산 초콜릿을 자주 받았지. 할머니가 담갔다는 매실장아찌를 받은 건 누구였지?"

"지하루였어."

"맞아, 맞아, 지하루. 그 애 고향은 분명⋯⋯."

기미코에게 맞장구를 치면서도 어딘가 낌새가 이상하다고 생각했다. 기미코는 억지로 이야기하고 있다. 딱히 친하지도 않았던 사람들의 이름까지 꺼내기 시작했으니까. 뭔가 의논할 문제가 있어 여기까지 왔을 텐데 말을 꺼내길 망설이는 듯했다.

그렇게 말하기 어려운 내용인가? 내가 더 불편했다.

"기미코, 시간은 괜찮아? 옛날 얘기는 밤새도록 해도 모자랄 텐데, 이래서야 중요한 얘기를 못 하잖아."

마음먹고 그렇게 말하자 기미코는 퓨즈가 나간 것처럼 고개를 뚝 떨어뜨리더니 입을 다물어버렸다.

홍차를 마시고 물수건으로 손을 닦더니 한숨을 쉰다. 똑같은 동작을 세 번 반복한 뒤에 어깨로 요란하게 숨을 내쉬고 나서야 고개를 들었다.

"들어줄래?"

목을 축였는데도 작게 갈라진 목소리였다. 나는 잠자코 고개를 끄덕였다.

"그 사람을, 고이치 씨를 도와줘."

고이치. 무엇보다도 듣고 싶지 않았던 이름이었다. 뒷이야기를 들을 수가 없다.

"고이치 씨하고 사쓰키 관계는 알고 있어. 하지만 이젠 부탁할 사람이 너밖에 없어."

"미안하지만 그 사람 문제라면 아무리 힘들어도 들어줄 수 없어. 미안, 돌아갈게."

나는 벌떡 일어나 계산서에 손을 뻗었다. 그 손을 기미코가 두 손으로 덥석 붙잡았다.

"기다려, 사쓰키! 내 말 좀 들어줘! 나, 반년 전에 아이를 낳았어. 오늘은 일부러 시부모님께 아이를 맡기고 여기까지 온 거야."

관자놀이를 세게 얻어맞은 것처럼 눈앞이 순간 새하얘졌다. 아이가 있다? 기미코가 그 사람의 아이를 낳았다.

"그런 소식을 알려주려고 여기까지 일부러 찾아온 거야? 그렇다면 그래, 축하해."

기미코의 손을 뿌리친 채 돈도 내지 않고 가게에서 뛰쳐나왔다. 역시 만나는 게 아니었다. 이런 곳까지 넉살 좋게 나오는 게 아니었다.

차표 발매기에 동전을 넣는 시간도 아까웠다.

"기다려!"

차표를 뽑는데 기미코가 등에 매달렸다. 젖비린내가 코를 찔러 속이 울렁거렸다.

"이거 놔."

기미코의 팔을 뿌리치려 했지만 꼼짝도 하지 않았다. 연약해 보이는 건 겉모습뿐, 체력도 완력도 과수원에서 충분히 키웠던 것이다.

"부탁이야."

"작작 좀 해!"

팔을 떼어내려는데 누가 내 어깨를 붙잡았다. 기미코의 손이 풀렸다. 뒤를 돌아보니 한 남자가 서 있었다. 작은 배낭을 등에 멘 등산 차림이었는데 얼굴이 낯익었다.

"마에다 씨?"

마에다 씨의 다른 한쪽 손은 기미코의 어깨를 붙잡고 있었다.

"경찰이 오기 전에 말리는 게 낫겠다 싶었는데, 실례였나?"

시민회관에 있을 때와 마찬가지로 느긋한 목소리였다.

"아뇨. ……고맙습니다."

너무 망신스러워 기미코에게서 달아날 기력이 단숨에 사라졌다. 기미코도 당혹스러운 눈치로 나와 마에다 씨를 번갈아 보고 있다.

"그만 손을 놔도 되겠어?"

마에다 씨가 말했다.

"그야……."

"기다려!"

그야 물론이라고 말하려는 찰나에 기미코가 소리를 질렀다.

"이것만 말하게 해주세요."

기미코는 마에다 씨에게 그렇게 말하더니 몸을 반쯤 돌리고 있던 나를 뚫어져라 쳐다보았다. 마에다 씨는 잠자코 나를 쳐다보았다. 두 사람의 시선에 진 나는 기미코의 말을 기다렸다.

"구라타 선배 기억해? 고이치 씨는 지금 똑같은 문제로 고통받고 있어."

"설마."

그럴 수가.

"그러니까 너 아니면 부탁할 사람이 없어."

기미코가 나를 만나러 온 이유를 그제야 알았다. 아이가 있다고 필사적으로 말한 이유도. 남들 눈도 아랑곳하지 않고 내게 매달린 이유도. 하지만 바로 답할 수는 없었다.

"부탁이야."

기미코의 커다란 눈에 눈물이 맺히더니 흘러넘쳤다. 아름다운 눈물. 어떻게 몸속에서 저렇게 아름답고 투명한 액체가 나오는 걸까? 그리고 지금 내 몸속에서 활활 끓어오르는 이 감정은 무엇일까?

  "울지 마! 진심으로 부탁하고 싶다면 그 눈물을 어머니와 내게 돌려준 다음에 부탁하란 말이야!"

  나는 마에다 씨의 손을 뿌리치고 열차 개찰구를 향해 힘껏 달렸다. 절대로 뒤를 돌아보지 않을 테다.

  하지만 기미코가 쫓아오는 기색은 없었다.

꽃 사슬

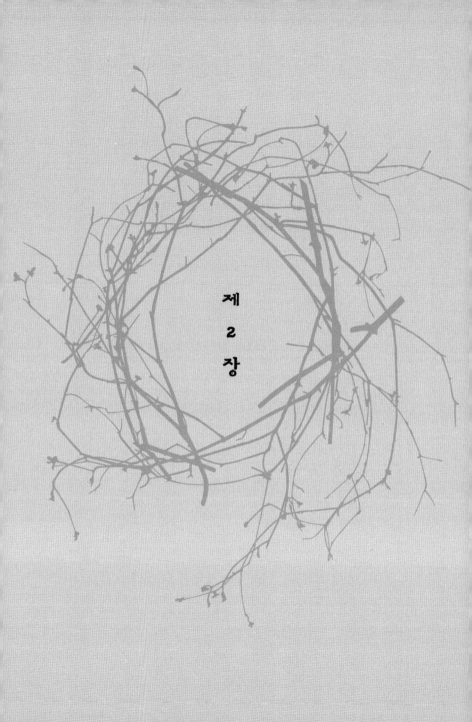

제
2
장

✿ 꽃에 대하여

오전이 더 바쁠 것 같아 나름대로 신경을 쓴 건데, 야마모토 꽃집의 카운터 안쪽에 있는 겐타는 내가 가게에 들어온 줄 모를 정도로 바쁘게 손을 놀리고 있었다. 하얀색과 연보라색, 진한 보라색의 코스모스. 한 송이 뽑아 셀로판지로 돌돌 말아 핑크색 리본을 묶어 완성.

"아저씨하고 아주머니는?"

그렇게 묻자 그제야 고개를 든다.

"시민 홀에 가셨어. 오후에 유명한 경제학자 강연회가 있어서 그 준비 때문에."

"흐음, 그래서 겐타 넌?"

"아카시아 유치원 장미반에 10시 반까지 이걸 배달해야 해. 오늘이 학부모 참관일인데 담임선생님이 이번 주에 출산휴가에 들어간다고 부모들이 원아들 수만큼, 서른 송이를 한 송이씩 포장해서 유치원에 배달해달라고 주문했어. 보통 그런 걸 당일 아침 9시 반에 부탁하나?"

"부모들은 보통 사람들이 아니니까. 그런데 장미반이라면서 왜 코스모스야?"

"장미꽃 서른 송이면 돈이 모자라서 그랬겠지."

"이것저것 섞으면 될 텐데. 그래야 선생님이 마지막 송이까지 모아서 들었을 때 화려해 보이지 않을까?"

"큰일 날 소리 하네. 예전에 알아서 해달라고 하기에 그렇게 했었어. 장미 여덟 송이하고 나머지는 이것저것 섞어서. 그랬더니 일을 맡았던 부모가 자기하고 자기 친구 아이 몫으로 장미를 챙겨놓고, 다른 아이들에게 나머지 꽃을 나눠주었대. 화가 난 부모들이 항의 전화를 했다니까. 우리 아이는 들러리가 아니에요!"

겐타는 히스테릭한 아이 어머니의 말투를 흉내냈다. 떠드는 사이에도 손은 쉴 새 없이 움직인다.

"상상은 가. 나도 그런 사람들을 매일 상대했으니까. 코스모스는 부모들이 정한 거야?"

여기 오는 길에 본 이웃집 정원에도 예쁜 코스모스가 피어 있었다.

"그래. 꽃을 건네준 뒤에 노래를 부른대."

"코스모스가 나오는 노래가 있었던가?"

"모모에1972년 오디션 프로그램 〈스타 탄생〉에서 준우승한 것을 계기로 이듬해에 데뷔해 1980년 결혼과 동시에 은퇴한 일본의 전설적인 가수이자 배우가 부른 명곡이 있잖아."

"하지만 유치원생 부모들은 우리 또래이거나 더 어린 사람이 대부분이야. 태어나기도 전에 유행한 그런 노래를 알 턱이 있니? 겐타 너라면 또 모를까."

동창회 때 노래방에 가면 겐타는 늘 한물간 노래를 부른다. 누가 꽃집 아들 아니랄까 봐, 꽃 이름이 나오는 노래가 애창곡이다. 하지만 지금은 콧노래를 부를 여유도 없는 듯하다.

"도와줄까? 리본 정도는 묶을 줄 아는데."

"아, 고마워."

나는 카운터를 사이에 두고 겐타와 비스듬히 마주 보고 리본과 가위를 들었다.

"그런데 네 용건은 뭐야?"

"K의 연락처 좀 알려주지 않을래?"

"K라니, 꽃다발 보내는 그 사람?"

"그래, 매년 너 아니면 아저씨가 배달해주잖아. K한테 주문을 받는다는 얘기지?"

K와의 접점은 꽃다발. 겐타에게 물으면 되겠지 싶어 여기까지 찾아왔지만 그렇게 쉽게 풀리지는 않았다.

K의 주문은 다른 플라워 엔젤 가맹점이 받아서 본사를 거쳐 배송지에 가장 가까운 가맹점인 야마모토 꽃집이 이어받는 시스템이었다. 본사의 전표에 K의 정보는 무엇 하나 적혀 있지 않다고 한다.

"그래도 배달은 할 수 있거든. 최근에는 본사 홈페이지로도 주문할 수 있으니 손님 얼굴을 몰라. 얼마 어치, 이러이러한 꽃으로 이런 이미지로 만들어달라고 하는 것도 직접 듣는 거랑 주문서로 받는 건 다른데 말이야."

꽃 사슬

"꽃에 어떤 마음을 담았는지 알 수 없지. K는 어떤 느낌이야?"

"차가워. 가격만 정해주고 나머지는 알아서 해달라는 식이야. 가게 주인이 플로리스트 일은 배운 적도 없는 아저씨라는 걸 알기나 할까? 카드에도 달랑 'K' 뿐이잖아? 그것도 내가 여기 컴퓨터로 치는 거야."

겐타가 고개를 돌려 선반에 놓인 데스크톱 컴퓨터를 턱짓으로 가리켰다.

"그건 몰랐어. 좀 충격이네."

키다리 아저씨는 죄다 꽃가게에 맡겼던 건가.

"뭐, 이걸 유치원에 배달하고 나서 본사에 한번 물어볼게."

"고마워, 진짜."

"대신 배달하는 동안 가게 좀 봐주면 안 될까? 십 분 정도. 아마 손님은 없을 테지만."

"좋아. 할 일도 없고."

"뉴스 봤는데, 너 같은 말단사원은 어떻게 되는 거야?"

"말도 마. 전화 한 통으로 해고. 퇴직금은커녕 지난달 월급도 못 받았어. 아르바이트라도 좋으니 어디 일할 데 없을까?"

"얼마 전에 매향당 아주머니가 아르바이트 모집 전단지를 컴퓨터로 만들어달라고 하던데, 벌써 구했으려나?"

"매향당? 그거 좀 구미가 당기네."

"아, 하지만 네가 간판스타였던 사쓰키 아가씨하고 분명히 비교될 텐데."

"간판스타?"

"우리 아버지가 팬클럽 1호야. 팬이라면 커다란 꽃이라도 보내지, 수채화 교실에서 주문받은 과제용 꽃을 두어 송이 넉넉히 넣는 게 고작이었대. 정말 소심하지? 웃긴다니까."

"몰랐어."

마지막 한 송이에 리본을 달았다.

"나, 오늘은 오후에 시민회관에서 플로리스트 수업이 있어서 거기 가봐야 해. K에 대해서는 조사해놓을게. 저녁이라도 같이 먹을래?"

"그러던지. 그런데 겐타 너, 그런 것도 배워?"

"바보 같은 소리 할래? 난 강사야."

"그건 몰랐네. 우리 동네 일인데 모르는 일들 천지야."

"주민 의식이 낮아서 그래. 마을의 장래에 대해선 아무 생각도 없지?"

맞는 말이지만, 내가 고민할 필요가 있을까? 정치가도 아니고. 게다가 지금은 내 문제만으로도 벅차다.

"저녁밥, 괜찮으면 우리 집에서 먹을래? 만들 수 있는데."

괜한 지출은 최대한 자제하고 싶다. 겐타라면 카레나 먹으면 되겠지.

"그리고 내일은 결혼 발표?"

"무슨 소리야?"

"어제오늘 이사 온 사람도 아니면서 정말 아무것도 모르네. 할머

꽃 사슬

니가 안 계신 집에 남자를 들여봐, 리카가 웬 남자를 데려왔어요, 어머나, 꽃집 겐타 총각이잖아요, 하고 내일이면 동네방네 소문이 퍼져 있을걸."

"그런……."

헛소리라고 웃어넘길 수 없다. 고등학교를 졸업하면 대부분 외지로 나가 돌아오지 않는 이 동네에는 입방아에 오를 만한 젊은 사람이 별로 없다. 수가 적다 보니 한 가지 소문의 지속 시간이 길다. 그때도 참 오래갔다.

이 년 전에 한 번, JAVA에서 같은 반 강사로 일하던 미국 청년이 귀국 전에 화과자점에서 차를 마시고 싶다기에 매향당에 데려간 적이 있었다. 회사 동료라고 소개했는데 며칠 후, 주인아주머니가 금발 애인은 어떻게 됐느냐고 묻기에 자기 나라로 돌아갔다고 대답했더니 나도 모르는 사이에 '나비 부인' 취급을 받게 되었다. 상점가 사람들에게 얼마나 위로를 받았는지 모른다.

상대가 겐타라면 문제는 더 복잡해진다. 서로 아무 생각도 없는데 곧 결혼한다더라, 이미 한집에 산다더라, 소문이 제 발로 뛰어가는 모습이 금방 머릿속에 그려졌다.

가게 앞에 야마모토 꽃집이라고 적힌 하얀 밴이 멈췄다. 아저씨와 아주머니가 내리셨다.

"마침 잘됐네. 가게 안 봐줘도 되겠다. 나중에 문자 보낼 테니 휴대전화 켜봐."

겐타는 그렇게 말하더니 카운터 밑에서 꺼낸 상자에 코스모스를 가지런히 넣어 두 손에 들고 밖으로 나갔다. 나도 함께 나갔다.

"오, 리카 왔니? 어제는 긴쓰바 잘 먹었다."

아저씨가 밴 트렁크에서 빈 양동이와 상자를 꺼내면서 환한 얼굴로 말씀하셨다. 긴쓰바. 겐타는 민망한 표정으로 가게 옆에 세워 놓은 스쿠터 짐칸에 상자를 붙들어 맸다. 겐타 앞으로 돌아가 검은 앞치마의 가슴주머니 위에 주먹을 한 대 먹이고 등을 돌렸다.

"그럼 간다."

어떤 소문이 나든, 이 녀석하고는 절대 아무 일도 생기지 않는다.

그대로 외할머니에게 갈까 했지만 집에 돌아가기로 했다.

겐타하고는 국도변에 있는 편안한 선술집에서 만나기로 했다. 이쪽이 부탁하는 약한 입장이라 술을 마시고 싶으니 차를 가져오라는 겐타의 건방진 요구를 받아들여 일부러 시민회관까지 데리러 갔는데…….

"개인 정보는 알려줄 수 없다고 하더라."

겐타는 시원한 맥주를 마시면서 그 한마디로 덜렁 끝내버렸다.

"끈질기게 사정해봤지만 법률 위반이라고 하니 별 수 있나."

"하지만 가르쳐주지 않는다는 건 플라워 엔젤 본사는 K의 연락처를 안다는 뜻이지?"

"뭐, 그런 셈이지. 그보다 K는 대체 어떤 사람이야? 나도 해마다 꽃만 배달하지 아무것도 모르는데."

내가 아는 것도 그 정도뿐이다.

꽃 사슬

매년 10월 20일, 어머니 앞으로 커다란 꽃다발이 집에 배달된다. 철들 무렵부터 그런 기억이 있다.

꽃 값은 생각도 못 했던 어린 시절에는 꽃집 아저씨가 몸을 기울여야 현관에 들어올 수 있을 정도로 커다란 꽃다발을 그저 예쁘다고 생각하며 바라보았다. 생일도, 결혼기념일도 아닌 날에 꽃이 오는 이유에 대해서도 전혀 의심하지 않았다.

두 팔로 품을 수 없을 정도로 커다란 꽃다발을, 어머니는 딱히 기쁜 표정도 짓지 않고 알림판이라도 받듯이 받아 들었다. 해마다, 눈이 휘둥그레질 정도로 예쁜 꽃에는 눈길도 주지 않고 다발을 풀어 이건 영정 앞에, 이건 할머니 방에, 이건 거실에, 하고 담담히 나누고 내게는 리본과 포장지를 주셨다. 거기에 꽂혀 있던 카드를 발견하고 어머니에게 건네자 그것도 가지라며 내게 주셨다.

하얀 종이에 빨간 장미 그림이 들어간 카드에는 인쇄된 글자로 'K'라고 적혀 있었다. 단지 그것뿐인데, 성에서 온 파티 초대장이라도 되는 것처럼 어린 나는 두근거렸다. 막 외운 알파벳에 가슴이 설렜던 것이다.

'엄마한테는 멋진 왕자님이 있구나. 그러면 아빠는 어떻게 되는 거지?'

그런 걱정을 한 적도 있었는데 아버지는 "그렇구나, 벌써 일 년인가. 세월 참 빠르네" 하고 연례행사처럼 창고에서 꽃병을 몇 개 꺼내올 뿐이었다.

"K가 누구야?"

딱 한 번, 어머니에게 물어본 적이 있다.

"사람이 아니야. 일등을 말하는 거야. 왜, 킹이라고 있잖아, 영어 배웠지? KING. 엄마가 산 복권이 일등에 뽑혀서 해마다 꽃다발을 받는 거란다."

거짓말할 때면 짓곤 하시던 가짜 웃음도 없이, 태연히 그렇게 말하는 어머니 모습에 산타클로스보다 신빙성 있는 복권설을 참 오래도 믿었다. 대박을 터뜨렸구나, 하고.

대학생이 되어 처음 사귀었던 남자에게 생일 선물로 꽃다발을 받았을 때, 어쩜 이렇게 초라할까 실망했다. 그런데 꽃다발을 보고 친구가 "꽤 애썼네. 만 엔은 거뜬히 넘겠는걸?"이라고 말해서 깜짝 놀랐다.

집에 오는 꽃다발이 굉장히 비싸다는 사실을 알고 나서는 역시 특별한 사람이 보내는 선물이 아닐까 의심했지만, 그렇다면 꽃다발 말고도 뭔가 낌새를 느낄 법도 했다. 하지만 해마다 한 번씩 꽃이 올 뿐, 다른 것은 하나도 없었으므로 역시 복권이 맞나보다 하고 믿었는데.

K는 분명 '사람'이었다.

부모님의 고별식을 치르고 며칠 뒤, K의 비서라는 사람이 찾아와 후원하고 싶다고 말했으니까. 그 도움은 거절했지만 K의 꽃다발은 지금도 해마다 온다.

"그게 전부야."

"나잇살이나 먹어서 복권 얘기를 믿는 애가 어딨냐? 정말 K가 누군지 짐작 안 가? 아주머니 아는 분이라거나."

"나도 그럴 것 같아서 이것저것 조사는 해봤는데."

오후 내내 K의 단서가 될 만한 물건을 찾았다. 어머니의 수첩, 연하장, 버리지 않고 남겨두었던 노트북까지 켜보았다.

"K가 붙는 사람이 어찌나 많던지. 성이나 이름에 붙는 사람을 찾아보니 절반 가까이 K였어. 꽃다발이 대충 이십칠 년 전부터 왔으니까 어느 정도 추려낼 수는 있겠는데, 누구랑 언제부터 아는 사이인지 전부 다 아는 것도 아니고. 하다못해 나처럼 R이라거나, F나 W, C 같은 글자였으면 좋았을 텐데."

"그러고 보니 내 이니셜도 K네. K의 정체가 나라면 어쩔 거야?"

"꽃가게 주인이 꽃을 보내? 이름을 숨기는 이유는?"

"그거다! 연하장은 실명으로 보내면서 꽃을 보낼 때만 K라고 쓰지는 않겠지? 옛날 일을 말씀하실 때 자주 나오는 이름이면서 수첩에 실려 있지 않은 사람은 없어?"

"전혀. 어머니는 그런 얘기를 전혀 하지 않는 분이었으니까. 다음엔 어딜 가자, 뭘 하자, 앞날 얘기뿐이었어. 아버지하고 어떻게 만났느냐고 물어도 어땠더라, 하고 정말 기억 못 하는 눈치였다니까. 아버지도 똑같은 사람이었으니 오죽했겠어."

"할머님은 어때? 예의 같은 거 따지는 분이잖아. 같이 사는 딸이 그렇게 큰 꽃을 받으면 누가 보낸 건지 물어보지 않으셨을까?"

"물론 할머니한테도 물어봤지. K의 비서가 왔을 때도 함께 있었으니까. 그랬더니 누군지 모르는 남하고도 강한 인연으로 엮일 때가 있다면서, 정체를 파헤칠 마음은 없다는 듯이 말씀하셨어."

"대체 뭘까? 너도 호기심 좀 가져라. 나 같으면 어머니한테 그런 꽃다발이 오면 끝까지 물고 늘어졌을 거야."

"하지만……."

그때는 그런 건가 보다 했으니 어쩔 수 없다.

"그리고 비서는 너한테 자기소개를 어떤 식으로 했어?"

"어떤 식으로라니?"

"대체 무슨 비서인지 말했어? 주인님이라거나, 사장님이라거나, 자기 고용주를 부르는 호칭이 있을 것 아니야."

"K라고 하던데. 어머님 생전에 신세를 진 K의 대리로, 비서인 제가 찾아왔습니다…… 어쩌고. '님'이나 '씨' 같은 것도 안 붙였고, 직함 같은 것도 한마디도 하지 않았어."

"비서가 수상하네. 어떤 놈이었어?"

"나이는 나하고 비슷하거나 조금 많은 정도? 키가 크고 얼굴도 잘생겼고, 능력 있는 사람이라는 티가 팍팍 났어. 그럼…… 키다리 아저씨로 따지면 비서가 바로 K일 수도 있겠네."

"네가 철들 무렵엔 이미 꽃이 왔었다며. 그땐 그놈도 어린애였을 것 아니야. ……분명 수상하지만 그렇게 멋진 남자의 청이라면 너도 조금은 긍정적으로 검토할 만했을 텐데, 왜 대뜸 거절했어?"

"무뚝뚝했거든. 왜 내가 이런 곳에 와 있지, 하고 불만스러운 얼굴이었어. 내가 거절하니까 '그럼 K에게 그렇게 전하겠습니다' 하고 냉큼 돌아가더라니까."

"신세를 진 건 K뿐이고, 그 비서는 아무 상관도 없다는 뜻일까? 그보다 왜 이제 와서 K의 정체가 궁금한 건데?"

"부탁할 게 있어서."

"뭐?"

"돈이 필요해."

"회사가 망했다고 바로 그러냐, 한심하기는. 네 힘으로 버텨봐."

"그게 아니라."

겐타에게 외할머니의 병세를 말했다. 표면적인 거짓말이 아니라 진실을. 말하는 김에 외할머니가 옥션에서 사고 싶어 하는 물건이 있고, 그게 저금을 전부 털어 넣어도 살 수 있을까 말까 할 정도로 비싸다는 이야기도.

"할머님은 대체 뭘 사고 싶으신 거야? 물욕하고는 인연이 없어 보이는 분인데."

"그렇지? 그러니까 분명 굉장히 갖고 싶은 걸 거야. 그것도 사드리고 싶고, 수술도 받아야 하고, 어쨌든 한시라도 빨리 K에게 편지를 보내고 싶어."

"편지? 그거라면 괜찮지 않을까?"

"어떻게?"

"플라워 엔젤 본사에 보내서 전달해달라고 하면 되잖아. 우리 쪽에 연락처를 알려줄 수 없다는 것뿐이니까, 편지하고 꽃을 함께 보내면 널 어엿한 손님으로 볼 거야. 그렇게 큰 꽃다발은 아니어도 되니까 아주머니가 제일 좋아하셨던 꽃으로 보내면 K도 기뻐하지 않을까?"

"굉장하다, 겐타 너 천재구나? 하지만 어머니가 좋아했던 꽃이 뭘까?"

"나 참, 딸이면서 그런 것도 몰라?"

"하지만 어머니는 꽃집에서 파는 꽃보다 들에 피는 꽃이나 고산 식물을 더 좋아하지 않았을까? 방랑자였으니까."

"그거다! K하고 만난 곳도 여행지 아니었을까? 특히 산은 보통 사람들이나 부자나 똑같은 길로 가잖아. 거기서 위험에 빠진 K를 아주머니가 구해줬던 건지도 몰라."

그거라면 있을 법한 일이다. 우연히 구해준 상대가 부자였다는 사실을 복권에 빗대었다고 해도 이상할 건 없으니 어머니가 그렇게 말씀하신 것도 이해할 수 있다. 상대에게는 생명의 은인이지만 어머니에게는 대수롭지 않은 일이었는지도 모른다. 그래서 꽃이 오면 받기는 하지만, 딱히 호들갑을 떨지도 않았던 것이리라. 아버지가 사정을 알고 있었다 해도 질투할 이유가 없다.

"생각해보니 그런 것 같네. 편지, 내일 바로 좀 보내줘. 차에 있으니까 돌아갈 때 줄게. 꽃은…… 코스모스면 돼. 그래, 오늘 유치원은 어땠어?"

"역시 모모에 노래였어."

한산한 가게를 핑계 삼아 겐타는 콧노래로 〈코스모스〉를 흥얼거리기 시작했다.

꽃 사슬

콧노래는 차에 올라탄 순간 열창으로 바뀌었다. 그냥 주정쟁이이다. 하지만 가사를 제대로 듣기는 이번이 처음인 것 같다. 어머니를 그리는 노래였나.

부모님을 여의고 괴롭긴 했지만, 나는 그리 오래 방황하지는 않았던 것 같다. 외할머니가 계셔서 그랬겠지만, 그밖에도 다른 이유가 있었던 게 아닐까? 가령 어머니가 고생하는 모습을 거의 못 보았으니까. 우는 모습은 한 번도 본 적이 없다. 조금 더 편히 모시고 싶었다, 맛있는 음식을 드리고 싶었다, 여기저기 구경을 시켜드리고 싶었다, 그런 후회가 어디에도 없다.

하지만 한 걸음 들어가니 내가 알지 못했던 어머니의 모습이 있었다. 충분히 행복한 인생을 보냈다고 단정한 것은 그저 내가 그렇게 이해했기 때문이고, 어머니는 아직 하고 싶은 일이 많았던 게 아닐까?

K를 만나고 싶었던 적이 단 한 번도 없었을까?

그만한 꽃을 해마다 보내주는 사람에게 아무 감정도 느끼지 않았을 리 없다. 어째서 제대로 물어보지 않았던 걸까? 만날 수 없게 되기 전에.

K를 직접 만나지 않아도 돈은 빌려줄지 모른다. 하지만 가능하다면 K를 만나서, 내가 모르는 어머니의 이야기를 듣고 싶다.

아카시아 상점가에서 역 쪽으로 난 입구에 차를 세우자 겐타의 아버지도 근처 선술집에서 술을 드시고 있었는지 휘청휘청 걸어가는 모습이 보였다. 우리를 알아본 듯했다.

"앗! 겐타, 리카하고 데이트했느냐!"

고래고래 소리를 지르며 우리 쪽으로 다가왔다. 이래서야 남들 눈을 피해 일부러 멀리 나온 보람이 없다.

"일 때문에 만난 거야."

겐타가 질렸다는 투로 말했다. 확실히 꽃집에 용건이 있어 겐타에게 의논한 거니 일은 일이다.

"얼씨구, 일 좋아하네. 이런 시간에. 진짜로 뭐하다 왔는지 털어놔라."

아저씨가 주정을 부렸다. 상점가 가게들의 문이 이미 닫혀 있어서 그나마 다행이다.

"애가 K의 연락처를 알고 싶다는데 플라워 엔젤 본사에서 못 가르쳐준다고 해서, 어쩌면 좋을까 같이 고민한 것뿐이에요. 그게 다라고요!"

"해마다 커다란 꽃다발을 주문하는 그 K 말이냐?"

"그렇다니까."

"유명한 화가인가 건축가인가 그렇다는데."

"……그래요?"

"주문을 받았을 땐 몰랐는데, 어디선가 들은 라디오에 그 사람이 나왔거든. 낯익은 이름에 목소리도 귀에 익다 싶었지."

"주문이라니, 플라워 엔젤이 전표를 보낼 땐 의뢰인의 이름을 지우잖아요."

"플라워 엔젤에 가입하기 전이었어. 처음 몇 년 동안은 직접 전

꽃 사슬

화로 주문을 받았거든. 대금은 소액환으로 먼저 보낼 테니 꽃다발은 알아서 만들어달라고 했지."

"그때 전표 같은 거 안 남아 있어요?"

"네가 처분했잖느냐. 앞으로는 컴퓨터로 관리한다면서, 이렇게 몇 십 년도 더 된 전표는 필요 없다고 내용을 확인하지도 않고 홀라당 버려놓고는. 나는 언젠가 필요할지도 모른다고 말렸는데."

원망스러운 기분으로 겐타를 쳐다보자 미안하다며 두 손을 모으는 시늉을 한다.

"이름은 기억 안 나세요?"

"음, 뭐였더라? 이름을 들은 건 첫해뿐이고, 그 후로는 K라는 이름으로 주문했으니까. 뭐, 가, 기, 구, 게, 고 중에 하나로 시작하는 이름이라는 건 확실하지."

"정신 차려요, 아버지. 뭐 달리 생각나는 건 없어요?"

아저씨는 팔짱을 끼고 고개를 갸웃거렸다.

"음, 그래, 팔만 엔짜리 꽃다발을 주문받는 일은 거의 없잖니. 당시에 팔만이었으니. 받는 상대가 이미 결혼한 사람인데, 무슨 관계인가 싶어 슬쩍 캐물어본 적이 있었지."

"별 상상을 다하시네, 그래서요?"

"꽃다발은 알아서 만들어달라고 하셨는데, 원하는 이미지라도 알려주시면 고맙겠습니다, 하고 물어봤지. 연인에게 보내는 건지, 친구에게 보내는 건지, 문병용인지 결혼 축하용인지. 꽃을 보낼 땐 뭔가 이유가 있는 법이잖아."

"아버지치고는 눈치가 빨랐네. 그래서?"

"사랑하는 사람에게."

심장이 덜컥 내려앉았다.

"K의 비서는 신세를 졌다고 했다는데? 은인에게 감사의 마음을 담아 보내는 게 아니었던 거야? 애초에 그렇게 쪽팔린 소리를 누가 해요?"

"아니, 그랬다니까. 외국 영화를 더빙하는 성우처럼 멋진 목소리로 그랬어. 전화를 받은 게 네 어머니였다면 그대로 기절했을 게다."

"저희 어머니는 그 메시지를 알고 계셨나요?"

"글쎄다. 난 말 안 했다. K가 그 말은 전하지 말고 꽃으로 표현해 달라고 신신당부를 했거든. 나도 야마모토류 사범 대리로서 자존심이 있다 이 말씀이야."

꽃꽂이 종파에 야마모토류가 있는지는 의심스럽지만 해마다 배달된 꽃은 상점가 아저씨가 만들었다고는 믿기 어려운, 훌륭한 꽃다발이었다.

그 테마가 '사랑하는 사람에게'였다는 사실을 어머니는 알고 계셨을까?

아마 알고 계셨겠지. 눈치가 빠른 사람이었다. 방임주의였는데도 내가 울적해하거나 비밀이 생기면 바로 알아챘으니.

내 마음대로 산에서 나이 많은 부자를 구해준 답례라고 단정했지만, K가 어머니를 사랑해서 도와주겠다고 자청했던 거라면, 과연 그 도움에 매달려도 되는 걸까?

❋ 눈에 대하여

나쓰미 씨가 저희 집에 찾아왔습니다.

요스케 오빠는 이 동네에 살지만, 나쓰미 씨는 함께 오기를 거부해 요스케 오빠의 본가인 외삼촌댁에서 아이와 함께 살고 있습니다. 집안일은 가사도우미에게 맡기고, 한 살밖에 안 된 아이는 외숙모에게 떠맡기다시피 하고 있습니다. 쇼핑이니 여행이니, 언제나 외출만 하는 모양입니다. 게다가 본인은 그게 원만한 고부관계의 비결이라고 자신만만하게 떠들고 다니니, 저는 이해할 수가 없네요.

집이 어딘지 기억이 안 나니 마중을 나와달라고 하기에 일부러 역까지 갔는데, 미안하다는 말이나 인사도 한마디 없이 걸어서 왔느냐며 대놓고 실망한 기색을 드러내면서 별 수 없다고 중얼거리더군요. 아침저녁이 쌀쌀한 요즘에 가슴께와 팔뚝, 다리를 그대로 드러내는 디자인의 원피스와 하이힐을 신고 아카시아 상점가를 활보하는 나쓰미 씨는 마치 영화 촬영 때문에 시골 동네를 찾은 여배우처럼 보였습니다.

친밀감을 느끼긴 어렵지만 나쓰미 씨는 그 정도로 아름답고 당당했습니다.

둘이서 살기에는 충분하지만 그다지 넓다고 할 수는 없는 단층

짜리 임대 주택에 들어오고 나서도 다다미 위에 깐 방석이 아니라 가즈야 씨가 일할 때 쓰는 의자를 마음대로 끌어와 긴 다리를 꼬고 앉았습니다. 어쩔 수 없이 저는 제 방석을 나쓰미 씨 발치로 가져와 거기에 앉았습니다. 왠지 선생님에게 꾸지람 듣는 아이 같더군요.

책상 위에 나쓰미 씨가 마실 커피와 매향당에서 사온 긴쓰바를 내놓았지만 나쓰미 씨는 선물로 가져온 쿠키 캔을 제게 건네주지도 않고 자기 손으로 포장지를 북북 찢어 책상 한가운데에 놓았습니다. 방석에 무릎을 꿇고 앉은 저는 손을 뻗어도 쿠키에는 닿지 않았습니다.

"이런 시골까지 용케 따라왔네. 뭘 하려고 해도 불편하기만 할 텐데, 매일매일 지루하지?"

창밖을 보며 나쓰미 씨가 그렇게 말했습니다. 아이들이 야구를 하며 노는 공터 너머로 몇 채의 민가, 그 너머에 곱게 물들기 시작한 산들이 나란히 서 있고, 파란 하늘이 펼쳐져 있습니다.

"그렇지도 않아요. 상점가도 가깝고, 병원이나 현청, 생활에 필요한 곳은 거의 다 자전거로 갈 수 있는 거리에 있어서 오히려 편리해요. 아직 참가한 적은 없지만 마을 행사도 많다고 하니, 여유 있게 지낼 수 있는 건 지금뿐일지도 몰라요."

저는 가급적 여유 넘치는 표정을 지으려 애쓰며 대답했습니다.

"대단하네. 나는 T시에서도 지루한데."

나쓰미 씨는 그렇게 말하더니 유명한 양과자점의 쿠키를 하나 집어 입안에 던져 넣었습니다. 가즈야 씨와 제가 지방 도시라고는 하지만 충분히 도시의 기능을 갖춘 T시에서 아무것도 없고 지루한 이 마을로 이사 온 이유가 자기 남편 때문이라는 것을 알기는 할까요?

요스케 오빠는 대학원을 마치고 외삼촌이 중역으로 근무하는 회사에 취직했습니다. 하지만 요스케 오빠는 겨우 일 년 만에, 독립해서 건축사무소를 세우고 싶다는 얘기를 꺼냈습니다. 큰 조직 속에서는 개인의 실력을 발휘할 수 없다고 주장하는 요스케 오빠에게 외삼촌은 몇 년만 더 공부 삼아 조직의 일원으로 일하고, 시기를 봐서 독립하는 게 어떻겠느냐고 제안했지만 요스케 오빠는 지금이 바로 그때라고 고집을 부렸습니다.

외삼촌은 호된 일갈로 상대의 입을 막아버리는 타입이지만 요스케 오빠는 어려운 단어를 들어가며 논리적으로 상대의 입을 막는, 외삼촌과는 정반대 타입이에요. 외삼촌은 마지못해 승낙했고, 결국 사무소를 차릴 자금도 지원해주었습니다. 요스케 오빠가 나쓰미 씨와 결혼할 때도 그렇고, 남들한테는 엄격해도 자기 자식한테는 무르다는 걸 뼈저리게 느꼈습니다.

요스케 오빠는 도시에서는 대형 회사들이 판을 치고 있어 신규 개척이 어려우니 도시에서 자동차로 두 시간 이내의 시골 마을에 사무소를 차리겠다며 후보를 몇 개 추려내 착실히 독립을 준비해 나갔습니다.

외숙모는 당시 제가 살던 아파트로 찾아와 요스케 오빠가 걱정 스럽다는 이야기를 하셨지만 저는 제 일만으로도 벅차 요스케 오빠의 독립은 아무래도 상관없었습니다.

하지만 어느 날 밤, 가즈야 씨가 제게 이런 말을 하는 것이었습니다. ……요스케가 함께 새 사무소를 차리자고 그러네.

"뭐, 앞으로 일이 년이 고비지. 작은 일은 조금씩 들어오는 모양인데, 요스케는 이런 일을 하고 싶었던 게 아니란 말이야."

어쩜 나쓰미 씨는 저런 말을 할 수 있을까요?

일단 지방에서 우리 이름을 남길 만한 일을 하고 차츰 큰 무대로 나가자. 그러기 위해서도 가즈야의 힘이 필요해. 너도 네 센스와 재능을 조직 속에 묻어버리긴 싫잖아. 요스케 오빠는 그렇게 교묘한 말로 설득해 회사에서 착실하게 실적을 쌓고 있던 가즈야 씨를 제로, 아니 마이너스까지 끌어내렸으면서. 그래도 간신히 여기까지 버텨왔는데.

이런 일을 하고 싶었던 게 아니다.

그건 도리어 가즈야 씨가 할 말입니다. 수입도 줄고, 전망이 불안해질 것도 각오하면서 회사를 그만두고 요스케 오빠와 함께 사무소를 세울 결심을 한 것은, 가즈야 씨가 설계 일을 하고 싶었기 때문입니다.

대학에서는 이공학부 건축과에서 설계를 전공했고, 건설회사에 기술직으로 채용되었는데도 배속된 곳은 영업부였습니다. 입사하고 이 년 동안은 모두 영업부에서 일을 배우고 삼 년차부터 다른 부서로 배속될 예정이었지만 처음에 우수한 실적을 내버린 탓에 그대로 영업부에 남게 되었던 거예요.

꽃 사슬

새 사무소에 가서 가즈야 씨가 원하는 일을 할 수 있다면 저는 반대하지 않을게요, 라고 말해주었습니다.

"게다가 오전에 사무소에 들러봤는데, 요스케만 왠지 고립되어서 불쌍하더라니까. 가즈야 씨가 좀 더 요스케를 받쳐줘도 될 텐데. 그래서야 누가 대표인지 모르겠어."

요스케 오빠의 사무소는 정기적으로 방문하면서 저희 집에는 한 번도 찾아오지 않던 나쓰미 씨가 갑자기 놀러 온 이유를 그제야 알았습니다. 하지만 불평하고 싶은 건 오히려 저예요.

가즈야 씨는 이곳에서도 영업 일을 맡고 있으니까요.

마을 인테리어 점포와 친교를 다지고, 학창 시절 유능했던 후배에게 사무소 경리 담당으로 이 시골 동네에 와달라고 부탁하고, 동네 사람을 사무직원으로 뽑고, 기타가미 건축사무소가 작지만 회사의 모습을 갖추고 조금씩 큰일을 맡게 된 것은 전부 가즈야 씨의 노력 덕분입니다.

요스케 오빠는 설계도는 그릴 줄 알아도, 남에게 고개를 숙일 줄은 모르니까요.

그런 사람을 더 받쳐주라니, 뻔뻔한 것도 정도가 있지요.

"요스케 오빠가 불쌍해 보이는 건 나쓰미 씨하고 떨어져 생활해서 그런 것 아닐까요? 가정부가 살림은 해준다지만 아내의 역할은 그게 전부가 아니잖아요. 영업 일은 죄다 가즈야 씨에게 떠맡겨놓고 불평까지 하다니 너무한 것 아니에요?"

가요가 이 자리에 있었다면 속이 다 후련하다고 칭찬해줬을지도 몰라요. 그 정도로 용기를 짜내 말했는데, 나쓰미 씨는 이해할 수 없다는 표정입니다.

"떠맡기다니, 요스케는 처음부터 가즈야 씨를 오른팔로 삼아 영업을 맡기려고 부른 거잖아. 가즈야 씨 주변에는 항상 사람이 모인다고, 가즈야 씨의 인망을 높게 사고 있었어. 미유키가 기분 나빠하는 이유를 모르겠는데."

"가즈야 씨에게 설계 일을 시키려고 부른 게 아니었어요?"

"그런 소린 또 처음 듣네. 하지만 요스케는 어지간한 실력이 아니면 자기 회사에서 도면을 맡기진 않을 거야."

"그렇다면 역시 착각하고 있는 건 나쓰미 씨예요. 가즈야 씨 도면은 훌륭하니까요. 예술적인 센스가 있다고요."

제 부족한 설명으로는 나쓰미 씨가 이해하지 못할 것 같아 가즈야 씨가 학창 시절에 그린 도면 몇 개를 책상 서랍에서 꺼내어 보여주었습니다.

"어머나, 멋져라. 이런 재능이 있는 사람이었구나."

나쓰미 씨는 감탄한 듯 한 장 한 장 꼼꼼히 보았습니다.

"나쓰미 씨, 이제 알겠어요?"

"나도 건축사무소에서 일한 적 있어. 커다란 미술관도 다루는 꽤 유명한 곳에서. 요스케하고도 거기에서 만났지."

그만 발끈하고 말았는데, 멋대로 도면을 보여줘도 됐던 걸까요? 조금 불안해졌지만 이해할 수 있는 사람이 이렇게 열심히 봐주니 나쓰미 씨가 요스케 오빠에게 가즈야 씨 도면이 훌륭하다는 말을 해주지 않을까, 기대에 부풀어 올랐습니다.

"하지만 이건 못 써."

나쓰미 씨는 전부 훑어본 도면을 책상 위에 집어던지듯 내려놓았습니다. 그 바람에 조금 남아 있던 커피가 쏟아져 맨 위에 있는 도면에 튀었습니다. 당황해서 행주로 닦았지만 얼룩이 지고 말았습니다. 하지만 나쓰미 씨는 사과하지도 않습니다.

"너무해……."

"그나저나 여기서는 어때?"

나쓰미 씨가 태연한 얼굴로 자기 배를 툭툭 칩니다. 눈치 없는 그 동작에 도면을 더럽힌 데 대한 항의마저 쑥 들어가고 말았습니다.

요스케 오빠와 함께 독립할지 말지 신중히 고민하는 가즈야 씨를 설득해달라고 제게 부탁한 것은 외숙모와 나쓰미 씨였습니다.

"환경이 바뀌면 바로 아이가 생기는 사람도 많아. 미유키를 위한 일이기도 해."

그 말을 곧이곧대로 믿었던 건 아니지만 어느 정도는 기대를 품고 가즈야 씨를 설득하기도 했습니다. 전 낯선 동네에 살아도 괜찮아요. 환경이 바뀌면 기분도 새로워져 뭔가 좋은 일이 생길 것 같아요.

감사를 받아도 모자랄 판에, 우리 부부가 이렇게 뻔뻔한 소리를 들을 이유는 없습니다.

"기차 시간은 괜찮아요?"

질문에는 대답하지 않고, 노골적으로 시계를 쳐다보았습니다.

"그러네, 빨리 돌아가지 않으면 어머님도 손자한테 휘둘려서 녹초가 되실 거야."

나쓰미 씨를 비꼬아봤자 통하기는커녕 배로 돌아올 뿐입니다. 역까지 배웅할 기력도 없어 현관 앞에서 인사하고 뒷모습이 사라지기도 전에 집 안으로 들어왔습니다.

저와 요스케 오빠는 외사촌, 가즈야 씨와 요스케 오빠는 절친한 친구에 회사 동료, 나쓰미 씨는 요스케 오빠의 아내. 사무소를 차린 지 반년, 저희 네 사람은 다른 어느 누구보다 강한 신뢰관계로 엮여 망망대해로 배를 띄워야 하는데, 작은 배는 그저 모여만 있을 뿐, 사실은 어디에도 연결되어 있지 않은 것 같아 쓸쓸하고 불안한 마음이 치밀어 오릅니다.

가즈야 씨가 그린 도면을 처음 본 것은 마침 가즈야 씨가 회사를 나오는 문제로 고민하고 있을 때였습니다.

한밤중에 조금 쌀쌀해 눈을 뜨니 옆에 가즈야 씨가 없었습니다. 옆방에서 불빛이 새어 나와 그곳으로 가보니 가즈야 씨가 혼자서 도면을 바라보고 있었습니다. 가즈야 씨는 저를 깨워 미안하다고 했지만 저는 평소와 다른 공기가 흐르는 두 사람만의 시간을 가질 수 있다는 사실이 기뻐서 커피를 끓였습니다.

일을 집으로 가져온 줄 알고 옆에 앉아 도면을 들여다보니 오른쪽 밑에 있는 'K'라는 사인이 눈에 들어왔습니다.

"혹시 이거 가즈야 씨가 그린 거예요?"

그렇게 묻자 가즈야 씨는 "학창 시절에" 하고 조금 쑥스러운 얼굴로 말하며 제게 다른 도면도 보여주었습니다. 사무직원이라지만 건설회사에서 몇 년이나 일했으니 평면도나 구조설계도는 조금 볼 줄 아는데, 역시 완성예정도를 보는 게 가장 즐겁습니다.

극장이나 박물관 같은 건물이 다섯 종류쯤 있었는데, 모두 섬세하면서도 따스한 분위기가 감도는, 가즈야 씨다운 디자인이었습니다.

"이게 제일 멋져요."

그렇게 말하며 한 장을 고르자 가즈야 씨도 "나도 이게 가장 자신 있는 작품이야"라고 해서, 그것만으로도 행복했습니다. 이튿날, 가즈야 씨는 저를 데리고 회사를 그만두고 사무소로 옮기겠다는 말을 요스케 오빠와 외삼촌 부부에게 전하러 갔습니다. 그리고 둘이서 이 마을로 왔습니다.

얼룩진 도면을 가장 아래로 빼서, 서랍에 다시 넣었습니다.

아카시아 상점가에서 저녁 찬거리를 사서 집으로 돌아가는데 뒤에서 누가 "부인" 하고 부르는 소리가 들렸습니다. 절 부르는 소리인 줄 모르고 그대로 걸어가는데 다시 부르는 소리가 들립니다.

"다카노 씨 부인 되시죠?"

걸음을 멈추고 뒤를 돌아보니 길가에 면한 집 현관에서 어머니 또래의 여성이 제게 손을 흔들고 있습니다. 누군지 몰랐지만 되돌아가니 제게 인사를 하십니다.

"제 아들이 바깥분 사무소에서 신세를 지고 있어요."

이곳에서 채용한 사무직원 모리야마 씨 댁인가 봅니다.

"아직 이 주변 지리가 머릿속에 들어 있지 않아서, 사무를 봐주는 기요시 군이 항상 안내를 해줘. 다음에 식사라도 대접할까 하니 그때는 잘 부탁해."

가즈야 씨가 그렇게 말했던 게 기억났습니다.

"신세는 저희가 지고 있지요" 하고 고개를 숙이자 "천만에요, 저희야말로 도움이 되고는 있는지" 하고 고개를 숙이시기에 서로 몇 번이나 고개를 꾸벅꾸벅 숙이다가 왠지 우스워서 웃음이 터져 나왔습니다. 그러자 모리야마 아주머니도 살갑게 웃어주셨습니다.

"이 주변에도 이제 적응하셨어요?"

"예, 조금씩요. 하지만 아직 모르는 게 많아요."

"저라도 괜찮으면 뭐든 물어봐요. 아무것도 없는 곳이지만 매향당의 긴쓰바는 꼭 먹어봐야 해요. 벌써 먹어봤어요? 일 년 내내 파는데, 앞으로 조금 더 추워지면 프라이팬으로 표면을 노릇노릇하게 구워서 먹는 게 일품이에요."

"어머, 군침이 도네요. 꼭 먹어볼게요."

기뻐서 또 고개를 꾸벅 숙이는데 정원에 핀 코스모스가 눈에 들어왔습니다.

"코스모스가 참 예뻐요."

무심코 한 말인데 모리야마 아주머니는 가져가라며 집 안에서 가위와 신문지를 가지고 나와 한 손으로 들 수 없을 정도로 큰 다발을 안겨주셨습니다.

꽃 사슬

마을 사람들은 가즈야 씨를 이곳의 일원으로 받아들이고 있고, 그 덕분에 제게도 친절하게 대해줍니다. 하지만 마을에서 친분을 다지는 건 오히려 제가 해야 할 일이죠. 작은 문제로 끙끙 고민하면서 집 안에 틀어박히지 말고, 가즈야 씨가 이 마을에서 조금 더 편하게 일할 수 있도록, 저도 마을 사람들과 좋은 인간관계를 쌓아가고 싶어요.

현관에도, 식탁에도, 온 집 안에 코스모스를 장식했습니다.

일터에서 돌아온 가즈야 씨에게 모리야마 아주머니께 받았다고 하자 무척 기뻐하더군요. 나쓰미 씨가 왔었다는 말도 일단 하기는 했지만, 무슨 이야기를 했는지는 절대 말해주고 싶지 않아요.

목욕을 마치고 나오자 가즈야 씨가 저더러 먼저 자라고 했습니다. 책상 위에 전기스탠드를 켜고 제도용지를 펼쳐놓았네요.

"할 일이 남았어요?"

"아니, 그건 아닌데……."

가즈야 씨는 선 채로 두 손을 허리에 대고, 위를 쳐다보았다가, 발밑을 보았다가, 제게 말을 할까 말까 망설이는 눈치입니다.

"말하기 힘들면 억지로 하지 않아도 돼요."

"아니, 그게 아니야. 언제 털어놓을지 고민했지만 역시 오늘인 것 같아. 미유키에게 선언한 다음에 시작하는 게 좋겠어."

대체 뭘까, 가슴이 두근거립니다.

"공모전에 참가하려고 해."

가즈야 씨 말로는 저희 지역에서 미술관 설계 공모전을 개최한다고 합니다. 건설 예정지는 마을에서 훨씬 들어가는 깊은 골짜기로, 그런 곳에 세워서 뭐에 쓰나 싶었지만 예술을 모르는 저 같은 사람도 아는, 작년에 세상을 떠난 일본의 피카소라 불리는 가사이 미치오의 작품을 그곳에 전시할 예정이라는 말을 듣고 그거라면 찾아오는 사람도 많겠다는 생각이 들었습니다.

"가사이 미치오와 인연이 있는 곳이에요?"

"몸이 병들었을 때 요양을 위해 삼 년쯤 살았던 곳이라더군. 가사이 미치오의 작풍은 전기와 후기가 확연히 다르지? 그 전환점이 된 장소라나 봐. 그림뿐만 아니라 당시 지인들에게 보낸 편지나 일기도 전시할 예정이래."

"굉장해요. 그런 건물 설계를 가즈야 씨가 하다니!"

"성미도 급하긴. 이곳뿐만 아니라 전국에서 응모가 쇄도할 거야. 하지만 여기에 지금 내가 가진 모든 것을 걸어보고 싶어."

"전에 말했던 게 바로 이거였군요. 어째서 바로 알려주지 않았던 거예요?"

"1차 심사에서 떨어지면 망신스럽고, 거기에 붙으면 이번에는 모형을 제작해야 하니까 그때 털어놓을까 했지."

"망신스럽다니요. 전 꼭 당신이 뽑힐 거라고 믿어요. 가사이 미치오의 그림을 처음 봤을 때하고, 당신 도면을 처음 봤을 때, 무척 비슷한 감동을 느꼈으니까요."

"그 기발한 그림하고?"

꽃 사슬

"그게 아니라, 전기나 후기와도 또 조금 다른 작풍으로 그린 게 있어요. 어쩌면 이 마을에서 그린 건지도 몰라요."

가사이 미치오의 그림은 약 오 년 전에 외숙모와 함께 백화점 갤러리에서 본 적이 있습니다. "이런 걸 훌륭하다고 할 수 있니? 나는 예술을 도통 모르겠구나" 하고 작은 목소리로 투덜거리던 외숙모에게 "그러네요" 하고 맞장구는 쳤지만, 딱 한 장, 작풍이 다른 그림이 있어 크게 감명을 받았습니다. 어두운 색조, 섬세한 터치로 그렸지만 어딘가 따스한, 이 그림 앞에서 몇 시간이라도 서 있고 싶은, 그런 기분을 느끼게 해주는 그림이었습니다. 그 그림이 가즈야 씨가 설계한 건물 안에 전시되어 있는 이미지가 자연스럽게 머릿속에 그려졌습니다.

"분명 달이 들어가는 제목이었는데. 미안해요. 아마추어가 잘난 척 떠들어서."

"아니, 굉장한 응원단을 얻은 기분이야."

그렇게 말하며 머리를 쓰다듬어주는 손길에, 마치 제가 이제부터 뭔가에 도전하는 기분이 들었습니다.

"방해될 테니 먼저 쉬겠지만, 가능하면 함께, 같은 방에서 뜨개질을 하고 싶어요. 안 될까요?"

"내일 아침 늦지 않게 깨워준다면."

그 말을 들으니 그만 자는 게 나을까 싶었지만 커다란 목표를 향해 도전하는 가즈야 씨의 등을 바라보고 싶어서 아침에 힘을 내기로 했습니다. 야식으로 프라이팬에 노릇노릇하게 구운 긴쓰바와 커피를 준비해야겠어요.

〉 달에 대하여

앨범을 펼치지 않아도 그 시절의 추억은 똑똑히 떠올릴 수 있다.

기미코, 고이치 선배, 구라타 선배…….

체력에는 자신이 있어 산악 동아리에 들어갔는데, 트레이닝 첫날에 강가를 10킬로미터나 뛰자 심장이 펄떡펄떡 비명을 질렀다. 탈락자가 속출하는 가운데 겨우겨우 완주하고 뻗어서 호흡을 가다듬는 내 옆에서 기미코는 "아, 힘들어" 하고 종알거리면서 초콜릿을 먹었다.

"에너지를 보충해야지, 사쓰키도 먹어."

초콜릿 먹을 기분은 아니었지만 기미코보다 체력이 떨어진다는 사실을 인정하기 싫어 아무렇지도 않은 척, 검은 덩어리를 그대로 입속에 집어넣자 속이 메슥거려 눈을 뜨고 있기도 힘들었다.

그런 내 상태는 전혀 알아차리지 못하고 기미코는 커다란 눈망울을 굴리며 귓가에 속삭였다.

"사쓰키, 나 저 선배가 마음에 들어."

나를 아르바이트생으로 뽑아준 것은 오로지 매향당의 호의였다.

작년에 환갑을 맞이한 주인아저씨와, 옛날부터 몰래 긴쓰바를 쥐여준 아주머니. 두 분의 아들인 작은사장은 "나는 사쓰키 팬클럼 제3호야" 하고 가벼운 농담을 하더니 올가을 띠동갑만큼 차이가 나는 어리고 귀여운 연인과 결혼한다. 며느리가 가게에 들어오면 나는 필요 없으리라.

지금도 케이스 앞에 멍하니 서 있는 게 전부니까.

기한이 지난 과자는 상자에 담아 가져가라고 하니 남으면 신나기야 하지만, 어떻게 좀 안 되려나. 모처럼 내놓은 신상품도 이대로 판매가 늘지 않으면 제조를 중단해야 할 것 같다. 단팥과 생크림 조합이 괜찮다는 것을 빨리 마을 사람들에게 알려야 하는데. 특히 젊은 사람들에게.

"아주머니, 이름을 바꾸는 건 어떨까요?"

"내 이름?"

"아니, 상품 이름요. 긴쓰바는 통팥, 밤, 생크림, 이래서 알기는 쉽지만 전혀 세련된 맛이 없잖아요. 사고 싶은 마음이 안 들어요."

"그러네. 케이크는 케이스를 들여다보면서 이름을 읽는 것만으로도 어떤 맛일지 상상을 자극하니까. 똑같은 케이크라도 초콜릿 케이크하고 쇼콜라 클래식은 천양지차이지. 뭐 좋은 아이디어 없겠니?"

"매향당이니까 꽃 이름으로 하는 건 어떨까요? 통팥 긴쓰바는 대표 상품이니까 매화. 밤이 든 건 가운데가 노란 꽃이 좋겠어요. 코스모스나 동백? 모처럼 단밤을 넣은 과자니 동백이 낫겠다. 생크림은 단팥하고 섞여 색도 연보랏빛이고 서양 스타일이니까 이쪽을 코스모스로."

"좋네, 네가 종류별로 꽃 그림을 그려주면 더 좋을 것 같아."

"매화하고 동백하고 코스모스면 되죠?"

어떤 디자인으로 그릴까 이미지를 떠올려본다.

"그럼 코스모스 다섯 개."

"네?"

아주머니가 아닌 다른 사람 목소리에 고개를 돌려보니 마에다 씨가 서 있었다. 이틀 전 역에서 있었던 일이 머리에 떠올라 시선을 떨어뜨리고 말았다.

"그저께는 정말……."

사과하는 것도 아니고 고맙다는 것도 아니고, 그저 고개를 숙인 채 케이스 건너편으로 돌아갔다.

"긴쓰바, 생크림 다섯 개면 될까요?"

"아니, 코스모스 다섯 개."

내가 제안해놓고 다른 사람이 말하니 부끄럽다. 매화 투각 무늬가 들어간 연분홍색 상자에 생크림 긴쓰바 다섯 개를 넣어 금색 띠로 묶고 매화가 그려진 종이봉투에 넣었다.

생크림, 하나에 백 엔. 합계 오백 엔.

"영수증은 시민회관 앞으로 끊어드릴까요?"

"아니, 괜찮아."

시민회관에서 주최하는 강연회 강사에게 내놓는 다과로 자주 주문을 받았던 터라 이번에도 다과용 과자를 사러 온 줄 알았다.

"관장님한테 여기에서 아르바이트한다고 들었어. 누가 메시지 좀 전해달라고 해서."

"일 때문에요?"

"아니, 역에서 같이 있던 여자분이."

"기미코 말씀이군요. 그거라면 됐어요. 필요 없어요."

"그럴 수는 없어. 부탁을 받았는데 전하지 않으면 내가 난처해."

"그럼 그런 부탁은 안 받으면 그만이잖아요."

"도망친 건 그쪽이면서?"

그런 말을 들으면 할 말이 없다.

"그럼 내가 받아두지 뭐."

주인아주머니가 내 옆에 섰다.

"양쪽 다 불편한 용건이라면 내가 받아주면 될 거 아니야?"

배를 툭 두드리며 그렇게 말씀하신다.

"괜찮으면 저기서 차라도 마시고 가요. 내가 대신 천천히 얘길 들어줄 테니."

마에다 씨에게 가게 안쪽에 있는 음식 코너를 가리켰다.

"아니, 휴식 시간도 얼마 안 남아서요."

마에다 씨는 종이봉투를 들고 내게 "그럼 또" 하고 말하고는 가게에서 나갔다.

사쓰키 주변에 나쁜 소문이 없는 건 수상한 남자를 쫓아내는 매향당 주인아주머니 '덕분' 혹은 '탓'이다.

작년까지는 좋은 의미로, 요새는 조금 나쁜 의미로, 상점가 사람들에게 그런 소리를 듣는다. 남자라고 해봤자 사쓰키 팬클럽이라고 하는 상점가 사람들이 전부다. 심심풀이로 나를 놀리러 왔다가 주인아주머니에게 쫓겨나는 상황을 즐기는 것이다.

"죄송해요."

아주머니에게 고개를 숙였다.

"처음 보는 사람이네."

"시민회관에서 일하는 마에다 씨예요. 올 4월에 왔으니 이 동네 사람은 아닐지도 모르겠네요."

"상점가 놈들 쫓아내듯 굴었지만, 잘못한 건 사쓰키 쪽이지? 정말 난처한 용건이면 내가 듣고서 전해주는 걸 깜빡했다 치지 뭐."

아주머니는 뭐든지 꿰뚫어 보신다. 메시지 같은 게 없어도, 오년 전 일도, 지금 일어나고 있는 일도 전부 아는 건 아닐까 싶다. 아니, 따지고 보면 이 마을에서 생긴 일이다. 나보다 더 사정을 잘 알고 있으니 이렇게 돌봐주시는 건지도 모른다.

내가 본 적 없는 아버지도, 아주머니는 만나보았을지 모른다.

그렇다면 묻고 싶다.

'제 아버지는 어떤 분이었죠? 고이치 선배하고 닮았나요?'

아주머니는 고이치 선배를 모르겠지. 그런데 나는 어째서 그를 처음 만났을 때, 그런 소리를 했을까?

저 선배가 마음에 들어, 하고 기미코가 가리킨 쪽을 보니 대여섯 명이 즐겁게 떠들고 있었다. 누굴 말하는 건지, 내가 확인하기 전에 무리 속에서 구라타 선배를 발견한 기미코는 아직 체력이 돌아오지 않은 내게서 팔을 잡아끌더니 뻔뻔하게 사람들 속으로 뛰어들었다.

"선배, 칭찬해줘요! 일 학년 여학생들 중에서 완주한 건 저하고 사쓰키뿐이에요."

"고생했어. 하지만 이건 약과야."

구라타 선배는 반은 농담으로 겁을 주듯 말했지만 다른 선배들은 "대단하네" 하고 칭찬해주었다. 칭찬을 받았으니 답례를 해야 하는데. 메슥거리는 기운이 온몸에 퍼져 어질어질한 머리를 겨우 들어올린 나는 정면에 있던 사람에게 말했다.

"아버지."

순간, 모두 굳어버렸다가 바로 폭소가 터졌다.

"고이치, 너 이렇게 큰 애를 숨겨뒀었어?"

내가 아버지라고 부른 사람은 친구들에게 놀림을 받고 난처한 표정으로 머리를 긁적였다. 말도 안 되는 소리를 내뱉었다 싶어 새하얘진 머리로 사과하려는데 그쪽에서 먼저 입을 열었다.

"그럼 오늘부터 너…… 뭐더라, 사쓰키의 '아버지'라고 하지 뭐."

그렇게 말하더니 친구들에게 "여러분, 불초여식 사쓰키를 잘 부탁합니다" 하고 장난스럽게 인사를 했고, 나는 동아리 안에서 그의 딸로 인정받게 되었다.

"사쓰키, 치사해. 노린 거지?"

기숙사에 돌아와서야 기미코가 마음에 든다고 한 사람이 고이치 선배라는 걸 알았다.

일부러 그런 게 아니다. 고이치 선배는 관심을 끌고 싶을 정도로 내 취향에 맞는 타입도 아니었고, 핏줄을 느낄 정도로 나와 비슷하게 생긴 것도 아니었고, 일반적인 아버지 캐릭터도 아니었으며, 하물며 노안도 아니었는데 어째서 난 '아버지'라고 부르고 말았을까?

당시의 내가 어머니에게 들은 아버지의 정보는 단 두 개.

머리가 좋고, 산을 좋아했다.

그래서 W대학 산악 동아리에 관심을 가졌으니, 고이치 선배뿐만 아니라 그 자리에 있던 다른 남학생들도 모두 그 조건에 해당된다. 고이치 선배에게는 다른 사람에게 없는 뭔가가 있는 걸까? 나는 그날 내내 그 사람만 생각하게 되었다. 하지만 그때는 아직 사랑이 아니었다.

기미코도 눈치채고 있었다.

"오늘은 긴쓰바로 봐줄게. 하지만 사쓰키, 한발 앞섰다고 생각하겠지만 대실패야. 딸에서 연인으로 올라가는 게 얼마나 어려운데."

그 시절의 추억도, 기미코에 대한 기억도, 머릿속 깊이 봉인했는데.

기미코는 마에다 씨에게 어디까지 얘기했을까? 처음 보는 사람에게 들려줄 이야기는 아니지만, 다급하다면 기미코 성격에 전부 털어놓았을지도 모른다.

금요일이면 시민회관에서 만날 수 있는데 일부러 아르바이트하는 가게까지 찾아온 걸 보면, 마에다 씨도 기미코의 사정이 다급하다는 것을 안다는 뜻이다.

내가 마에다 씨라면, 번거로운 일에 말려들었다고 후회하겠지. 반대로 그가 호기심 많은 사람이라면 무슨 사정인지 더 궁금해할지도 모른다.

내가 메시지를 듣고 나면, 마에다 씨는 더는 아무 상관도 없다.

"이름을 바꾸자마자 다섯 개나 팔리다니 대단하네. 하지만 코스모스는 위에 좀 부담스러워."

생크림 긴쓰바를 채워 넣으면서 아주머니가 장난스럽게 말씀하셨다.

시민회관 접수 카운터 너머로 마에다 씨에게 비닐 봉투에 넣은 매콤한 오이절임을 건넸다. 인사용으로 상점가 채소가게에서 샀는데, 담근 사람은 주인아주머니지만 아이디어는 우리 어머니가 냈다는 모양이다. 얌전해 보이지만 어머니는 이 마을에서 꽤 발이 넓다.

일주일에 한 번 출근하지만 오래 다닌 익숙한 직장이라 빈손으로 가도 되는데, 이번만은 뭐든 상관없으니 이곳을 찾을 이유가 필요했다.

"지난번에는 실례가 많았어요. 생크림 긴쓰바를 한꺼번에 다섯 개나 먹으면 부담스러울 텐데, 중간에 이거랑 같이 드시면 금방 다 먹을 수 있어요."

"그건 여기 사람들하고 같이 먹었는데."

카운터 안쪽 사무소에는 관장님을 비롯해 네 명의 직원이 모두 모여 있었다.

그렇겠지, 보통은. 영수증을 끊지 않았다고 해서 꼭 혼자 다 먹어야 하는 건 아닌데. 하물며 일하다가 쉬는 시간에 사러 나왔으니 봉투를 들고 돌아가면 다른 사람들도 궁금해할 것이다. 오후 간식으로 다 함께. 마음이 마이너스 방향으로 기울어 있으니 그런 것도 눈치채지 못했다.

"그럼 이것도 차에 곁들여 다 함께 드세요."

그렇게 말하자 마에다 씨는 옆에 있던 서류가 젖지 않도록 조심하며 축축한 비닐 봉투를 받았다. 관장님이 입맛을 다시며 기뻐했다.

"메시지를 들으러 왔는데요."

"여기에서?"

마에다 씨가 뒤를 돌아보았다. 모두 제 할 일을 하고 있지만, 귀는 쫑긋 세우고 있겠지.

"여기에서 말할 수 없는 내용인가요?"

"그래…… 오늘은 정시에 퇴근하니까 저녁이나 먹지."

이 자리에서 바로 끝날 메시지이길 바랐는데.

"요 앞에 '다케노야'라고 하는 맛있는 정식 가게가 있어."

"거기는 안 돼요."

단호하게 반대하고 역 앞 선술집에 가기로 했다. 관장님이 추천해주신 곳이다. 나와 마에다 씨가 데이트라도 하는 줄 알았는지 다른 직원도 술이 맛있다느니, 분위기가 좋다느니 하며 작은 동네치고는 운치 있는 곳을 소개해주었지만 솔직히 어디든 상관없었다.

어머니가 일하는 다케노야만 아니라면.

역 앞 빌딩 이 층에 있는 선술집은 평일인데다 시간이 일러서 그런지 손님이 우리뿐이었다. 카운터 자리와 테이블 자리가 있어, 가장 안쪽의 테이블 자리에 앉았다. 가느다란 꽃병에 연보랏빛 코스모스가 꽂혀 있었다.

"오늘은 코스모스하고 인연이 있네."

마에다 씨는 유쾌한 듯 그렇게 말했다. 매향당을 찾아왔을 때 제대로 이야기를 들었더라면 이런 수고를 끼치지 않아도 되었을 텐데, 미안했다.

"무슨 뜻인지 이해가 안 가서, 못 외울 것 같아 메모를 했어."

맥주와 음식을 몇 개 시키고, 마에다 씨는 셔츠 가슴주머니에서 담배와 함께 수첩에서 뜯어낸 종이를 꺼내 내게 건넸다.

나 아닌 다른 사람이 부탁했다면 너라면 금방 들어줄 일인데, 나밖에 부탁할 수 없는 문제라 너도 들어주지 못하겠지. 본질은 바뀌지 않지만, 너는 구라타 선배를 돕고, 구라타 선배가 고이치 씨를 돕는다고 생각해줘.

기미코의 전언이었다. 그 자리에서 생각해낸 메시지 같지는 않았다. 내가 거절한다는 전제로 이렇게 말하려고 미리 생각해둔 거겠지. 다른 사람은 이해할 수 없지만, 나는 뼈저리게 알 수 있는 말이다.

하지만 메모를 했다면 이런 곳까지 올 필요 없이 종이만 건네주면 됐을 텐데.

"다른 말도 하던가요?"

"꼭 좀 전해주세요, 하고 말한 건 그게 전부. 헤어질 때, 시간이 없어요 부탁드립니다, 하고 말했지만 그건 내게 한 말이겠지?"

"그것도 분명 제게 한 말일 거예요. 번거롭게 해서 죄송해요."

볼일이 끝나길 기다렸다는 듯이 주문한 음식이 나왔다. 젓가락을 들었지만 할 얘기가 하나도 없다. 마에다 씨는 우연히 그곳을 지나가다 마주쳤을 뿐, 그때까지는 제대로 말을 나눈 적도 없다는 사실이 이제야 생각났다.

"산을 좋아하세요?"

"학창 시절에 산악부였어."

"저도요. 전문대라 그리 많이 오르진 못했고, 여기로 돌아온 뒤로는 전혀 못 가고 있지만요."

잠시 마에다 씨와 산 이야기를 나누었다. 대학 산악부 합숙 활동은 어디나 비슷한 코스를 선택하는지 내가 가본 곳은 전부 마에다 씨도 가보았다고 했다. 야쓰가타케 종주는 이 루트로 갔다, 야리가타케는, 호다카는, 쓰루기타케는…… 더는 산에 오를 일이 없다고 생각했는데, 얘기하다 보니 산이 그리워진다. 그리고, 그 꽃도.

"성주풀은 어디에 가도 보기 힘들겠죠?"

꽃 사슬

7, 8월이 제철이니 9월 하순인 지금은 어림도 없다.

"왜 이런 시기에 성주풀을?"

"동아리 선배 중에 성주풀 같은 사람이 있었거든요. 자그마하지만 당당하고, 총명하고, 상냥한……."

구라타 선배를 꽃에 비유한다면 고산 식물의 여왕, 성주풀밖에 떠오르지 않는다.

"사쓰키, 힘들 땐 그렇다고 말해. 오히려 산에 들어가서 똑똑히 말하지 않으면 곤란해."

구라타 선배에게 그런 말을 들은 것은 동아리에 든 지 아직 한 달도 지나지 않았을 때였다.

한부모 가정인 내게 뭐든 의논해라, 뭐든 의지해라, 상냥한 말을 해주는 사람은 어렸을 때부터 주위에 많았다. 상점가 사람들, 학교 선생님. 그들은 어머니에게도 똑같은 소리를 했다.

하지만 어머니가 누군가에게 의논이나 부탁하는 모습은 한 번도 보지 못했다. 초등학교 저학년 때, 어머니가 열이 나서 몸져누운 적이 있다. 누구든 불러오려고 뛰쳐나가려는데 어머니는 혼자서도 괜찮으니 가지 말라고 하셨다.

"엄마는 혼자서도 괜찮아. 앓아누웠을 때 다른 사람에게 도움을 받을 수 있다고 몸이 기억해버리면 평생 일어날 수 없어."

그 말을 들으니 나도 남에게 의지해서는 안 될 것만 같았다. 한 번 의지하면 평생 혼자서는 아무것도 할 수 없게 된다. 그렇게 굳세게 나 자신을 타일렀다. 혼자서 못할 일은 아무것도 없다. 안 된다고 생각해도 이를 악물고 뛰어넘으면, 그다음에 똑같은 상황이 되었을 때에는 쉽게 대처할 수 있다.

구라타 선배의 상냥한 말이 기쁘긴 했지만 늘 듣는 것과 똑같은 말이라고 생각했다. 그런데.

"그럼 오늘부터 서로 하루에 한 가지씩 부탁하자. 하루에 한 번, 아무리 시시한 내용이라도 괜찮으니 무조건 서로에게 뭔가 부탁을 하는 거야."

이상한 제안이었다. 우리 대화를 귀담아 듣고 있던 기미코가 늘 그렇듯 사쓰키만 귀여워한다고 샘을 냈다.

"그럼 기미코도 같이 해. 부탁은 하루에 한 번만 하는 거야. 이 약속을 지키지 못하면 벌칙으로 우리 말고 누구 다른 사람, 동아리 선배한테 가서 부탁하는 걸로 하자."

그렇게 셋이서 시작한 하루 한 번의 부탁은, 하루하루 생활 속에서는 그저 귀찮을 따름이었지만, 산에 들어가면 보폭을 맞춰달라고 하거나, 다 함께 나눠 드는 짐을 가벼운 짐으로 바꿔달라고 할 수 있어 굉장히 편했다. 자신 있었던 체력은 사실 대부분 정신력이었으니까. 여름방학 때 야쓰가타케 종주 합숙을 무사히 마칠 수 있었던 것은 하루 한 번의 부탁 덕분이었다고, 기숙사로 돌아와 이틀 동안 파묻혀 있던 침대 안에서 통감했다.

"왠지 성주풀에서 얘기가 새어버렸네요. 하지만 처음 성주풀을

꽃 사슬

봤을 때, 굉장히 감동했거든요. 왜, 야쓰가타케를 종주하면 이오다케 정상 부근에 가득 피어 있잖아요. 메모를 하려고 가만히 관찰하는 사이에 구라타 선배 같다는 생각이 들어서, 선배에게 그렇게 말했어요. 그랬더니 영광이라고 했죠. 그 미소가 정말 여왕님의 미소처럼 멋졌어요."

만난 적도 없는 사람의 얘기를 마에다 씨는 지루한 표정 한 번 짓지 않고 들어주었다.

"하루 한 번의 부탁이라, 지금도 계속하고 있어?"

"아니요. 그렇기는커녕, 부탁을 거절해버렸어요."

"이번 일을 그 구라타 선배한테 의논해보는 건 어때?"

"그건 불가능해요."

말해도 될까.

"……이젠 이 세상에 없으니까."

"그럼 같은 문제로 괴로워한다는 사람은."

나는 말없이 시선을 떨어뜨렸다. 말로 하기가 두렵다.

"그때는 정말 거절하려고 했어요. 하지만 하룻밤 고민했더니 제가 끔찍한 짓을 하고 있다는 걸 알았죠. 그런데도 하룻밤 더 지난 지금까지도 결단을 내리지 못하고 있어요. 그 사람을 도와주면, 다른 사람을 배신하게 되니까."

"그 사람이라는 게 고이치 선배야?"

"안 그런 척하면서 다 듣고 있었군요. 기미코가 메시지에 쓴 말처럼, 고이치 선배가 아니라 구라타 선배를 돕는다고 생각하면 좋을지도 모르죠. 하지만 구라타 선배는 이제 없어요. 성주풀을 볼 수 있다면 결심이 설 것 같지만, 마법사라도 만나지 않는 한 불가능할 테고, 전 그런 꿈같은 이야기는 전혀 믿지 않아요."

"식물원에 가는 건 어때?"

"안 돼요. 같은 꽃이라도 전혀 다르다고요. 산에서 봐야죠."

마에다 씨는 팔짱을 끼고 입을 다물어버렸다. 딱히 내가 마에다 씨한테 성주풀을 마련해달라고 한 것도 아닌데.

"그럼 가자."

"어딜?"

"야쓰가타케…… 미나미야쓰가타케, 아카다케에 오르자."

"뭘 하러요?"

"당연히 성주풀 보러 가는 거지."

"불가능해요. 피어 있을 리 없잖아요."

"아니, 있어. 이번 주말 예정은? 난 비어 있는데."

"아무 예정도 없지만, 마에다 씨도 함께 간다고요?"

"공백 기간이 있으니 혼자 가면 위험해."

"하지만 마에다 씨가 그렇게까지 할 이유가 없잖아요."

"남의 선행에 편승하려는 것뿐이야. 산악 투어에 혼자 신청했는데 가보니 참가자가 두 명인 셈 쳐. 아니면 하루 한 번의 부탁, '이번 주말에 산에 함께 가주세요'로 해."

대답을 망설이고 있는데 가게 문이 열렸다. 꽃집과 정육점, 팬클럽 두 명이 들어왔다.

꽃 사슬

"미스 아카시아가 남자하고!"

둘이서 요란하게 카운터에 쓰러지더니 "횟술 한 잔" 하고 주문
한다.

자세한 이야기는 더 못 하겠다. 그런데 나는 어째서 이 사람에게
말해버린 걸까?

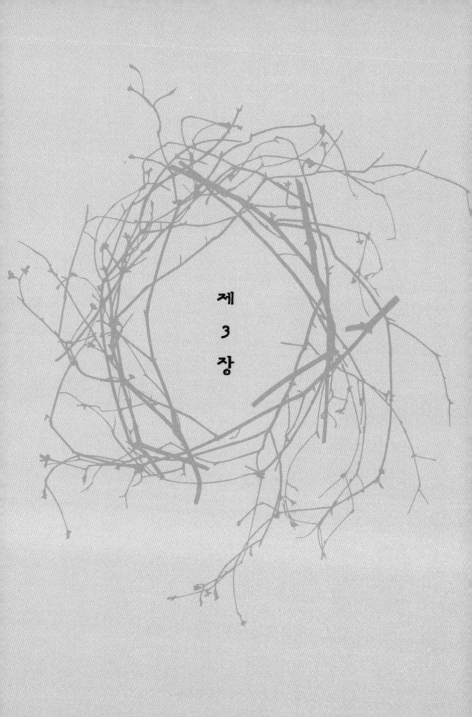

제
3
장

❀ 꽃, 전날 밤

아카시아 상점가를 지나 야마모토 꽃집을 찾았다. 꽃을 받기 위해서다.

어젯밤, 겐타의 전화를 받았다.

"왔어, 왔어, 왔어……."

상당히 흥분한 목소리에 무슨 일인지 굳이 묻지 않아도 뜻을 이해했다.

"진짜? 진짜? 진짜?"

전화를 든 내 손도 떨렸다. 겐타가 새된 목소리로 꽃과 메시지가 왔다는 소식을 전해주었다. 꽃은 외할머니 앞, 메시지는 내 앞이라고 했다.

겐타에게 편지를 맡긴 지 겨우 닷새. 상상 이상으로 빨리 답장을 받은 사실, 아니, 무시당해도 이상할 것 없는 상황에서 제대로 답장을 받았다는 사실이 기뻐서 견딜 수 없었다.

"고마워, 정말 고마워."

전화기를 한 손에 들고 몇 번이나 고개를 숙였다.

꽃 사슬

"인사는 K를 직접 만난 다음에 하지그래? 메시지도 그런 내용이니까. 지금 전해줄까?"

꽃은 병원에 가기 전에 가게에서 받기로 하고, 메시지만 그 자리에서 읽어달라고 했다. 온라인으로 들어온 메시지를 겐타가 카드에 프린트하는 거니 전화로 들어도 별 차이는 없다.

'9월 2X일, 일요일, 오전 10시, H그랜드호텔 일 층, 카페 라운지 '아카시아'에서 기다리고 있겠습니다. K.'

신이 난 겐타는 아저씨에게 들은 정보를 바탕으로 외화를 더빙하는 성우처럼 목소리를 묵직하게 깔고 읽어주었다. 한물간 유행가로 단련한 목소리는 제법 들어줄 만했다. K는 멋진 신사 같은 이미지였지만 겐타도 이런 목소리를 낼 수 있으니 목소리와 외모가 꼭 일치하는 건 아닌가 보다.

K를 만날 수 있다.

가게 안으로 들어가자 겐타가 장식을 마친 꽃바구니에 마지막으로 리본을 달고 있었다. 옅은 노란색 장미와 선명한 오렌지색 거베라가 짙은 녹색 잎 사이로 햇살처럼 따스한 빛을 발하고 있었다.

"포장만 하면 끝나니까 조금만 기다려."

투명한 셀로판지를 펼치면서 겐타가 말했다.

"그거, 우리 거야?"

"맞는데 왜, 불만이야?"

"아니, 굉장히 귀여워. 하지만 할머니한테는 좀 그렇지 않아?"

"그건 네 편견이야. 할머니도 칙칙한 꽃보다 귀여운 꽃을 받는 게 당연히 더 기쁘지. 게다가 이번에는 의뢰인이 문병용이라고 지정했어. 노란색이나 오렌지색은 비타민 컬러라고 해서, 우울한 기분을 밝게 해주는 효과가 있다고."

"의뢰인이라니, K가 꽃을 보내는 목적을 지정한 거야? 늘 꽃집에 맡겼으면서?"

"문병용이나 공양용 꽃은 여러 가지로 규칙이 까다로우니까. 그냥 맡겼다가 엉뚱한 꽃을 보내면 큰일이잖아."

"그렇구나. 이번에는 좀 아담한데, 값은 얼마야?"

"그런 걸 꼭 물어야겠냐. 오천 엔이야. 일반적인 문병용 꽃으로는 타당한 가격, 아니 조금 신경 쓴 축이지. 뭐, 이번에는 그쪽 목적도 리카 너하고 똑같아. 꽃은 핑계고, 전하고 싶었던 건 메시지이겠지."

"메시지는?"

"일단 프린트는 해놨어. 카드는 아닌데, 괜찮지?"

겐타가 계산대 옆에 세워놓은 클리어파일에서 B5 용지를 꺼내 건네주었다. 전화로 들은 것과 똑같은 문장이었다. 손글씨는 아니지만 K의 메시지를 받았다는 실감이 무럭무럭 솟았다.

"뭘 실실거려. 만나는 건 내일이잖아. 답장이 온 건 고마운 일이지만, 날짜하고 시간을 처음부터 지정하다니 꽤 일방적이네. 혹시 너한테 급한 일이 있으면 어쩌려고 그랬을까?"

"사실 한가한 데다, 내가 대답을 목 빠지게 기다리고 있다는 것도 다 꿰뚫어 보고 있을 거야. 분명 K가 바쁜 사람이라 내일밖에 비는 시간이 없었던 것 아닐까?"

"하긴, 일부러 여기까지 와주는 거니까."

H그랜드호텔은 외할머니가 입원한 병원에서 제일 가까운 역 맞은편에 있다. 이 동네에서는 가장 큰 호텔로, 부모님의 결혼 피로연 장소이기도 했다. K는 그것을 알고 있는 걸까?

어머니에게 '사랑하는 사람에게'라고 마음을 담아 꽃을 보내오는 사람은 어떤 사람일까? 딸인 내게도 조금은 기대하지 않을까? 붕어빵까지는 아니지만 닮은 구석이 전혀 없는 것도 아니다. 멀리서 보고 실망해서 몰래 돌아가버리면 큰일인데.

"어쩌지, 뭘 입고 가지? 청바지라도 괜찮을까? 머리도 석 달 넘게 안 잘랐는데, 미용실에 가는 게 나을까……. 하지만 돈이 아까운데."

"미용실 가기 전에 병원엘 가야지. 아, 정말 별 걱정을 다 하네. 청바지를 입든 운동복을 입든, 네가 뭘 입고 가든 K한테 무슨 상관이야. 그보다 빨리 이거나 들고 할머님이나 만나고 와. 검사 결과 나왔을 거 아냐."

"그게 문제야……."

푹 떨군 내 고개 앞으로 겐타가 커다란 흰색 민무늬 봉투를 불쑥 들이밀었다. 노란색과 오렌지색이 시야에 불쑥 들어왔다. 불안한 일들뿐이지만 정말 꽃을 보기만 해도 기운이 날 것 같았다.

병실에 들어가니 외할머니는 침대에 누워 멍하니 창밖을 바라보고 계셨다. 텔레비전은 꺼져 있다. 무슨 생각을 하시는 걸까? 내가 온 줄도 모르는 눈치다.

"할머니."

침대 발치에서, 놀랄까 봐 조심스럽게 불렀다.

"어머나, 리카. 바쁜데 와주었구나."

외할머니가 고개만 돌려 나를 보고 가만히 웃었다. 역시 회사 일은 모르시나 보다. 어쩌면 영어 회화 강사로 일하는 줄은 알아도 JAVA라는 회사 이름까지는 기억 못 하는 걸지도 모른다. 평소 같으면 몸만 일으키는데, 오늘은 누운 채로 손 근처에 있는 단추를 눌러 침대 윗부분을 세웠다. 자력으로 일어날 수 없을 정도로 상태가 안 좋은 걸까?

"몸은 좀 어때요? 힘들면 침대 도로 눕혀도 돼요."

"괜찮다."

위가 아파도, 약물 부작용으로 기분이 안 좋아도, 몸을 일으킬 수 없을 정도로 힘들어도, 외할머니는 나한테 그렇게 대답하시겠지. 몸 상태는 담당 의사와 이야기하면 알 수 있는 일이다. 외할머니가 기운이 넘치는 척하니까 나는 그 세 배로 응해주어야만 한다.

"꽃을 들고 왔어요. 오늘 꽃은 굉장해요."

침대 옆 테이블을 꺼내 종이봉투에서 꺼낸 꽃바구니를 가운데에 놓았다.

"어머나, 예뻐라. 해님 같구나."

외할머니는 눈웃음을 지으며 기쁜 듯이 꽃을 보았다. 같은 병실 사람들이 줄줄이 퇴원해버려 적적했던 방에 환한 빛이 비치는 것 같았다.

"누가 준 거니?"

"……야마모토 꽃집에서요."

"어머나, 이렇게 비싼 걸?"

"저번에 제가 가게 일을 좀 도와서……."

외할머니가 침대에 기댄 채로 손을 뻗어 수납장 서랍을 열려고 했다.

"할머니, 괜찮아요. 제가 수첩에 잘 써놓을게요."

문병 리스트를 적어놓은 노트를 꺼내려는 것이다. 언제 누가 와주었는지, 무엇을 받았는지, 외할머니는 매번 꼼꼼하게 기록한다.

"이거 물부터 좀 갈게요."

용담과 꽃도라지가 든 꽃병을 들고 병실 밖으로 나왔다. 시든 것도 있지만 아직 절반은 예쁘게 피어 있다.

외할머니가 누가 보낸 꽃인지 물어볼지도 모른다는 생각을 왜 못 했을까?

어렸을 때부터 어머니는 남에게 선의를 받으면 반드시 알려달라고 당부하셨다. 어느 날 매향당 아주머니에게 긴쓰바를 받았는데 말한다는 것을 깜빡 잊었다가 어머니가 뒤늦게 알고 나서는 "항상 말했잖니!" 하고 혼쭐을 내셨다. 외할머니는 "그렇게 화낼 필요 없잖니" 하고 어머니를 말렸지만 "저한테 그렇게 가르친 건 어머니잖아요. 정말, 손녀한테는 약하다니까" 하고 외할머니까지 덩달아 잔소리를 듣고 말았다.

낮살깨나 먹고도 여전히 학습 능력이 없는 딸에게 어머니는 저 하늘 위에서 한탄하고 계실지도 모른다.

재빨리 둘러대긴 했지만 솔직하게 K가 보낸 꽃이라고 말하는 게 나았을까?

만일 외할머니가 K의 정체를 안다면, 외할머니는 K에게 문병 선물로 받은 꽃에 대한 답례를 하지 못하게 된다. 어머니는 어땠을까? 해마다 호화로운 꽃다발을 당연하다는 듯이 받았는데, 인사는 제대로 했던 걸까? 어머니 성격에 그냥 받기만 했을 것 같지는 않다. 외할머니도 마찬가지다. 어머니가 돌아가신 뒤로 꽃이 와도 나는 신경 쓰지 않았지만, 외할머니라면 한 번쯤은 감사 편지를 써야 한다고 생각했을 것이다.

이 꽃은 K가 보내는 거라고 사실대로 말씀드리자. 하지만 K가 어떻게 외할머니의 병환을 아는지 궁금해하실지도 모른다. 겐타 핑계를 대야지. 해마다 한 번 배달되는 꽃다발이 올 시기가 마침 다음 달이다. 그 주문이 벌써 들어와, 겐타가 올해는 문병용 꽃다발을 보내는 게 낫지 않겠느냐고 무심결에 메일로 물어봤다고 하면 외할머니도 넘어가겠지.

겐타에게 들키면 혼날 것 같지만, K의 귀중한 정보가 적힌 낡은 전표를 버렸으니 이 정도 죄는 뒤집어씌워도 괜찮으리라.

꽃병을 들고 병실로 돌아가 창가에 장식했다. 외할머니는 온화한 표정으로 그 꽃을 바라보셨다. 성묘용 꽃 같기는 하지만 역시 외할머니는 이 꽃을 좋아하시는 건지도 모른다.

파이프 의자를 펼쳐 침대 옆에 앉았다.

"오렌지색이나 노란색은 몸에 기운을 주는 비타민 컬러래요. 그걸 염두에 두고 만들어준 건 겐타이지만, 실은 이거, K씨가 보내준 거예요."

마음을 다지고 털어놓자, 외할머니는 눈썹을 살짝 찌푸렸다.

"해마다 꽃을 보내주는 그 K씨?"

"네. 올해 주문이 들어왔는데, 겐타가 그만 실수로 문병용으로 만들까요, 하고 확인 메일을 보내버렸대요. 주인에게 확인해야 하는 항목이 있었다나요."

"저런, 괜히 마음 쓰게 했구나."

"K씨에게 고맙다는 인사를 어떻게 하죠? 이건 빨리 나으라는 거니까, 다음 달에도 또 커다란 꽃다발이 올 텐데. 지금까지 생각도 못 했는데, 그렇게 굉장한 꽃을 받고 답장 하나 안 보내도 되는 걸까요? 아니면 그동안 할머니가 보냈어요? 만약에 그렇다면 올해는 제가 쓸 테니 연락처를 알면……."

"괜찮단다."

외할머니가 상냥한 목소리로 말을 끊었다.

"감사 인사는 한 번도 보낸 적 없어."

"하지만 할머니도 어머니도, 그런 점에서는 남들보다 배는 엄격했잖아요."

"K씨가 보내는 꽃은 선물이 아니라 감사 표시 같은 거야. 그러니까 우리는 말없이 받으면 돼."

"할머니는 역시 K씨가 누군지 아시는 거군요?"

"나는 몰라."

"어머니는?"

"몰랐을 거야."

"하지만 나, 딱 한 번, 메시지 카드에 '사랑하는 사람에게'라고 적혀 있는 걸 봤단 말이에요."

거짓말을 했다. 하지만 K가 겐타네 아저씨에게 '사랑하는 사람에게'라고 말한 건 사실이다. 자기 존재를 모르는 사람에게 그런 메시지를 보낼 리는 없다. 열광적인 아이돌스타 팬도 아니고. 혹시 어머니가 그랬던 적이 있었나? 여행과 그림을 좋아하는 전업주부였지만, 결혼 전에…… 아니, 그랬다면 한 번쯤은 귀에 들어왔을 것이다. 본인이 말하지 않아도, 상점가 사람들이 알려주었겠지. 아이돌이라는 의미라면 기껏해야 '미스 아카시아 상점가' 정도가 고작일 것이다.

"야마모토 씨의 장난 아닐까? 옛날부터 개구쟁이였으니까."

"아무리 그래도, 아저씨도 사생활과 일은 분간하겠죠."

나 때문에 아저씨가 의심을 받는 건 너무 미안하다.

"그렇긴 하네. 하지만 정말 나는 잘 몰라. 네가 이제 와서 K씨가 누군지 궁금해할 줄 알았다면 꽃이 오는 이유를 그 애가 살아 있을 때 제대로 물어볼 걸 그랬구나. 아키오 씨가 살아 있었다면 그 애가 죽었을 때 말해줬겠지만, 함께 세상을 떠났으니 어쩔 수가 없네."

꽃 사슬

어머니는 K의 정체는 몰랐지만 꽃이 오는 이유는 알았던 것이다. 아버지도 알고 있었다. 사랑하는 사람에게 보내는 꽃인데.

"다만 그 아이는 잘 모르는 사람, 그래, K씨에게 해마다 그만한 꽃다발을 받을 만한 일을 해준 거란다. 그 애가 말없이 꽃을 받았으니, 우리도 똑같이 하는 게 가장 좋지 않겠니?"

외할머니는 크게 한숨을 쉬었다. 평소보다 상태가 안 좋은데 말을 너무 많이 시켰다. 넌지시 K에 대해서는 파헤치지 말라고 눈치를 주는 것 같았지만, 어차피 내일이면 K를 직접 만나니 외할머니에게 K에 대해 묻는 건 이제 그만두자.

"K 얘기는 이제 됐어요. 할머니한테도 꽃을 보내서 조금 궁금했던 것뿐이에요. 그보다 선생님 좀 뵙고 올게요. 그저께 했던 검사 결과랑 수술 얘기 때문에 시간이 좀 걸릴 거예요. 편히 누워 계세요."

테이블을 정리하려고 꽃바구니를 창가 꽃병 옆으로 옮겼다. 동작 버튼으로 침대를 편평하게 돌려놓고 이불을 덮어드렸다.

"돌아왔을 때 주무시고 계시면 깨우지 않고 그냥 돌아갈게요. 내일 또 올 거니까."

"무리하지 마라. 리카 너도 푹 쉬어야지. 그리고 K씨가 보낸 꽃은 간호사실에 가져가주겠니? 모처럼 기운을 북돋워주는 꽃을 받았으니 다 함께 볼 수 있는 곳에 장식하는 게 좋겠구나."

그 말에 꽃을 들고 밖으로 나왔다. 다른 사람들을 위해서라기보다 역시 이 선명한 색이 노안에 조금 거북한 건지도 모른다. 겐타에게 넌지시 충고해줘야겠다.

그저께, 외할머니의 몸이 수술에 견딜 수 있는지 알아보려고 검사를 했다. 수술을 하게 되면 메스를 대야 하고, 수술 시간도 길면 반나절 가까이 걸리기 때문에 몸에 상당한 부담이 간다. 그 부담을 견딜 수 없다면 수술은 포기하고 항암제나 다른 방법으로 연명 치료를 하는 수밖에 없다. 혹은 통증을 억제할 정도로만 투약을 최소로 줄이고 조용히 그날을 기다리는 수밖에.

바로 이틀 전까지 그런 검사가 필요한 줄도 모르고 돈 걱정만 했다. 돈 걱정은 별 문제가 아니었다. 수술을 할 수 없다면 그다음에 어찌할지, 일반적으로는 그 단계에서 가족끼리 의논하라고 하겠지만 내 경우는 혼자서 판단해야만 한다. 혼자 결정하기엔 부담스럽다.

검사 결과, 외할머니는 수술을 받을 수 있었다.

고맙습니다, 하고 비타민 컬러의 꽃바구니를 담당 간호사에게 내밀었다.

내일 K를 만나면 수술 날짜를 받았다는 말도 해야겠다. 일주일 뒤, 다음 주말이다.

깡충깡충 뛰고 싶은 마음으로 병실에 돌아가니 외할머니 침대 옆에 누가 있었다.

잠든 외할머니의 얼굴을, 서서 가만히 바라보고 있다. 언제부터 있었을까. 안에 들어가 인사를 해야 하는 줄 알면서도, 활짝 열린 문 옆에 재빨리 몸을 숨기고 만 것은 그 사람이 처음 보는 남자였기 때문이다. 문병 리스트에 방문객 이름은 적혀 있지만 대부분 한 동네 사람이었고 한 명만 빼면 전부 여자였다. 딱 한 명이었던 남 자는 매향당의 주인아저씨. 저 사람은 대체 누굴까?

입원하기 전에도 남자 손님이 외할머니를 찾아온 적은 한 번도 없었다.

나이는 외할머니와 비슷한 또래일까. 추분이 지났지만 아직 더 운 이 계절에 고급스러운 재킷을 단추까지 꼭꼭 채워 입고 있다. 문병을 오면서 저렇게 정장을 차려입다니, 동네 사람 같지는 않다. 어디 멀리서 온 걸까?

하지만 외할머니가 입원했다는 사실을 아는 사람은 일부뿐, 그 것도 마을 사람들이 전부이다. 친가 쪽 할아버지, 할머니도 내가 초등학생일 때 돌아가셨기 때문에 친척이라고 부를 만한 사람은 하나도 없는 터라 굳이 입원했다고 알릴 일도 없었다.

설마 K일까? K라면 외할머니가 입원했다는 사실도, 어느 병원 인지도 알고 있다. 약속한 날은 내일 오전 10시. 오늘 미리 이곳에 왔다 해도 이상하지 않다.

"저, 할머니를 아세요?"

뒤로 다가가 조심스럽게 물어보았다.

"그래요, 옛날에 신세를 좀 져서."

남자는 깜짝 놀란 듯 뒤를 돌아보더니 나보다 더 긴장한 목소리 로 대답했다. 그 목소리가 귀에 간지러울 정도로 감미롭다. 역시 이 남자가 K일까?

"죄송해요. 모처럼 와주셨는데 주무시고 계셔서. 잠깐 깨워볼 게요."

"아니, 괜찮습니다. 내일 다시 오겠습니다."

"그럼 너무 죄송하잖아요. 모처럼 문병 와주셨는데 주무시고 계 셨다는 걸 알면 할머니도 마음에 걸릴 거예요."

"신경 쓰지 마세요. 역 앞 H그랜드호텔에 묵고 있으니 가깝습 니다."

K와 약속한 장소다. 이런 정보를 흘리다니, 나를 시험하는 걸 까? 내일 호텔에 가면 시치미를 뚝 떼고 어제 만났죠, 하고 말할지 도 모른다. 실례를 범하지 않으려면 어떻게 해야 할까.

"그럼 성함을 알려주시겠어요? 할머니께 전해드릴게요."

"그러면 주무시고 계신 동안 제가 왔다 갔다는 걸 아시게 될 테 니 걱정만 끼쳐드리겠지요. 이 꽃도 괜찮으면 다른 곳에 장식해주 세요. 내일, 새 꽃을 가지고 다시 찾아오겠습니다."

남자가 발치에 내려놓았던 하얀 민무늬 봉투를 내게 건넸다. 받 아 들어 안을 들여다보니 하얀색, 연보라색, 진보라색, 세 가지 색 이 섞인 코스모스 꽃다발이었다.

"저, 이건……."

제가 당신한테 보낸 꽃인가요, 하고 물어보길 망설이는 사이 남 자는 재킷의 깃을 가다듬고 잠든 외할머니에게 고개를 숙인 뒤 병 실에서 나가버렸다.

뒤를 쫓아가는 게 나을까? 하지만 저 사람이 K라면 내일 만날 수 있다. 단순히 내가 모르는 외할머니의 지인이라 해도 내일 다시 찾아온다고 했으니 이 이상 뭘 물어볼 필요는 없다.

외할머니를 바라보는 저 사람의 눈빛은 처음 만나는 사람을 보는 눈빛이 아니었다.

저 사람이 정말 K라면, K는 외할머니를 알고 있었다는 셈이다. 일부러 주무시고 계실 때를 노려서 온 것 같지는 않으니 외할머니도 저 사람을 아는 게 아닐까? 그렇다면 어째서 외할머니는 K를 모른다고 내게 거짓말을 했을까?

'사랑하는 사람에게'라는 건 저 사람이 우리 어머니를 사랑했다는 뜻일까? 그런 것치고는 나이 차가 너무 많이 난다. 부모 자식 정도로. 사랑하는 딸에게? ……안 되겠다. 할 일이 없다 보니 아침 드라마를 너무 많이 본 모양이다. 외할아버지 영정 앞에 하루도 거르지 않고 향을 올렸던 외할머니에게 수상한 남자가 있을 리 없다.

복잡하게 머리를 굴리지 않아도, 내일이면 전부 알 수 있다.

외할머니는 곤히 주무시고 있다. 호흡이 고른 게 얼마나 고마운 일인지 모른다.

내일 또 오겠다는 메시지를 써놓고 코스모스 꽃다발이 든 종이 봉투를 들고 병실을 나왔다.

"아마 다른 걸 거야."

코스모스 꽃다발을 바라보면서 겐타가 말했다. 병원에서 가져온 꽃다발이 내가 K 앞으로 주문한 꽃인지 겐타에게 알아보려고 돌아가는 길에 야마모토 꽃집에 들렀다.

"리카 넌 코스모스라고 부탁했지만, 주문할 때는 코스모스를 메인으로 다른 꽃도 곁들여달라고 했어. 너도 여러 꽃이 섞여 있는 게 화려해 보인다고 그랬잖아. 하지만 이건 코스모스만 들어 있지. 할머님이 코스모스를 좋아하셔?"

"싫어하시진 않을 거야."

"모른다 이거네."

"보라색 꽃도라지보다는 파란 용담을 더 좋아하시는 것 같아."

요란하게 한숨을 쉬는 겐타에게 울컥 화가 나기는 했지만 비타민 컬러는 노인들 눈에 부담스러운 것 같다고 말해줄 수 없었다. 겐타가 꽃집 일에 자부심을 가지고 있다는 것을 잘 안다. 돌아오는 길에 간호사실 앞을 지나면서 보니, 접수 카운터 옆에 놓인 꽃바구니는 그 앞을 지나는 사람들의 얼굴을 환하게 빛내주고 있었다.

"뭐, 약속 장소에 나갈 때 네가 보낸 꽃다발을 표시로 들고 있다면 또 몰라도, 문병을 갈 때 그걸 다시 쓰는 쩨쩨한 짓은 하지 않겠지. 다른 사람 아닐까?"

"하지만 할머니가 H의대 부속병원에 입원해 있다는 것도 알고, H그랜드호텔에 묵는다는 말도 했단 말이야."

"그럼 가령 그 사람이 K라고 치자. 할머님하고는 어떤 사이일까? 잠든 할머님 얼굴을 어떤 표정으로 바라봤어?"

"가만히 쳐다보더라고. 뭔가 조금 쓸쓸한 분위기였어. 말을 거니까 깜짝 놀랐고, 내 얼굴도 뚫어져라 쳐다봤지. 회사 중역 분위기인데 말투도 정중하고, 굉장히 마음을 써줬던 것 같아."

"설마, 할아버님이 살아 계셨던 건……."

"그만. 우리 집 제단에 할아버지 위패도 영정도 제대로 있거든?
하지만 나도 아주 잠깐이나마 똑같은 생각을 했어. 뭐, 가만히 생
각해보면 내 얼굴, 사진 속 할아버지를 쏙 빼닮았단 말이야. 어머
니도 그렇지만. 아, 그런 문제가 아닌가."

"어쨌든 내일이면 전부 알 수 있겠지. 할머님이 옥션에서 낙찰받
고 싶은 물건은 뭔지 물어봤어?"

"……아."

"너 말이야, 내일 K를 만나서 할 말, 오늘 밤에 종이에 적어놔. 세
상 돌아가는 얘기를 하러 가는 게 아니잖아. 뭐하면 따라가줄까?"

"됐어, 괜찮아. 하지만 종이에는 써놔야겠다."

가게가 한가해 보이기에 당장 수첩을 꺼냈다. 회사가 망한 뒤로
는 거의 쓸 일이 없었다.

① 저희 어머니하고는 어떤 관계입니까?

"할머님 수술비가 먼저 아니야?"

"참, 그렇지, 할머니, 수술 받을 수 있대. 버틸 수 있을 것 같다
고. 하지만 아마 처음이자 마지막 기회일 거라고 했어."

혼자서 들은 이야기를 겐타에게 말하자 긴장이 풀렸는지 왠지
코끝이 찡했다.

"괜찮을 거야."

"그렇지? 잘되겠지? 그래, 나, 당장 이 꽃을 들고 성묘 좀 다녀올게. 어머니한테도, 아버지한테도, 할아버지한테도, 할머니를 지켜달라고 부탁해야지."

메모를 하다 말고 수첩을 덮고 황급히 가게에서 나왔다.

운다고 해결될 일은 아무것도 없어. 시시한 문제로 늘 훌쩍거렸던 내게 어머니는 항상 그렇게 말씀하셨다. 그래도 눈앞에서 펑펑 울게 해주는 사람이 있다는 건 굉장히 행복한 일이라는 말씀도.

그래도 수술이 성공할 때까지는 절대 울지 않을 테야. 지금, 결심했다.

❋ 눈, 전날 밤

사무소에서 집으로 돌아온 가즈야 씨와 저녁을 먹고 있는데 주말에 드라이브를 가자고 하네요. 저희 집에는 자가용이 없습니다. 사무소 차를 빌리겠다고 하네요. 굉장히 즐거울 것 같아 금세 가슴이 설렜어요. 사실 저는 한 번도 드라이브를 해본 적이 없거든요. 물론 자동차를 탄 적은 있지만 어디까지나 이동 수단으로라, 드라이브라는 게 차를 타는 행위를 즐기는 걸 말하는 건지, 목적지에 도착해서 즐겁게 노는 걸 말하는 건지도 잘 모르겠어요.

"도시락 쌀까요?"

어쩐지 소풍에 가까운 이미지가 떠올라 그렇게 말해보았습니다.

꽃 사슬

"좋네. 그러면 삼 인분, 아니, 그 애는 잘 먹으니까 사 인분을 싸 주겠어?"

"누가 또 있어요?"

"사무소의 모리야마 기요시 군. 왜, 며칠 전에 코스모스를 줬다는 그 집 아들이야."

단둘이 가는 줄 알았는데, 아무래도 회사 사람도 같이 가는 모양입니다.

"일 때문에 가는 거라면 저는 집에 있는 게 낫지 않아요?"

"아니, 같이 가. 기요시 군이 가사이 미치오와 인연이 있는 곳을 몇 군데 안다고 해서 안내를 부탁했거든."

"어머, 그럼 소나기 계곡에도 데려가주려나요?"

"미카사 계곡을 말하는 거야?"

"역시 정식 이름이 있었군요. 이상하다 싶었어요. 하지만 매향당 아저씨도 아주머니도, 소나기 계곡은 옛날부터 소나기 계곡이었다고 하지 뭐예요."

"거기 얘길 왜 물었어?"

"실은……."

저는 가사이 미치오에 대해 조금 찾아봤다는 이야기를 털어놓았습니다. 설계에 힌트가 될지도 모른다는 주제넘은 생각은 하지도 않습니다. 아주 조금이라도 좋으니 가즈야 씨가 도전하는 일을 공유하고 싶었어요.

가사이 미치오처럼 고명한 화가라면 아무한테나 물어봐도 뭔가 정보가 들어올 줄 알았습니다. 하지만 아카시아 상점가에 장을 보러 갔을 때 "여기는 가사이 미치오와 인연이 있는 마을인가요?" 하고 가게 사람들에게 물어도 다들 "들어본 것도 같고, 못 들어본 것도 같고, 잘 모르겠네"라는 반응뿐이었습니다. 가사이 미치오에 대해서도 화가라는 건 알지만 어떤 작품을 그렸는지는 다들 모르더군요.

외숙모와 함께 갔던 가사이 미치오 전시회는 평일인데도 만원이었습니다. 큰 상을 수상한 그림 앞에서는 오래 서 있을 수도 없었고, 관련 상품을 사려고 해도 삼십 분이나 줄을 서야 할 정도였어요. 외숙모는 대표작을 한 권에 담은 화집을, 저는 그림엽서 세트를 샀습니다.

이야깃거리가 될까 싶어 그 그림엽서 세트를 들고 다녀봤지만 매향당 아저씨와 아주머니에게 보여드려도 "그래, 이런 그림을 그렸구나. 하지만 대체 이런 그림 어디가 좋다는 건지 모르겠네"라는 밋밋한 감상이 전부였습니다. "이게 전기로 들어가는 남색 시대고, 이게 후기로 들어가는 비색 시대. 그 중간에 이 근처에서 그린 걸로 추정되는 그림이 있는데……" 하고 제가 설명해드렸을 정도예요.

그런 가운데 유일한 발견이, 제가 가장 좋아하는 그림이 소나기 계곡에서 그린 작품일지도 모른다는 정보였습니다. 추상적인 그림들 사이에 유일하게 뭘 그렸는지 이해할 수 있는 그림을 발견하고, 보고 있던 사람들도 한숨 놓았는지 모릅니다.

꽃 사슴

"뭐야, 제대로 그린 풍경화도 있었네. 이건 훌륭하구먼."

"어머, 이거 소나기 계곡 아니에요?"

"정말이네. 소나기 계곡 사자바위에서 미카사 산을 올려다본 그림이군. 그리고 보니 옛날에 아버지를 따라 이 부근에 있던 오두막 같은 집에 배달하러 간 적이 몇 번 있었는데, 혹시 그게 화가 양반 집이었나?"

"그럼 우리 가게가 가사이 미치오 화백 단골집이 되는 셈이에요? 어머나, 굉장한 일이잖아요. 홍보에 써먹어야지."

그러고 나서는 가사이 미치오가 매향당의 어느 과자를 즐겨 먹었는지, 직접 가게를 찾아온 적은 없었는지, 그런 얘기만 나왔습니다. 좋은 정보를 가르쳐줘서 고맙다며 제게 긴쓰바를 쥐여주었을 정도니까요.

"이렇게 말하면 실례지만 시골 사람들은 예술에 별로 관심이 없는 것 아닐까요? 개인전을 보러 왔던 사람들도 외숙모처럼 시간에도 돈에도 여유가 있어 보이는 사람들뿐이었어요."

"그럴지도 모르지. 기요시 군은 조금 아는 눈치였지만 다른 사람들은 그게 누구냐고 묻더군. 현청 입장에서는 우리 고장과 인연을 맺은 예술가의 이름을 붙인 시설을 만들어 전국에 이 동네를 알리고 싶겠지만, 내가 볼 때는 이 동네 사람들이 이해하고 가까이 누릴 수 있는 시설로 만들어야 성공한다고 봐."

"가즈야 씨는 그런 문제까지 깊이 고민하고 있었군요. 외숙모에게 그때 산 화집을 보내달라고 부탁했는데, 괜한 짓을 했나 봐요."

"그럴 리 있나. 나는 현청 향토자료실에서 조사해보고 당신이 좋다고 했던 그림이 미카사 계곡에서 그린 작품이라는 걸 알았지만, 그곳이 소나기 계곡이라고 불린다는 것도, 어느 위치에서 그린 건지도 전혀 몰랐어. 하물며 가사이 미치오가 그곳에서 매향당의 과자를 먹었다니, 천재 화가가 동네 이웃처럼 친근하게 느껴져."

"그럼 조금은 도움이 되었나요?"

"조금이 다 뭐야. 가사이 미치오의 마음을 상상하면서 그가 그림을 그린 장소에 서면 막연히 떠올렸던 이미지가 형태를 갖추어 내 안에 내려올 것 같아."

빈 그릇을 치우고 뜨거운 차와 긴쓰바를 준비했습니다.

가즈야 씨가, 내일 도시락 재료를 사러 가면 매향당에도 들러 가사이 미치오가 즐겨 먹었던 과자를 사오라고 부탁했는데, 제 예상으로는 아마 긴쓰바가 아닐까 싶어요.

맑은 가을 하늘 아래, 가즈야 씨하고 저하고 모리야마 기요시 군까지, 셋서서 드라이브를 나섰습니다. 안내를 맡은 기요시 군이 운전을 해주어 조수석에 제가, 뒷좌석에 가즈야 씨가 앉았습니다. 기요시 군은 자신의 어머니처럼 밝고 털털한 청년이라 운전하는 내내 농담을 섞어가며 마을 이야기나 자기 가족 이야기를 해주었습니다.

기요시 군은 상업고등학교를 졸업하고 마을 인테리어 회사에서 현장 공부를 했습니다. 가즈야 씨가 사무소 직원을 모집할 때 누구 좋은 사람이 없는지 인테리어 회사 주임에게 물어보았더니 기요시 군을 소개해주었다고 합니다. 현장보다 사무 일이 잘 어울리는 마른 몸을 보니 그럴 만하다는 생각이 듭니다.

"사무소에서 채용해주셔서 정말 기뻤습니다. 현장 일도 즐거웠지만 종이에 그리는 단계부터 관여할 수 있다니 멋지잖아요. 저도 공부해서 설계 일을 하고 싶어요. 아, 아니, 하지만 사무 일도 보람이 있습니다. 고등학교 때 배운 것도 살릴 수 있고요."

기요시 군은 명랑하게 포부를 털어놓다가 아차 싶었는지 황급히 변명을 했습니다. 가즈야 씨는 룸미러에 비친 기요시 군의 얼굴을 보면서 웃고 있습니다.

"기요시 군은 손재주도 있고 머리도 좋으니 착실히 공부해서 하고 싶은 일을 목표로 하면 돼. 아직 스무 살이잖아."

"정말요? 저, 제 집을 하나부터 열까지 제 손으로 짓는 게 꿈이에요. 지금은 다다미 여섯 장짜리 방을 책상으로 나누어 여동생하고 함께 쓰고 있거든요. 하루가 멀다 하고 빨리 결혼해서 집에서 나가란 소리를 듣고 있어요."

"가업은 잇지 않아도 되는 거야?"

"여동생이 집에 남겠다고 고집을 부려서요. 큰일이죠."

기요시 군은 세 살 어린 여동생 이야기를 시작했습니다. 밤에도 큰 소리로 태연히 노래를 부른다, 대식가다, 공부에는 손도 대지 않는다, 불평만 잔뜩 늘어놓았지만 외동딸인 제게는 무척 부러운 얘기였습니다. 요새 어머니와 연락이 뜸했던 터였는데, 오랜만에 편지라도 써야겠어요.

출발하고 딱 한 시간이 지났을 즈음, 미카사 계곡, 그러니까 소나기 계곡에 도착했습니다. 집 주변에서는 아직 단풍잎을 볼 수 없는데, 표고 2,200미터인 미카사 산의 정상 부근은 팔 할 정도가 붉은 옷을 입고 있네요. 산등성이를 수직으로 파낸 듯한 이곳은 강을 사이에 두고 양쪽 절벽에 기기묘묘한 바위가 우뚝 서 있어, 그 하나하나가 장대한 천연의 조각처럼 보입니다.

죽 늘어선 조각들 너머로 구름 한 점 없는 파란 하늘이 펼쳐졌습니다.

"이렇게 상쾌한 장소인데 어째서 소나기 계곡이라고 부르는 걸까?"

"그건 두 분 중 누군가가 맑은 날을 데리고 다녀서 그래요. 동네는 맑은데 여기만 비가 오는 날도 많거든요. 저는 학교 행사 때문에 몇 번 온 적이 있는데, 전부 비가 와서 꽝이었어요."

"그래요? 하지만 비가 내려도 나름대로 운치가 있으니 꽝은 아니지 않아요?"

"사모님은 상냥하시네요."

기요시 군에게 그런 말을 듣고 기분이 좋아진 저는 슬슬 점심이나 먹자고 했습니다. 기요시 군의 배에서 조금 전부터 꼬르륵 소리가 나는 걸 들었거든요. 어디 도시락을 펼치기에 좋은 장소가 없는지 묻자 사자바위 근처가 좋다며 안내해주더군요.

사자바위는 이름 그대로 하늘을 향해 포효하는 사자의 옆얼굴 같은 형태였습니다. 바위 앞 편평한 자리에 집에서 가져온 돗자리를 깔고, 찬합을 펼쳤습니다. 김밥과 유부초밥, 계란말이를 가즈야 씨 말대로 네 사람이 먹을 만큼 준비했는데 기요시 군은 연신 맛있 다면서 눈 깜짝할 새에 비워버렸습니다. 저 가녀린 몸 어디에 다 들어갔는지 짐작도 안 가네요.

"예상했던 것 이상으로 사자 모습이 뚜렷하네."

가즈야 씨가 사자바위를 올려다보며 말했습니다.

"가즈야 씨, 어떻게 저게 사자바위라는 걸 알고 계세요?"

"미유키가 좋아하는 가사이 미치오 그림 중에 사자바위에서 미 카사 산을 올려다본 풍경을 그린 게 있거든."

"〈미명의 달〉을 말씀하시는 거군요."

수업 시간에 자신 있는 문제를 푼 아이처럼 기요시 군이 얼굴을 빛내며 말했습니다. 아카시아 상점가 사람들의 반응과는 전혀 딴 판입니다.

"기요시 군, 알고 있어?"

"몇 년 전에 할머니하고 같이 가사이 미치오 전시회를 보러 간 적이 있어요. 몸이 약한 제가 마침 걸린 거겠지만, 어째서인지 가 족에겐 비밀로 하고 둘이서 일부러 T시 백화점까지 갔었죠."

"아마 제가 갔던 전시회랑 같은 걸 거예요. 그럼 기요시 군은 그 때부터 가사이 미치오에게 관심이 있었어요?"

"아뇨, 전혀요. 어디가 좋은 건지 도통 알 수 없어서 할머니에게 그렇게 말했더니 눈에 보이는 것만으로 판단하지 말고 작가의 마 음이 어디에 있는지 상상해보라면서 화를 내시더라고요. 특히 전기라고 불리는 시기는 그리고 싶은 걸 그대로 그리지 못했던 시대였죠. 뭘 그렸는지 모를 정도로 왜곡해야만 진실로 그리고 싶은 것을 그릴 수 있었던 게 아닐까, 상상해봤어요. 이 그림에서 왜곡된 부분을 덜어내면 어떻게 될까, 이해할 수 없는 그림을 구멍이 뚫릴 정도로 쳐다봤더니 어쩐지 시골의 아름다운 풍경이 보이더군요. 그 풍경들이 화염에 싸이는 데 대한 분노를 표현한 그림이라고 생각했어요. 하지만 그렇게 따지면 후기에는 그림을 왜곡할 필요가 없으니, 혹시 즐기면서 그렸던 게 아닐까 상상해보았죠. 내 보물을 너희에게도 보여줄까, 하는 식으로요."

처음 듣는 얘기였지만 묘하게 설득력 있는 해설에 그저 넋이 빠졌습니다. 게다가 말하는 사람이 미술평론가가 아니라 저보다 어린 남자였으니까요.

"기요시 군, 대단해!"

가즈야 씨가 진심으로 감탄했다는 듯이 말하자 기요시 군은 쑥스러운 미소를 지었습니다.

"저 혼자만의 해석인 것처럼 말했지만, 사실은 전부 할머니가 끌어내준 거예요. 보렴, 저건 노을이지, 어머니가 젖먹이 아이를 안고 있는 것처럼 보이지, 하고요. 힌트를 들으니 차츰 색이나 형태의 법칙이 눈에 들어와, 어지간한 그림은 뭘 그렸는지 막연하게나마 짐작해볼 수 있었어요."

"할머님은 그림하고 관계된 일을 하셨나?"

"아뇨, 전혀. 다른 화가에게는 관심도 없는 눈치였는걸요."

꽃 사슬

"그렇다면 어지간히 가사이 미치오의 그림을 좋아하셨나 보네. 근처에 미술관이 생긴다는 소식을 알면 기뻐하시지 않을까?"

"실은 그림을 보러 간 바로 다음 달에 돌아가셨어요. 어쩐지 그런 예감이 들어서 힘겹게 T시까지 갔던 게 아닌가 싶어요."

"이런, 괜한 얘기를 꺼냈나 보네."

"괜찮아요. 돌아가신 뒤에도 이 마을에 가사이 미치오 미술관이 생기면 기뻐하실 테고, 거기에 제가 조금이라도 보탬이 되었다는 걸 아시면 그날 쌈짓돈을 털어가며 데려간 보람이 있었다고 기뻐하실 거예요. 공모전, 참가하실 거죠?"

"그럴 작정으로 오늘 기요시 군에게 안내를 부탁한 거야."

"꼭 상을 받으세요."

눈을 빛내며 가즈야 씨를 마주 보는 기요시 군에게 가즈야 씨는 한 손을 쑥 내밀었습니다. 기요시 군은 쭈뼛쭈뼛 손을 뻗었고, 가즈야 씨는 그 손을 굳게 움켜쥐었습니다. 저는 두 남자가 굳건한 유대를 맺는 순간을 부럽기도 하고 든든하기도 한 마음으로 가만히 바라보았습니다.

저희는 그림엽서로 확인해가면서 〈미명의 달〉과 똑같은 각도로 보이는 장소에 서서 미카사 산을 올려다보았습니다.

이 주변 풍경으로 보이는 그림은 그것 말고도 몇 점이 더 있어요. 가사이 미치오의 암자가 있었다는 계곡 입구에는 코스모스가 흐드러지게 피어 있었습니다. 가즈야 씨가 조사한 바에 따르면 가사이 미치오는 이 마을을 떠날 때, 제 손으로 암자를 불태우고 그

잿더미에 코스모스 씨를 뿌렸다고 해요. 그 부근에도 무척이나 아름다운 풍경이 펼쳐졌습니다.

"가사이 미치오는 어째서 〈미명의 달〉만 그 모습 그대로 그렸을까요?"

"평론가들 말에 따르면 제대로 된 그림을 그릴 줄 몰라서 눈속임을 한다는 세상의 비판에 반론하려고 그린 작품이라지만, 기요시 군 얘기를 듣고 나니 그렇게 생각할 수가 없네."

"그러네요. 기요시 군 할머님께서 말씀하신 것처럼 눈에 보이는 것과 작가의 마음을 통해 표현하는 것이 반드시 똑같은 모습은 아닐지도 모르지만, 그 그림을 그렸을 때는 양쪽이 일치했던 것 아닐까요?"

"나도 그렇게 생각해."

어지간히 잘 아는 사람처럼 떠들어버려서 부끄러웠지만, 가즈야 씨가 동의해주니 제 생각이 옳다는 자신감이 생겼어요. 기요시 군은 어떻게 해석했을까 궁금해 옆을 보니 그는 상쾌한 얼굴로 맑은 하늘을 올려다보고 있었습니다.

"그래요, 우리 여기서 긴쓰바를 먹어요. 가사이 미치오하고 똑같은 기분이 들지도 몰라요."

주인아저씨에게 물어보았더니 가사이 미치오에게 배달했던 과자는 역시 긴쓰바였다고 합니다.

집에 돌아온 가즈야 씨는 저녁을 먹자마자 바로 거실에 틀어박

했습니다. 제가 주방에 틀어박혔다고 말하는 게 맞을지도 모르겠네요. 원래 비좁은 임대 주택이라 서재가 없어, 거실 한구석에 업무용 책상을 놓아두었기 때문에 도면을 그리는 가즈야 씨에게 방해가 되지 않도록 제가 거실에서 나가 있기로 했거든요.

뜨개질을 하고는 있었지만 낮에 즐거웠던 만큼 갑자기 쓸쓸해져서, 커피를 끓여 거실에 가져다주기로 했어요. 가즈야 씨는 화집을 바라보고 있었습니다. 며칠 전 외숙모가 보내주신 거예요.

"그것도 도움이 될 것 같아요?"

"상당히. 기요시 군 말을 듣고 보니 나도 점점 가사이 미치오가 뭘 그렸는지 이해할 수 있을 것 같아. 봐, 후기의 이 작품. 이건 여성을 그린 인물화 아닐까? 이 오렌지색은 연보랏빛 꽃이겠지."

"오렌지색이 연보랏빛이고, 별사탕 같은 모양이 꽃이라는 걸 어떻게 알아요?"

"그렇게 보이니까. 엉뚱한 오해일 수도 있지만 말이야."

"전 하나도 모르겠어요. 연보랏빛 꽃이란 말이죠?"

무심코 방을 둘러보는데 벽에 장식해놓은 코스모스가 눈에 들어왔습니다. 가즈야 씨도 눈치챈 모양입니다.

"완성도가 보이는 것 같아."

자신 있게 고개를 끄덕이는 가즈야 씨의 표정이, 낮에 기요시 군과 악수를 나누었을 때와 똑같았습니다.

"저기, 가즈야 씨 도면이 뽑힌다면, 그다음에는 어떻게 되는 거예요?"

"우리 사무소에서 맡게 되겠지. 왜?"

"기요시 군은 어떤 일을 하는가 싶어서요."

"기요시 군이 활약할 분야는 많아. 이번 일뿐만 아니라 나중에 사무소에 보탬이 되도록 이것저것 공부를 시킬 작정이야."

기요시 군이 부럽습니다. 하다못해 저도 가사이 미치오의 그림을 이해할 수는 있어야겠다 싶어 코스모스 꽃 장식을 뚫어져라 보았지만, 역시 가련한 연보랏빛 꽃으로밖에 안 보여요.

) 달, 전날 밤

"제가 폐를 끼친 거니 이 자리는 제가 낼게요."

다섯 번을 그렇게 내리 말하자 마에다 씨가 "당신한테 하루 한 번의 부탁을 제안한 선배의 아이디어는 정답이었어" 하고 이해할 수 없는 소리를 했다. 대답할 말을 찾지 못하는 사이 결국 마에다 씨에게 얻어먹은 꼴로 역 앞 선술집에서 나왔다.

집에 돌아가니 어머니가 일을 마치고 돌아와 계셨다. 직장인 정식 가게에서 가져온 반찬을 다시 데웠는지 매콤하고 달착지근한 간장 냄새가 현관까지 풍겨왔다. 아마 가자미조림이리라. 식당에서 받아온 반찬은 내가 빨리 돌아온 날에는 이튿날 반찬이 되고, 어머니가 빨리 돌아온 날에는 저녁 반찬이 된다.

그럼 부엌에 잠깐 들르는 게 낫겠지.

"다녀왔어요."

개수대 앞에서 그릇을 치우고 있는 어머니에게 인기척을 냈다.

"늦었네. 데이트 때문에 늦은 거면 좋겠는데. 가자미조림 먹을래?"

어머니는 등을 돌린 채 잔소리나 다름없는 평소의 말투로 말했다.

"괜찮아요. 오늘은 밖에서 먹고 왔어. 미안해요, 갑자기 생긴 일이라 연락을 못 해서."

"별일이구나, 외식이라니. 누구하고?"

여자친구라고 생각하겠지. 설거지하는 손을 멈출 기색도, 뒤를 돌아볼 기색도 없다. 사실을 말해야 하나? 마에다 씨하고 식사를 했다는 건 시민회관 사람들도, 가게에서 만난 꽃집과 정육점 아저씨도 알고 있다. 다른 사람 입을 통해 들은 어머니에게 심문당할 바에야 차라리 먼저 말하는 게 낫겠다.

"시민회관 마에다 씨."

"어머나, 사쓰키!"

손에 거품을 묻힌 채로 어머니가 고개를 돌렸다.

"차를 끓일 테니 잠깐만 기다려."

얼굴 한가득 퍼진 웃음은 어떤 꽃을 가져왔을 때보다도 기뻐 보였다. 데이트가 아니라고 말하기가 괴롭다.

따뜻한 엽차를 앞에 두고 거실 테이블에 어머니와 마주 앉았다. 웃음은 그대로다. 오늘은 매향당에서 남은 과자가 없어 오이절임이 같이 나왔다. 내가 먼저 할 말은 아무것도 없다는 듯이 이쑤시개 끝으로 오이를 콕 찍어 입에 넣었다.

"마에다 씨라니, 키 크고 비쩍 마른 그 사람이지? 우리 식당 단골이야. 네 입에서 마에다 씨 이름이 나온 건 처음인데, 언제부터 친하게 지냈니? 역시 회화 교실이 계기가 된 거야?"

기숙사 휴게실에 모인 여대생 같은 질문이다.

"친하게 지내고 자시고, 그런 게 아니야. 오늘 긴쓰바를 사러 왔는데 그때 뭘 잊고 가서 저녁에 시민회관까지 갔다가 그 김에 저녁을 먹은 것뿐이에요."

"하지만 사쓰키 넌 호감 가지 않는 사람하고는 절대 둘이서 식사하지 않잖니? 어떤 얘길 했어?"

그것만은 절대 말할 수 없다.

"산 얘기. 마에다 씨도 학창 시절에 산악부였대요."

"어머나…… 너하고 똑같구나."

잠깐 말이 끊긴 이유는 말보다 아버지가 먼저 떠올랐기 때문인지도 모른다.

"취미도 맞는다니 잘됐네. 난 마에다 씨 괜찮은 사람 같더라. 하지만 똑 부러지는 면이 없는 게 좀 아쉽네."

"실례되는 말은 하지 마요."

확실히 등도 조금 굽었고, 오늘도 머리가 뻗쳐 있었다. 일을 척척 해치우는 모습도 본 적이 없다. 하지만 마에다 씨는 내 얘기를 찬찬히 들어주었다.

"그리고 어머니 취향을 나한테 말해봤자 뭐하겠어요."

"하지만 남자는 역시 자세가 바르고 강한 의지를 가진 사람이어

꽃 사슬

야지."

"아버지는 그런 사람이었어요?"

"……그래."

"그래서 딸 상대로도 그런 사람을 바라신다?"

"가능한 한 그러면 좋겠지만, 아버지 같은 사람을 찾기가 어디 그리 쉬운 줄 아니?"

어머니가 아버지 얘기를 하는 게 몇 년 만일까? 그것도 이렇게 온화하게 말하는 건 처음 아닐까? 좀 더 듣고 싶다. 두 사람의 첫 만남이나, 행복했던 추억을. 하지만 그 이야기를 들으면 나는 확실하게 기미코의 부탁을 거절하겠지. 산에 가봤자 아무 도움도 안 된다.

기미코의 부탁을 들어주면 어머니를, 그리고 아버지까지 배신하는 꼴이 되니까.

"그보다 매향당 긴쓰바 말인데, 꽃 이름으로 부르기로 했어요. 내가 제안했어. 통팥이 매화, 단밤이 동백, 생크림이 든 게 코스모스. 어때요?"

"코스모스가 좋구나."

화제를 바꾸었지만 어머니는 아무 말씀도 하지 않았다.

"이번 주말에 산에 가려고 해요."

"설마, 미카사 산?"

어머니가 걱정스러운 표정으로 얼굴을 흐렸다.

"아니, 야쓰가타케."

"그렇게 먼 곳에 혼자서 가는 거니?"

어떻게 대답해야 할까. 혼자서 간다고 하면 걱정하겠지만, 마에다 씨하고 함께 간다고 해도 당일에 돌아올 수 없으니 식사하러 가는 것처럼 얼싸 좋다 하지는 않으시겠지.

"……기미코하고. 왜, 요전에 편지 왔잖아요. 산악 동아리 동창회 같은 거예요. 괜찮죠? 나 먼저 씻을게요."

찻잔을 비우고 자리에서 일어났다. 거짓말이라도 기미코 얘기는 어머니 앞에서 입에 담고 싶지 않았다. 어머니도 조심히 다녀오라고 말은 했지만 그 이상 캐묻지 않았다.

아버지와의 추억에 잠겨 있는 걸까? 나도 자세가 바른, 의지가 강한 사람과 나눈 추억이 있다.

아버지라고 불러버린 그 사람이 그런 점도 아버지와 닮았을 줄이야.

고이치 선배의 '딸'로 인정받은 나는 무엇을 하건 그와 함께였다. 훈련을 마치고 가는 술자리에서도, 남녀합동 합숙 그룹도, 산에서 내려와 뒤풀이를 할 때도, 그 사람 옆은 내 지정석이었다. 내가 원하지 않아도 그의 옆은 늘 나를 위해 비어 있었고, 누가 앉아 있어도 짓궂은 선배들이 거기는 사쓰키 자리라고 하면서 자리를 맡아주었다.

반대쪽 옆에는 기미코가 있고, 구라타 선배가 있고, 여러 친구들이 있었다. 대가족이었다는 기숙사 친구 한 명은 정해진 자리가 없으면 불안하다고 말했다. 그 친구네 집에서는 식사를 할 때도, 자동차를 탈 때도, 몇 십 년이나 변함없이 가족 저마다 정해진 위치가 있다고 했다.

어머니와 단둘이 살아온 나는 그 감각을 이해할 수 없었다. 자리를 맡아놓지 않아도 공간이 꽉 차는 일이 없으니까. 적당히 채워진 공간에 내가 있을 자리가 확실히 있다는 사실이 얼마나 마음 놓이는 일인지, 동아리에 들어간 후에야 알았다. 나의 가족.

처음에 말실수를 한 뒤로 고이치 선배를 장난으로도 '아버지'라고 부른 적은 없었지만, 나를 대하는 선배의 태도는 아버지 같은 느낌이었다. 일반교양 이과 과목에서 과제가 나왔을 때 차근히 가르쳐주거나, 아르바이트를 정할 때 함께 고민해주거나, 여자끼리 영화를 보러 가는데 너무 늦으면 안 된다. 모르는 남자가 꼬셔도 절대 따라가지 마라, 하고 잔걱정을 해주기도 했다. 그림에 재능이 있는 게 아니냐고 말해준 이도 그 사람이었다.

그런 에피소드 하나하나를, 내 과거의 장면에 곁들여가니 내 인생에 아버지와의 추억이 분명 존재하는 것처럼 느껴졌다.

아버지가 있고, 어머니가 있고, 딸이 있는 가정. 아버지의 모습에 고이치 선배를 놓고, 딸의 모습에 옛날의 나를 포개어보곤 했는데 어느새 어머니의 모습에 내 모습을 포개고 있었다.

대학 졸업 후 처음으로 옷장 안쪽에 넣어놓은 상자를 열어본다.

이제 산에 갈 일은 없겠거니 하면서도 아르바이트로 조금씩 사모은 장비를 처분할 수는 없었다. 배낭, 등산화……

붉은색으로 통일한 구라타 선배의 것과 똑같은 자주색 신발을 샀더니, 빨간색은 맞는 사이즈가 없어서 할 수 없이 남색 신발을 산 기미코가 빨간 배낭은 자기한테 양보하라고 해서, 가방은 파란 색으로 고른 바람에 우리 물건은 전부 새것인데도 빌린 물건처럼 색이 뒤죽박죽이었다.

기미코는 늘 그랬다.

여름 합숙을 마치고 고향으로 돌아갈 때, 기미코가 갑자기 우리 집에 하룻밤 묵고 싶다고 했다. 멀리 돌아가는 길은 아니지만 유명한 관광명소가 있는 것도 아니어서 와봤자 시시할 거라 대답했더니 기미코는 유난스럽게 입술을 비죽였다.

"구라타 선배한테는 꼭 와달라고 했잖아."

"그건 구라타 선배가 가사이 미치오를…… 화가인데, 알고 있어? 그 사람을 좋아한다고 했으니까 그렇지."

"나도 가사이 미치오 정도는 알아. 게다가 갓 구운 긴쓰바를 먹어보고 싶단 말이야."

그 정도 접대로 괜찮다면야. 나는 기미코와 함께 돌아가기로 했다.

매향당 아저씨에게 기미코를 소개하고 이곳 긴쓰바에 껌뻑 죽는다고 말하자 그 자리에서 긴쓰바를 구워주시더니 집에 가지고 돌아갈 선물까지 싸주셨다. 크로켓도 놓칠 수 없어 갓 튀긴 크로켓을 먹으며 집으로 돌아갔는데, 어머니는 상다리가 휘어질 정도로 진수성찬을 차려놓고 기다리고 계셨다.

꽃 사슬

긴쓰바와 크로켓 먹은 것을 후회하는 내 옆에서 기미코는 아무렇지도 않은 듯 어머니의 요리를 맛있게 먹었다. 그것만으로도 기뻤을 텐데 "닭튀김 밑간은 뭘로 하신 거예요?" "어떻게 하면 고기가 이렇게 부드러워요?" 하고 손이 많이 간 부분을 정확히 물어보니, 그리 말수가 많지 않은 어머니도 반찬 수만큼 즐겁게 이야기꽃을 피웠다. 나는 닭튀김 밑간을 마요네즈로 했다는 것을 그날 처음 알았다.

기미코는 테이블 위에 장식한 용담까지 칭찬했다.

이튿날, 기미코는 저녁 전철로 돌아가면 되니까 어머니가 싸준 도시락을 들고 시골 마을의 유일한 관광명소인 소나기 계곡으로 안내했다. 버스 안에서 가사이 미치오에 대해 묻자 아니나 다를까 이름만 겨우 알지, 그림이나 미술관에는 전혀 관심이 없다는 것을 알고 그냥 계곡을 산책하기로 했다.

"소나기 계곡이라면서 날이 좋기만 하네."

사자바위 그늘에 돗자리를 펴고 앉아 도시락을 펼치는데 기미코가 쾌청한 하늘을 올려다보며 말했다.

"비가 꽤 많이 내리는 곳이긴 한가 본데, 나도 여기에 비가 내리는 걸 본 적이 없어. 소풍하고 현장 수업으로 두 번 와본 게 다지만."

"사쓰키는 해님한테 사랑받아서 그래."

"그런 걸 어떻게 아니? 기미코하고 다닐 때도 항상 맑았으니 해님한테 사랑받는 건 기미코 너일지도 몰라. 난 요전에 아르바이트 끝나고 돌아갈 때 갑자기 비가 내려서 혼쭐이……."

"그만해."

갑자기 기미코가 말을 끊었다.

"네 불행 이야기는 이제 지긋지긋해. 동정하다 보면 나만 손해보는 기분이야."

"불행 이야기라니 그게 무슨 소리야?"

"아버지가 안 계시니 어머니께 부담을 끼치지 않으려고 아르바이트를 해야 하는데 동아리 활동도 열심히 한다고 구라타 선배가 신경 써주잖아. 내가 고이치 선배를 좋아하는 것도 뻔히 알면서 계속 독차지하는 것도, 사쓰키는 아버지가 없어서 불쌍하니까 어쩔 수 없어서 그런 거라고 꾹 참고 있었어."

"나를 동정했다는 뜻이야?"

"그래. 그랬는데 어머니는 아름답고 상냥하시고, 테이블에는 꽃도 장식해놓고, 상점가를 지나면 다들 친절하게 말을 걸어주고, 하나도 안 불쌍하잖아."

"내가 아버지가 없어서 힘들다는 말을 한 번이라도 한 적 있어?"

아버지가 안 계시다는 말은 했다. 기숙사에 들어갔을 때, 기미코에게 2인 1실이라 불편하지 않겠느냐고 물었다. 기미코는 집에서도 형제자매 넷이서 방 하나를 썼으니 둘이서 함께 쓰는 건 과할 정도로 쾌적하다면서 말끝에 내게 가족 구성을 물었던 것이다.

어머니하고 나, 아버지는 내가 태어나기 전에 사고로 돌아가셨다. 그 말이 전부였다. 동정받을 만한 소리를 한 기억은 없다. 자기소개를 하다가 가볍게 흘렸을 뿐이다. 기미코도 그때는 "흐음, 그

꽃 사슬

렇구나" 하고 대꾸했을 뿐, 동정하는 기색은 전혀 없었다.

"말로는 안 하지만, 뭔가 있다는 표정을 짓는단 말이야. 나는 이렇게 고생하는데 기미코는 좋겠다, 아무 고민도 없어 보인다, 그렇게 생각하고 있지?"

"어떻게 그런."

"어쨌든 됐어. 하지만 이제 난 널 동정하지도, 눈치 보지도 않을 거야. 구라타 선배도 고이치 선배도 둘 다 사쓰키가 독차지하는 건 용납 못 해. 나한테 한쪽은 양보해."

한쪽? 구라타 선배와 고이치 선배가 같은 저울 위에 있는 이유를 모르겠다. 동경과 사랑은 완전히 다른 감정이고, 둘 다 손에 넣고 싶은 거라면 이해하겠지만 어느 한쪽을 달라니. 게다가 내게 선택권이 있는 것처럼 말하지만, 그 어느 쪽도 내 것이 아니었다.

"어느 한쪽을 택하라니 이상하잖아. 난 선택할 권리가 없어."

"그럼 어느 쪽에 선택받고 싶은지 결정해. 당장이 아니라도 괜찮아. 나는 9월 10일에 기숙사로 돌아갈 테니까, 그때까지는 정해줘."

그렇게 말하고 기미코는 도시락 속 닭튀김을 한 입 가득 물었다. 더는 얘기할 생각도 없고, 들을 생각도 없다는 듯이.

기미코가 이런 억지를 부릴 줄 알았더라면 가사이 미치오 설명이나 할 걸 그랬다고 후회했다. 하지만 당장이라도 울음을 터뜨릴 듯한 얼굴로 하늘을 올려다보는 기미코를 바라보는 사이에, 기미코는 이 말을 하려고 일부러 아무것도 없는 이 시골 마을까지 따라왔다는 것을 깨달았다.

내가 정말로 불쌍한지 판단하려고. 그 결과, 동정할 가치가 없다고 판단했다. 그것은 그 단계에서는 정답이었다.

뒤죽박죽 엉뚱한 색도 기미코와 둘이 있을 때는 아무렇지 않았는데 새삼 바라보니 조금 촌스러웠다. 빨강과 파랑, 두 가지 색이 들어간 체크 셔츠를 입으면 밸런스가 맞을까? 하지만 함께 가는 사람은 마에다 씨다. 그 사람이 내 패션 센스가 나쁘다고 생각하든 말든 별 상관없고, 그 사람 역시 딱히 그런 걸 신경 쓸 것 같지는 않다.

그보다 전체적으로 퀴퀴한 냄새가 난다. 밖에서 말려야겠다.

배낭 지퍼를 열어 속을 뒤집자 안주머니에서 작은 은색 종이가 나왔다. 기미코가 늘 산에 챙겨갔던 초콜릿의 포장지였다. 기미코가 초콜릿을 주면 나는 나중에 어떻게 할 것도 아니면서 포장지를 곱게 펴서 주머니에 넣었다. 이런 점은 분명 어머니 성격을 닮은 것 같다.

마지막 등산은 이 학년 여름에 갔던 야쓰가타케. 전문대생인 우리에게 마지막이 될 여름 합숙을 마친 뒤에 기미코와 둘이서만 올랐다. 그 무렵의 우리는 더 험한 코스에도 갈 수 있었지만, 그곳이어야만 했다.

구라타 선배의 무덤을 만들기 위한 장소였으니까.

어느 쪽을 선택할 것인가가 아니라, 어느 쪽에게 선택받고 싶은가.

꽃 사슬

고향에 있는 내내 고민해서 내린 결론을 결국 기미코에게 전하지는 못했다.

아르바이트 때문에 기미코보다 일주일 빨리 기숙사에 돌아갔더니 구라타 선배도 이미 돌아와 있었다.

"반년 후에는 싫어도 시골로 돌아가야 하니까 마지막 여름은 좋아하는 일만 실컷 해야지. 사쓰키가 돌아와서 다행이야."

그렇게 말하며, 고향에서 친척이 경영하는 회사에 취직할 예정인 구라타 선배는 나를 영화관이나 미술관에 데려가주었다. 기미코가 알면 구라타 선배를 선택했다고 오해할 것 같아 조금 망설였지만, 결론을 전할 때까지는 자유인 셈 치고 구라타 선배가 부를 때마다 따라다녔다.

먼저 완성한 지 삼 년밖에 되지 않은 국립미술관에 가기로 했다. 한 번, 신문에서 사진을 본 적이 있어 줄곧 가보고 싶었던 곳이었다. 섬세하지만 대담하고, 참신한 디자인으로 높은 평가를 받은 그 건물은 실제로 가보니 어딘가 그리운 분위기가 감돌았다.

"사쓰키, 알고 있어? 이 건물은 네 아버지의 아버지가 설계한 거야."

"네?"

아버지의 아버지, 그렇다면 할아버지? 아버지가 생전에 무슨 일을 하셨는지 나도 모르는데, 구라타 선배가 어떻게 아는 걸까? 명청한 내 얼굴을 보고 구라타 선배가 키득키득 웃었다.

"고이치네 아버지 말이야."

143

"난 또, 그런 뜻이었어요? 하지만 고이치 선배가 그렇게 유명한 건축가의 아들인 줄은 몰랐는데 대단하네요. 그런 사람을 아버지라고 불렀으니 정말 큰 실례를 저질렀어요. 제대로 사과해야지."

"그러라고 알려준 게 아니야. 고이치도 즐거워 보였는걸. 작년에는 훨씬 말수가 적은 사람이었는데, 사쓰키가 딸이 되고서 잘 웃잖아. 마음에 든 거야."

그렇게 상냥한 말을 듣고 미술관을 둘러보기 시작했다. 높은 천장에서 쏟아지는 빛이 발밑에 십자가 모양을 그린다는 것이나, 거추장스러운 장식을 없애고 콘크리트 질감을 살린 벽이 그림의 장점을 부각시킨다는 것을 깨달을수록 고이치 선배의 존재가 점점 멀어져가는 것만 같았다.

그때 미리 그 사람을 포기했다면 좋았을 텐데.

고이치 선배 생각만 하고 있던 나는 구라타 선배의 이변을 바로 알아차리지 못했다. 산에서는 한 번도 걸음을 멈춘 적 없던 구라타 선배가 그날은 몇 걸음 떼다가 곧 멈추곤 하는 것을 관내를 절반쯤 돌았을 때야 겨우 알아차렸다. 미술관이라 그림이나 조각 앞에서 걸음을 멈추는 거야 당연하지만, 멈출 때마다 어깨로 숨을 몰아쉬다니 심상치 않았다. 여름인데 선배의 얼굴은 창백했고, 입술은 보랏빛에 이마에는 굵은 땀방울이 맺혀 있었다.

"괜찮아요? 조금 쉴까요?"

"괜찮아. 요새 조금 더위를 먹었나 봐. 빈혈일까? 너무 놀았나."

"무리하지 마세요. 생각보다 넓어서 저도 힘드네요. 언제든 또

꽃 사슬

올 수 있으니 오늘은 그만 돌아갈까요?"

"미안해, 사쓰키. 가사이 미치오 전시회는 이번 주까지만 하니까, 저기만 더 보고 나머지는 다음에 보는 걸로 하자."

선배는 하루 한 번의 부탁이 아니면 쉬자는 말을 고분고분 따른 적이 없었다. 그 정도로 몸이 안 좋다면 가사이 미치오를 따질 때가 아니었다.

"가사이 미치오는 저희 고향에서 얼마든지 볼 수 있으니 정말 무리하지 마세요. 기미코도 전에 집으로 돌아가는 길에 저희 고향에 들렀어요. 생각보다 가깝다고 했는걸요."

"그래. 하지만 역시 가사이 미치오는 보고 돌아가고 싶어. 사쓰키네 시골에서는 볼 수 없는 그림이 있어. 어느 지자체에서 구입한다고 했으니 볼 수 있을 때 봐둬야지."

그러면 어쩔 수 없다 싶어 우리는 미술관 특설 회장으로 향했다. 상설 전시 부스는 텅텅 비어 있었는데 별도로 입장 요금을 내야 하는 특설 회장 앞에는 긴 똬리가 있었다.

가사이 미치오가 우리 고향에서만 유명한 사람인 줄 알았던 나는 구라타 선배가 어지간히 그림을 좋아한다고 생각했다. 그랬는데 이해할 수 없는 저 그림을 보고 싶어 하는 사람이 이렇게 많을 줄이야. 전국적으로 유명한 화가였던 것이다. 행렬 속에는 외국인도 보였다. 어쩌면 세계적인 화가인지도 모른다. 기미코는 내가 자기를 바보 취급했다고 생각했을지도 모른다. 그렇지만 그 그림을 이해할 수 있는 사람이 얼마나 될까?

한 시간 가까이 줄을 서서 겨우 안에 들어갔지만 회장 안은 담당 직원이 멈춰 서지 말라고 외쳐댈 정도로 혼잡했다. 그림 밑에 저마다 해설이 붙어 있었지만 읽을 틈도 없었다. 그 전에 해설의 작은 글자를 읽을 수 있을 만큼 다가갈 수도 없었다.

"전기의 특징은 짙은 파란색을 많이 써서 남색 시대, 후기의 특징은 선명한 빨간색을 많이 써서 비색 시대라고 불러. 내가 공자 앞에서 문자 썼나?"

아득한 눈으로 그림을 바라보며 구라타 선배가 설명해주었다.

"파란색은 불꽃을 표현하는 거죠? 소중한 존재가 전쟁의 불길에 타버려 한탄하는 모습을 한 번 봐서는 알아볼 수 없게 표현하다니, 그림이 아니라 암호 같아요. 사실 남색 시대의 작품에는 전쟁에 대한 분노가 깃들어 있고, 비색 시대의 작품에는 인간과 자연을 사랑하는 마음이 깃들어 있는데, 지난번 신문에서 남색 시대는 '정靜'을, 비색 시대는 '동動'을 표현한다고 쓴 평론가가 있어서 깜짝 놀랐어요."

너무 시시한 설명을 했나 싶어 구라타 선배를 돌아보았더니 선배는 입을 쩍 벌리고 나를 쳐다보고 있었다.

"대단해, 사쓰키. 내 해석도 그 평론가하고 똑같고, 해설에도 그렇게 적혀 있는데. 정말 잘 아는구나."

"그럼 제가 잘못 알고 있는 걸까요? 사실 어머니한테 들은 얘기거든요. 미술관에 가자고 해도 절대 가지 않는 분이라, 시골에서 누가 대충 주절거린 소리를 그대로 믿었던 건지도 몰라요."

꽃 사슬

"하지만 실물을 앞에 두고 보니 사쓰키 말이 맞는 것 같아. 가사이 미치오는 자기 작품에 대해 거의 언급하지 않았다고 하잖아. 인연이 있는 고장 사람들이기 때문에 알 수 있는 사실이라고 해도 이상할 것 없지. 역시 사쓰키하고 오길 잘했어. 다른 것도 가르쳐줘."

구라타 선배에게 칭찬을 받자 뿌듯하긴 했지만 내가 아는 건 그 정도가 고작이었다. 초등학생 때, 어머니와 둘이서 출장 때문에 이웃 마을 역 앞 호텔에 묵은 어머니의 친구를 만나러 갔을 때 로비에 걸린 그림을 보면서 들은 얘기일 뿐이니까. 그것도 어머니가 먼저 말씀해주신 게 아니라 파랗게 칠해진 그림을 보면서 내가 큰 소리로 "바닷속이야?" 하고 엉뚱한 소리를 했기 때문에 다음에 실수하지 않도록 설명해주었던 것이다.

사실은 빨갛게 칠하고 싶었던 불꽃을 어쩔 수 없이 파랗게 칠한 것이라면, 가사이 미치오라는 화가는 가여운 사람이다.

쭉 걸어들어가자 파랑과 빨강 사이에 다른 사람의 작품이 잘못 끼어 있는 것처럼 낯선 그림 한 장이 전시되어 있었다.

"이걸 보고 싶었어."

구라타 선배가 걸음을 멈추었다. 제목은 〈미명의 달〉. 가사이 미치오 특유의 파란색이 여기에도 사용되었지만, 이것은 불꽃이 아니었다. 새벽녘의 하늘빛이다. 둥실 떠오른 달……

"소나기 계곡이다."

"아는 곳이야?"

"저희 시골, 기미코하고 얼마 전에 다녀온 곳이에요."

구라타 선배와 고이치 선배, 어느 한쪽을 양보하라는 말을 들었던 장소. 그런데 나는 구라타 선배와 둘이서 고이치 선배의 아버지가 설계한 미술관을 찾았다. 결론은 이미 내렸지만, 구라타 선배와 소나기 계곡에 가고 싶었다.

그때, 그림을 바라보고 있던 구라타 선배가 그 자리에 풀썩 쓰러졌다.

상자에 넣어놓았던 도구를 차례로 꺼냈다. 텐트, 망토, 우비, 헤드라이트, 코펠…… 이번에 필요한 물건과 그렇지 않은 물건을 구분해, 쓸 만한지 확인해야 한다. 헤드라이트 전지는 나가버렸다. 마에다 씨가 산장에 묵자고 했으니 필요 없겠지. 텐트하고 망토도 필요 없다. 그것만으로도 짐이 훨씬 가벼워졌다. 다만 계절 때문에 방한복은 필요했다.

야쓰가타케는 비교적 걷기 쉬운 코스지만 그것은 당시에 매일 훈련을 했기 때문이고 오 년 동안 운동이라고는 아무것도 안 한 지금, 그때처럼 걸을 수 있다고 과신해서는 안 된다. 정상에 있는 산장에서는 식사 주문도 가능하다. 코펠도 필요 없겠지. 짐은 최소한으로 줄이고, 되도록 몸에 부담이 가지 않게 하자. 그림 도구는 어떻게 할까? 전에는 수채화 세트를 가져갔는데.

우편함이 덜컹 울렸다.

장비를 확인하던 손길을 멈추고 우편함을 보러 갔다. 기미코가 편지 한 통으로 끝내지 않았을 가능성도 있다. 'K'라고 적힌 편지를 보낸 게 기미코라는 걸 알아도, 연달아 편지가 오면 어머니도 수상쩍게 여기겠지. 어머니에게만은 절대 들켜선 안 된다.

우편함에 들어 있던 것은 내 앞으로 온 광고지 한 통과 어머니 앞으로 온 편지가 한 통. 보내는 사람은 '가사이 구미코'. 내가 모르는 이름이다. 성이 가사이인데, 설마 가사이 미치오의 친척은 아니겠지. 이 주변에서는 드문 성도 아니다. 소인은 T시였다.

어머니가 돌아오면 바로 눈에 띄도록 편지만 거실 테이블 위에 놓고, 광고지는 잘게 찢어 휴지통에 버렸다. 결혼식장 안내 같은 걸 마음대로 보내다니, 어머니 걱정을 부추기는 짓은 그만 좀 했으면 좋겠다.

어머니는 오늘 아침에도 식탁에서 싱글벙글, 아니 히죽거리면서 "마에다 씨는 닭튀김 정식을 좋아하던데, 다음에 만드는 법 알려줄까?" 하고 말했다.

아무것도 모르면서.

아니, 그게 낫다. 건전지를 사러 가자. 화장실도 취사장도 산장 밖에 있었으니 헤드라이트는 있는 게 낫겠지. 나가는 김에 작은 스케치북도 사자.

성주풀이 피어 있다고 믿는 건 아니다. 하지만 가능성이 제로라면, 마에다 씨는 내게 야쓰가타케에 가자는 말도 하지 않았을 것이다. 만약 볼 수 있다면, 꼭 그림으로 남겨놓고 싶다.

구라타 선배가 거기에 있다는 증거로.

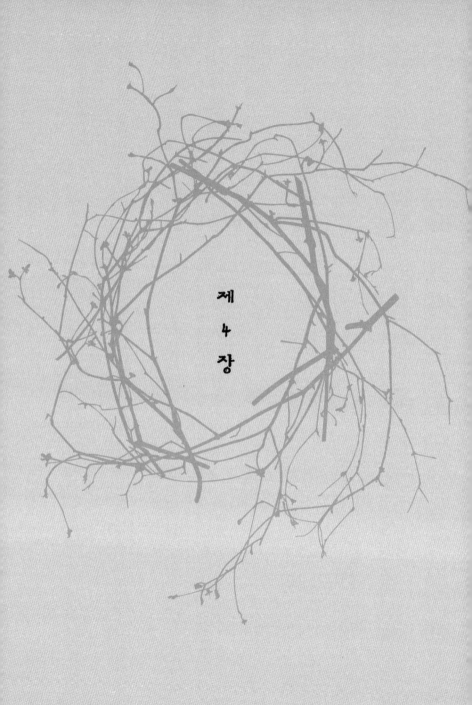

제
4
장

❀ 꽃, 행동하다

매향당에서 긴쓰바 스무 개들이 상자를 사서 H그랜드호텔로 향했다.

외할머니의 병환은 아카시아 상점가나 이웃 사람들은 거의 다 알고 있어 지나칠 때마다 외할머니의 용태를 걱정하거나, 내게 힘을 북돋워주는 말을 한마디씩 건넸다. 그 김에 어제 우리 집안 묘소를 찾아온 사람을 보지 못했는지 물어보고 싶었지만, 외할머니 이야기와 함께 무덤 이야기를 하기가 꺼려져 아무에게도 묻지 못했다.

절의 주지스님에게 확인한 바로는 우리 가족묘가 어딘지 물어본 사람은 없었다고 하니, 성묘를 다녀간 사람은 사전에 장소를 알고 있었다는 뜻이다. 나도 바지런히 다닌 건 아니지만 지금까지 다른 사람이 우리 가족묘를 찾아온 흔적은 한 번도 본 적이 없다. 그러니 이웃 사람일 것 같지는 않다.

가족묘라고는 해도 아버지가 데릴사위였던 것도 아니라, 외할아버지와 부모님의 성이 달랐기 때문에 묘를 따로 썼다. 부모님이 돌아가셨을 때, 외할아버지와 같은 묏자리를 쓴다고 부모님이 불평할 것 같지는 않았지만 부부끼리 나란히 묻어주자는 외할머니의 의견을 따랐다.

"리카가 성묘를 와준다면 좋겠지만, 부모님하고 같은 묘에는 들어가지 않아도 돼."

그런 말씀도 하셨다. 외할머니는 다정하지만 결혼에 관해서는 종종 따끔한 잔소리를 하셨다. 나이가 찬 여자는 많지만, 나처럼 가족에게 집안 묘에 들어갈 생각은 말라는 소리를 듣는 사람은 드물지 않을까?

"결혼이 인생의 전부는 아니잖아요. 할머니가 살던 시절하고는 다르다니까."

"그렇지 않아. 멋진 사람을 만나 행복한 가정을 꾸리는 것보다 더 충만한 삶은 없단다."

그런 대화를 몇 번이나 나누었을까. 외할머니가 정정했을 때는 귀찮기만 했지만, 아직은 그만두고 싶지 않다. 몇 번이고, 몇 번이고 더 듣고 싶다. 그래서 지금 K를 만나러 가는 것이다. 부모님 묘소를 찾아준 사람은 과연 K일까?

통에는 코스모스가 꽂혀 있었다. 어제, 외할머니를 찾아 병원에 왔던 남자도 코스모스 꽃다발을 들고 있었다. 그 꽃다발은 내가 받았지만, 그 사람은 병원에서 나가 새 코스모스를 사서 성묘를 갔던 게 아닐까?

내가 찾아갔을 때 잔향이 있었으니 떠난 지 오래 되지는 않았을 것이다. 야마모토 꽃집에 들르지 않고 바로 절에 왔다면 혹여나 만날 수 있었을까?

그런 생각도 해봤지만 어차피 곧 약속 시간이다.

호텔 입구 앞에서 심호흡을 하고, 일 층 카페 라운지 아카시아로 향했다. 두 쌍이 결혼 피로연을 열었는지 로비는 하객들로 붐비고 있었다. 라운지도 여기에서 보니 거의 만석이었다. K는 벌써 와 있을까? 입구에서 안쪽을 둘러보았다. 나는 K의 얼굴을 모른다. 하지만 어느새 어제 본 남자가 있는지 찾고 있다……. 그때 낯익은 얼굴이 눈에 들어왔다.

"한 분이신가요?"

안내직원이 묻기에 일행이 있다고 대답하고 가장 안쪽, 막다른 구석에 있는 창가의 4인석 자리로 향했다.

"안녕하세요. 많이 기다리셨죠?"

실망한 표정을 숨기려고 무릎에 얼굴이 닿을 정도로 고개를 깊이 숙였다. 원피스의 꽃무늬가 눈에 들어와, 제일 좋아하는 옷을 입고 온 것을 후회했다. 어째서 이런 경우를 예상하지 못했을까?

K의 비서가 대리로 올 가능성을.

비서의 모습이 보였을 때, 키다리 아저씨의 주인공처럼 "당신이 K씨였군요!" 하고 생각하지는 않았다. 짧은 시간이나마 그동안 수집한 K의 데이터와 맞아떨어지지 않기 때문이다. 기껏해야 나와 두세 살 차이로 보이는 이 사람이 이십 몇 년 전에, 아무리 전화라지만 '사랑하는 사람에게'라고 감미로운 목소리로 말할 수 있을 턱

꽃 사슬

이 없다.

단순하게, K는 무슨 사정이 있어 오지 못했고 그 대신 비서를 보냈다고 생각하는 게 타당하리라. 게다가 만일 비서가 K라면 사랑하는 사람의 딸을 만나는데 이런 표정으로 기다리지는 않을 것이다. 아무리 뜯어봐도 심기가 좋지 않다. 인사를 했는데 한마디 대답도 없다. 고개를 드니 세상에, 내가 아니라 창밖을 바라보고 있는 것이 아닌가?

"먼 걸음 해주셔서 정말 고맙습니다. 약소하지만 부디 받아주세요."

얼굴을 살펴보면서 매향당의 종이봉투를 내밀었지만 무시당했다. 내 뒤에는 물 컵을 든 웨이터가 빨리 앉으라는 듯이 우뚝 서 있었다. 나는 대답을 기다리지 않고 맞은편에 앉았다. 종이봉투를 테이블 옆에 있는 짐바구니에 든 비서의 가방 옆에 슬그머니 넣고, 똑같이 뜨거운 커피를 주문했다. 그의 커피는 조금도 줄지 않았다.

"커피 식을 텐데 먼저 드세요."

그렇게 말하자 비서는 내 쪽을 흘깃 쳐다보고는 아무 말 없이 또다시 창밖으로 시선을 던졌다.

창밖이 그렇게 재미있나?

손질이 잘된 정원에서 장미꽃 아치를 배경으로, 신부의 친구들이 교대로 사진을 찍고 있었다.

그러고 보니 부모님 결혼 앨범 속에 이 정원에서 찍은 사진이 몇장 있었다. 양장을 한 두 사람이 팔짱을 끼고 있는 사진. 외할머니를 사이에 두고 셋이서 나란히 찍은 사진. 외할머니와 어머니가 둘이서 나란히 찍은 사진. 하나같이 행복하게 웃는 사진들이었다.

타임머신이 있다면 부모님 결혼식에 가보고 싶다. "저는 미래에서 온 두 분의 딸이에요" 하고 말해도 우리 부모님이라면 "그거 참 먼 길을 와줬구나" 하고 환영해줄 것만 같다. 거기에서 몰래 어머니에게 "K는 누구고 어떤 사이예요?" 하고 물어본다면 어떻게 대답해줄까?

아아, K는 말이지…… 얼마가 필요한 겁니까?

"네?"

머릿속에서 들리던 목소리가 바깥쪽으로 바뀌었다. 게다가 조금 나직한, 감미로운 목소리.

"당신 외할머님 수술비로 얼마가 필요한 거냐고 물었습니다."

비서였다. 어느새 내 쪽을 보고 있다. 내 커피도 놓여 있었다. 모처럼 입을 열었지만 얼굴은 무뚝뚝한 표정 그대로다. 아깝다. 고급 양복도 잘 어울리고 삼 년 전보다 더 멋지게 변했는데, 쌀쌀맞은 태도도 곱절이 되다니. 하지만 용건이 있는 건 내 쪽이다. 예의 바르게 행동해야 한다.

돈을 빌려달라고 하는 거니 금액을 말하는 게 당연한데, 그만 주위를 둘레둘레 살펴보았다. 옆자리에서는 신랑신부의 회사 상사로 보이는 중년 남성 집단이, 갑자기 인사라도 맡게 되었는지 "저 녀석 입사 몇 년차지?" 하고 서로 입을 맞추고 있었다.

이쪽 대화를 엿들을 걱정은 없어 보인다.

꽃 사슬

"가능하다면 백만 엔. 반드시 갚을게요."

"그 정도 돈도 마련 못 해서 아무 연고도 없는 남에게 의지하려는 겁니까? 기가 막히는군."

그렇게 말하며 비서는 커피 잔을 입으로 가져갔다. 필요한 금액을 전부 부담해달라고 부탁하는 게 아니다. 수술비, 입원비, 치료비, 약값…… . 암 보험이라는 유용한 수단도 없다. 백만 엔이라는 금액은, 내 저금을 보태고도 모자란 금액이다. 하지만 뻔뻔하다는 사실에는 변함이 없다.

"죄송합니다. 맞는 말씀이에요. ……저, K씨는 저희 어머니와 아무 인연도 없는 분인가요?"

"당신은 옛 연인을 '인연이 있는 사람'이라고 할 수 있겠습니까?"

"옛 연인…… 그 이유만으로 해마다 그렇게 굉장한 꽃다발을 보내고, 유족에게 원조까지 해주겠다고 말씀하셨던 건가요?"

"보통은 그러지 않겠지요. 저 같으면 안 그럽니다. 그것도 독신이라면 또 몰라도, 아내와 자식도 있는데. 게다가 아내에게 숨기지도 않고 말이지요."

"어머니는 K씨와 서로 사랑했지만 신분 차이 때문에 서로 눈물을 삼키고 헤어졌다거나, 그런 건가요?"

"신분? 당신은 저희 집이 엄청난 자산가인 줄 착각하나 보군요. 안타깝게도 어머니는 일반 가정 출신이고, 저도 매일 놀면서 사는 건 아닙니다. 당신이 빌려달라고 하는 돈은 노동의 대가…… 거기까지 생각이 미쳤다면 그런 편지는 안 보냈겠지만."

비서가 요란하게 한숨을 쉬었다. 내가 그렇게 상식에 어긋나는 소리를 했나? 확실히 K는 부자라고 생각했다. 하지만 그렇게 생각하게 만든 건 K가 아닌가.

"이유도 말씀하지 않고 도와주겠다고 하시니 키다리 아저씨 같은 이미지를 품고 있었어요. 그보다 당신은 K씨의 아드님이었군요. 아버지가 어머니가 아닌 다른 여성에게 해마다, 그것도 몇 십 년이나 계속, 몇 만 엔이나 나가는 꽃을 보내다니, 자식이 보면 견디기 힘든 일이겠지요. 저 같으면 이제 그만하라고 말했을지도 몰라요."

무뚝뚝한 표정도 이제야 이해가 갔다.

"알면 됐습니다. 난 오늘 당신이 요구하는 금액을 마련해, 앞으로 일체 관계를 끊어달라고 말하러 온 겁니다. 이제 꽃은 보내지 않겠습니다. 앞으로 또 당신이 어떤 궁지에 몰려도, 절대 돕지 않을 겁니다. 은행 계좌를 알려주면 돈은 다음 주에라도 바로 입금하지요. 갚을 필요는 없습니다. 이건 제 아버지와 당신 어머니의 관계를 청산하기 위한 위자료이니까."

"잠깐, 위자료라는 표현은 그만두세요. 저희 어머니가 미련을 품고 있는 것 같잖아요!"

"미련이 없다면 꽃도 받지 않았을 테죠."

"저희 어머니와 당신 아버지가 어떤 사이였는지 전 몰라요. 하지만 당신 어머니가 그 꽃다발의 존재를 알고 있었듯이, 저희 아버지도 알고 있었어요. 새로 문을 연 가게도 아니고, 일반 가정집에 장

꽃 사슬

식히기에는 너무 큰 꽃다발을 외할머니도 함께, 다 같이 나누어서 꽃병에 담았어요. 창고에서 꽃병을 꺼내는 게 아버지 역할이었죠. 어머니는 제게 그런 꽃이 오는 이유는 복권에 당첨되었기 때문이라고 하셨어요. 미련이 남은 옛 연인이 보내주는 선물을 그렇게 말할까요? 그야 연인이었던 적은 있었을지 모르죠. 하지만 결혼 후에도 계속 마음에 품고 있었던 것처럼 말하지 마요."

"나는 틀린 말 한 적 없습니다. 당신 가족이 그걸 어떻게 받아들였든, 난 아무 상관 없어요. 궁금하지도 않고. 다만 내 어머니의 서글픈 얼굴만 떠오를 뿐입니다."

"그런데도 무덤은 찾아주셨군요. 어제 저도 갔어요. 저희 가족묘가 어디에 있는지, 어떻게 조사한 거죠?"

"무슨 소리입니까? 난 오늘 아침 고속열차로 여기에 왔는데."

시치미를 떼는 눈치는 아니었다. 아버지인 K의 부탁을 받고 마지못해 찾아간 줄 알았는데.

"그럼 제가 착각했나 보네요. 여기까지 와주신 것 외에 더 고맙다는 인사를 할 필요는 없는 것 같아 마음이 놓이네요."

커피를 한 모금 마셨다. 완전히 식어버렸다. 한 잔에 천 엔이나 하는데 아깝다. 전부 마셔버리고 비서를 쳐다보았다.

"돈은 됐어요. 외할머니가 꼭 사고 싶은 게 있다고 하셔서, 외할머니께는 비밀로 하고 만난 적도 없는 사람에게 부탁하려고 했던 제가 실수했네요. 귀중한 시간과 돈을 쓰게 만들었으니 사과드릴게요. 당신 말대로 앞으로 상관하지도 않겠어요. 꽃도 다시는 보내지 마요. 그런 건 받는 사람도 거추장스럽다고요. 어쩌면 저희 어머니가 당신 아버님의 자기만족에 장단을 맞춰주려고 받아줬던 건지도 모르죠. 옛 연인에게 결혼 후에도 계속 꽃을 보내다니, 스토커 같지 않아요?"

"돈까지 요구해놓고, 아버지를 스토커라고?"

비서가 두 손으로 테이블을 와락 내리쳤다. 스토커란 표현은 좀 심했는지 모르지만, 단순히 옛 연인일 뿐인데 그렇게 나온다면 내 입장에선 소름 끼친다.

"그만하면 됐습니다."

누가 뒤에서 말했다. 비서는 깜짝 놀란 표정이었다. 뒤를 돌아보니 어제 외할머니 병실을 찾아온 남자가 서 있었다.

"전무님이 어떻게 여기에?"

비서가 남자에게 물었다. 전무. 두 사람은 같은 회사에서 일한다는 뜻일까?

"그렇게 부르지 마십시오, 도련님. 벌써 퇴직한 몸인걸요. 옛날에 신세를 졌던 분이 입원했다는 소식을 여동생에게 듣고 어제 서둘러 달려왔습니다. 설마 이런 곳에서 당신을 만날 줄이야. 못 알아보신 것 같은데, 두 자리 옆에 있었습니다. 실례지만 대화도 전부 들었습니다."

그 말을 들은 비서는 깜짝 놀랐다. 하지만 나도 전혀 알아차리지 못했다.

"함께 앉아도 되겠습니까?"

꽃 사슬

전무는 비서와 나를 번갈아 보며 물었다. 나는 말없이 고개를 끄덕였고, 비서는 "편하신 대로" 하고 어째서인지 내 옆자리를 가리켰다. 할아버지와 손자뻘쯤 되는데, 전무는 존댓말을 쓰고 있고, 비서는 '도련님'이라는 호칭을 부정하지도 않는다. 이 비서 양반이 그 정도로 대단한 사람인가?

전무는 웨이터를 불러 커피 세 잔을 주문했다.

"도련님, 저는 아버님과 이쪽 아가씨 어머님의 관계에 대해서는 아무것도 모릅니다. 하지만 아가씨에게 당신이 고압적인 태도를 취하는 건 잘못입니다. 아가씨의 외할머니가 당신 일가와 어떤 관계인지 알고는 계십니까?"

외할머니와 K하고 관계가 있다?

"몰라. 지금 처음 들었어요."

비서가 무슨 소리를 하는 거냐는 얼굴로 전무에게 대답했다.

"아가씨는?"

전무가 나를 바라보았다.

"저도 외할머니 얘기는 전혀. 이쪽 분 아버님께서 제 어머니께 해마다 커다란 꽃다발을 보냈고, 부모님이 돌아가셨을 때는 경제적으로 도와주겠다는 말씀까지 해주셨지만, 그게 외할머니하고도 상관있는 일이었나요?"

"저는 어머님 일은 전혀 모릅니다만……."

"그럼 전무님은 외할머니하고 어떤 사이시죠?"

"저는……."

전무는 조금 망설이는 눈빛으로 벽을 바라보다가 벽에 걸린 그림 앞에서 화들짝 시선을 멈추었다.

"도련님, 당신은 저 그림이 누구 작품인지 아십니까?"

"내가 바보인 줄 알아요? 가사이 미치오잖아요."

"죄송합니다. 그럼 저 그림이 무엇을 표현하고 있다고 해석하시겠습니까?"

"타이틀은 안 보이네. 하지만 비색 시대의 작품이군. 전쟁 후에 그린 작품으로, 앞으로 새로운 시대를 개척해가려는 정열을 표현한 그림이네요."

"알겠습니다. 그렇다면 아가씨는 어떻게 해석하시겠습니까?"

나는 그림을 보았다. 선명한 빨간색을 중심으로 여러 난색이 뾰족한 비늘처럼 몇 겹으로 포개져 있었다.

"대답하기 싫어요. 초등학교 소풍 때 똑같은 질문에 대답했다가 망신을 산 적이 있어서요. 그런 굴욕은 두 번 다시 맛보고 싶지 않아요."

"망신을 샀다는 그 해석은 직접 생각한 겁니까, 누가 가르쳐준 겁니까?"

어째서 그런 문제를 물고 늘어지는 걸까?

"어쩌다 망신을 샀는지 뿌리까지 말해야 하나요? 일반적으로는 이 사람이 말한 해석이 맞잖아요? 학교에서도 똑같이 배웠어요. 애초에 어째서 남에게 그림 해석을 묻는 거죠? 그림을 본 사람이 어떻게 느끼는지는 저마다 다르잖아요. 그걸 옳네 그르네, 누구 기

꽃 사슬

준으로 정하는 거죠? 가사이 미치오가 이렇게 해석해주시오, 하고 준비한 모범 답안이 있다면 그림 옆에 함께 붙여놓으면 그만 아니에요? 게다가 남들이 해석해주길 원했다면 좀 더 알기 쉽게 그렸겠지요. 이런 암호 같은 그림을 그렸으니, 본인은 남들이 해석해주길 바라지 않았던 게 아닐까요? 문헌도 남아 있지 않은데 자기 해석이 옳다고 믿는 사람이 더 이상하네요."

리카의 해석은 "재미있군요, 하지만 그건 오답이에요" 하고 말한 담임 때문에 반 아이들에게 비웃음을 산 이후로 되도록 남들 앞에서 말하지 않게 되었다. 똑같은 질문을 받은 지금, 그때의 울분을 엉뚱하게 화풀이하고 있다는 건 자신도 알고 있다.

"하지만 가사이 화백도 친한 사람에게는 그림의 진짜 의미를 전했을지 모릅니다."

전무가 자꾸 물고 늘어졌다.

"그게 어쨌단 거죠?"

"그런데 한 다리 건너 들은 사람이 자기가 그 해석을 발견한 것처럼 공을 독점했다면 어떨까요?"

"공을 세울 만큼 대단한 지식은 아닌데요."

나는 비서를 돌아보았다.

"저 그림에 대한 당신 해석은 틀렸어요. 사실 저 그림은 새 시대를 향한 정열을 나타낸 게 아니라, 코스모스 밭 한가운데서 젖먹이를 품에 안은 여성이 미소 짓고 있는 풍경을 그린 거예요."

비서는 눈썹을 찌푸리면서 벽의 그림을 뚫어져라 쳐다보았다.

하지만 곧 기가 막히다는 얼굴로 내 쪽을 돌아보았다.

"농담은 그만둬요. 저 그림 어디에 그런 게 있단 말입니까?"

나는 전무에게 고개를 돌렸다.

"봐요, 이런 말이나 듣는다니까. 어른이니 그나마 이 정도지, 초등학생은 바보, 바보 하고 합창을 해댔어요. 좋은 일은 하나도 없다니까요. 공을 세운 사람이 있을 것 같지도 않고, 있다고 해도 그 사람 재능 아닌가요? 그럼 해석 탓으로 돌리는 건 그냥 질투죠."

이렇게까지 열변을 토할 권리가 있을까? 직업도 없는 내가, 돈을 빌리려 했던 내가. 아무것도 없으니 한껏 허세를 부린다. 이렇게 비참할 수가 없다.

"잘난 척 떠들어대서 죄송합니다."

그렇게 덧붙였다.

"그건 아가씨 의견인가요? 아니면 외할머님이나 부모님께서 그렇게 말씀해주신 겁니까?"

하지만 전무의 태도는 똑같았다. 뭣 때문에 이렇게 열을 올리는 걸까?

"제가 마음대로 생각한 거예요. 저희 가족은 기본적으로 저 말고는 남을 나쁘게 말하지 않아서요. 애초에 왜 이런 얘기로 빠진 거죠? 전 K씨에게 돈을 빌리려고 여기에 왔는데. K씨가 어떤 사람인지도 궁금했어요. 하지만 실제로 온 사람은 비서였고, K씨와 어머니는 옛날에 연인이었다고 하더군요. 이제 와서 묻는 것도 우습지만, 아버님이 당신한테 그렇게 말씀하시던가요?"

꽃 사슬

비서에게 물었다.

"직접 그렇게 말씀하신 적은 없지만 받는 사람이 여성인데 어떤 사이였는지, 어머니에게 미안하지는 않은지 따졌더니 누구나 평생 토록 꽃을 보내고 싶은 사람이 한 사람은 있다고 얼버무리더군요. 몇 번을 더 물었지만 그 이상 상대해주지 않았어요. 너도 언젠가 알게 될 거라면서."

"옛 연인이라는 건 당신 가설이었어요? 그런데 그런 식으로 말해요? 모르면 모른다고 하면 될 것 아니에요. 당신도 똑같아요."

두 손 들었다는 표정으로 비서를 보고 있던 전무에게로 고개를 돌렸다.

"외할머니하고 어떤 사이였는지 묻는데 그림 얘기나 하고. 어제도 병원에서 얼버무렸죠? 왜 말해주지 않는 거예요?"

"죄송합니다. 외할머님께 필요한 돈은 제가 마련하겠습니다."

"그런 얘기가 아니라…… 말씀해주세요. 제가 모르는 곳에서, 부모님과 외할머니가 어떤 사람하고 이어져 있는지. 그렇지 않으면 저와 외할머니, 부모님을 이어주는 끈마저 발밑에서 전부 끊어질 것만 같아요. 불안해요."

비서도 전무도 입을 열지 않았다.

"도련님, 오늘 여기 오신 것을 사모님은 아십니까?"

"말하지 않았어요. 어떻게 말합니까?"

비서가 나를 보았다.

"유감이지만 내 아버지와 당신 어머니의 관계에 대해, 진실을 안

165

다는 건 불가능합니다."

"어째서요?"

"K는 이 년 전에 세상을 떠났기 때문입니다."

당사자가 둘 다 없는 상태에서 보내온 꽃다발. 만약 내가 편지를 보내지 않았더라면, 내년에도, 내후년에도 계속되었으리라. 진실이란 대체 무엇 위에 성립하는 것일까?

호텔에서 나와 병원에 가니 외할머니는 주무시고 계셨다.

어젯밤부터 미열이 계속되고 있다.

전무는 외할머니를 만나지 않고 돌아갔다.

"지금 병원에 갈 건데, 전무님은 어떻게 하시겠어요?"

"저는 도련님과 함께 이대로 도쿄로 돌아가겠습니다. 돈 걱정은 마십시오. 바로 또 연락하겠습니다."

비서가 계산하는 사이 라운지 밖으로 나와 전무와 그런 대화를 나누었다. 두 사람이 도쿄에서 왔다는 것도 그때 처음 알았다.

결국 전무와 외할머니의 관계는 여전히 모른다.

비서도 전무도, 자기가 알고 있는 사실을 숨기지 않고 말해준다면 자연히 진실이 보일 것 같은데 왜 말해주지 않는 걸까?

게다가 K가 죽었다니. 아버지의 임종을 앞두고, 비서 즉 K의 아들은 꽃을 계속 보내달라는 부탁을 받았다. 거절하면 어머니에게 부탁하겠다는 말에 아들은 마지못해 받아들였다. 그 말을 듣고 비서가 무뚝뚝한 밉상인 이유를 이번에야말로 확실히 알았다.

꽃 사슬

아들에게 부탁을 할 거면 K는 사정을 똑바로 설명했어야 했다. 그것이 아무리 부도덕한 이유라 해도, 어머니를 상처 입히는 이유라 해도, 모호한 표현으로 아버지에게 거짓말을 듣는 것보다는 자기 마음에 매듭을 지을 수 있지 않을까?

어쩌면 그들을 두 번 다시 만나지 못할지도 모른다. 어차피 두 사람 다 마지막까지 이름을 말하지 않았으니까.

"이쪽 정체를 밝히지 않겠다고 아버지와 약속을 해서."

그는 진실이 궁금하지 않을까? 만약 이름을 말해준다면 내가 뭔가 기억해낼지도 모른다. 연하장이 튀어나올지도 모르고, 어머니의 옛날 앨범이나 명부에서 언제 알던 사람인지 찾아볼 수 있을지도 모르는데.

전무까지 덩달아 그런 약속을 하셨군요, 하더니 이름을 말해주지 않았다.

그것도 모자라 조금 더 캐물으려는데 훼방꾼이 끼어들었다. 비서가 라운지에서 나왔을 때, 인형 같은 드레스를 입은 여자아이가 눈앞을 지나갔다. 어라 싶은 순간, 옆에서 누가 불렀다.

"어머나, 선생님!"

영어 회화 학원 JAVA의 학부모였다. 안녕하세요, 하고 살갑게 웃으며 입구를 향해 달렸다. 도망친 것이다. 비서와 전무에게 인사도 하지 않고. 나는 잘못이 없다. 하지만 그 자리에 있다가는 JAVA에 대해 설명해야만 한다. 자세한 건 하나도 모르는데. 하지만 상대에게 나는 회사 측 사람이니, 그런 변명은 통하지 않는다. 그래서 도망쳤다.

설명할 수 없으니 도망친다.

비서도 전무도, 마찬가지일지 모른다.

꽃병의 물을 갈고, 빨래를 다 개켰는데도 외할머니가 깰 기미는 없었다. 이대로 돌아갈까 싶어 사물함 서랍에서 노트를 꺼냈는데 그 밑에 봉투가 들어 있었다. '리카에게'라고 적혀 있다.

봉투를 열자 편지지가 한 장 들어 있었다. 옥션에서 사고 싶은 물건과 통장이 있는 곳, 그리고 잘 부탁한다는 메시지.

"어째서 이런 게 필요한 거야……."

하지만 이것은 옥션이라는 가벼운 경매가 아니라, 현청이 얽힌 입찰이 아닌가?

지금 당장 외할머니를 깨워 물어보고 싶다. 하다못해 이걸 갖고 싶은 이유라도 적어주었더라면. 하지만 힘이 들어가지 않아 덜덜 떨리는 글씨를 보니 이나마 쓴 게 최선이었다는 생각도 들었다.

할머니, 미안. 통장에서 수술비를 찾을게요. 할머니가 갖고 싶은 건, 아무리 경기가 안 좋은 요즘에도 할머니 지금으로는 살 수 없어요, 분명.

그런 말은 노트에 차마 쓰지 못하고 '또 올게요'라고만 적고 병실을 뒤로했다.

이틀 후, 속달 편지가 왔다.

'기요사토일본 야마나시 현 경계에 있는 야쓰가타케 남쪽 기슭의 고원으로 유명한 리조트 관광지

꽃 사슬

에서 기다리고 있겠습니다. K.'

K의 별장인 듯한 장소가 표시되어 있는 지도와, 왕복 열차표가 들어 있었다. 지정석 날짜는 모레. 올 테면 오라는 뜻인가?

비서 아니면 전무가 보낸 거겠지. 그 자리에서 중요한 말은 한마디도 하지 않았던 사람들이 사흘도 안 돼서 나를 멀리 불러내 뭘 어쩌려는 속셈일까? 게다가 세상에 없는 K의 이름을 써가면서. 정말 속을 알 수가 없다. 무시해버릴까. 하지만…….

수술까지 앞으로 나흘.

확실한 것은, 아무것도 하지 않으면 아무것도 모르는 채로 끝난다는 것. 진의를 확인하기 위해서라도 기요사토에 가자. 헛수고로 끝나면, 나태해진 몸에 채찍질을 해 아카다케에 올랐다 돌아오는 것도 좋겠다.

내가 누군가와 이어져 있다는 것을 확인하기 위해서.

❋ 눈, 행동하다

가즈야 씨가 드물게 사무소 차를 타고 집에 돌아왔습니다. 오늘은 평일이라 저번처럼 드라이브를 하러 가는 것도 아닐 테니 갑작스런 출장이 잡혔는지도 모릅니다.

저녁을 먹으면서 물어보았습니다.

"내일 어디 출장이라도 가나요?"

"아아, 조금 볼일이 생겨서. 일찍 일어나야 하니 당신도 오늘 밤은 일찍 자."

"몇 시에 깨울까요?"

"괜찮아, 내가 일어나서 당신을 깨울게."

"그럼 당신이 푹 못 쉬잖아요. 요새 매일 밤늦게까지 깨어 있죠?
아무리 하고 싶은 일에 매진한다고 해도 건강에 나빠요."

"그것도 얼마 안 남았어."

가즈야 씨는 그렇게 말하고 기운이 넘친다는 듯이 밥 한 그릇을
뚝딱 해치우고 더 달라고 했지만, 지난 일주일 동안 가즈야 씨의
평균 수면시간은 세 시간밖에 되지 않습니다. 공모전 마감일이 코
앞이라 도저히 자라는 말조차 할 수가 없어요. 처음에는 도면이 완
성되기를 손꼽아 기다렸지만 요새는 가즈야 씨의 건강이 걱정되기
시작했습니다.

며칠 전에는 가급적 기운이 나는 음식을 차려주려고 아카시아
상점가 정육점에서 쇠간을 사와 부추와 마늘, 채소를 넣고 볶았는
데 간은 먹지 못한다며 접시 끝에 골라놓고 채소만 먹지 뭐예요.
존경할 점밖에 없는 가즈야 씨가 어린애처럼 구는 모습을 보고 절
로 미소가 지어졌지만 달리 무엇으로 건강을 챙겨주면 좋을지, 고
민거리도 하나 더 늘고 말았습니다.

오늘 밤 닭튀김은 맛있게 먹고 있네요. 평소보다 넉넉히 만들긴
했는데 영양은 얼마나 될지 잘 모르겠습니다.

식사를 마치고 목욕을 한 가즈야 씨는 숨 돌릴 틈도 없이 바로
책상에 앉았습니다. 저도 뒷정리를 마치고 부엌에서 뜨개질을 시

꽃 사슬

작했습니다. 지금까지는 몸판 하나 완성하는 데도 이 주 가까이 걸렸는데, 열심히 애쓰는 가즈야 씨를 보면서 저도 힘내려고 기합을 넣어서 그런지 열흘 만에 앞판을 완성할 수 있었습니다. 이제 양쪽 소매를 떠서 이어 붙이기만 하면 됩니다.

조금만 더 할까 했지만 저까지 밤을 새다가 내일 늦잠이라도 자면 큰일이라 먼저 자기로 했습니다. 거실 옆 침실에 요를 깔고 불을 끄자, 장지문 틈새로 한 줄기 불빛이 비쳐 들었습니다. 꺼지려면 아직 한참 더 있어야겠지요.

내일 저녁식사는 뭘로 할까 고민하면서 눈을 감았습니다.

미유키, 미유키.

어둠 저편에서 가즈야 씨의 목소리가 들립니다. 가즈야 씨, 어디 있어요? 모습이 안 보여요…… 눈을 번쩍 떴습니다.

"미안해요, 결국 제가 늦잠을 잤네요. 몇 시예요?"

일어나서 옆방에서 들어오는 불빛을 의지해 시계를 보니 아직 3시밖에 되지 않았습니다. 이렇게 한밤중에 일어나야 할 줄은 생각도 못 했습니다. 게다가 가즈야 씨는 이미 외출복으로 갈아입은 상태였습니다.

"이렇게 일찍 나가요?"

"그래. 당신도 함께. 자, 빨리 옷 갈아입어."

시키는 대로 서둘러 채비를 했습니다. 치마 말고 움직이기 편한 옷을 입으라고 하는데, 대체 어디를 갈 셈일까요? 가즈야 씨는 부얼에서 물을 끓이더니 인스턴트커피를 타서 보온병에 담았습니다. 아침식사일까요? 나머지는 제가 준비하려 했지만 도시락은커녕 밥도 아직 짓지 않은 터라 주먹밥을 만들 수도 없습니다. 뭔가 먹을 게 없을까 싶어 선반을 여니 마침 긴쓰바 두 개가 남아 있어, 종이에 싸서 끈가방에 넣었습니다. 9월 말이지만 새벽녘에는 초가을의 쌀쌀한 공기가 감돌아 무릎담요도 가져가기로 했습니다.

"저까지 데리고 어딜 가는 거예요?"

자동차 조수석에 앉고 나서야 겨우 숨을 돌리고 물어볼 수 있었습니다.

"최종 확인이야."

가즈야 씨는 어딘지 모르게 기쁜 목소리로 그렇게 말하더니 차를 몰았습니다. 불이 켜진 집은 없습니다. 자동차 엔진 소리도 고요한 밤공기 속에 묻혀버리는 것 같습니다. 눈에 익은 풍경의 거리도, 한밤중에 가즈야 씨와 단둘이 차를 타고 가로지르니 마치 처음 와보는 낯선 거리 같았습니다.

세상에 가즈야 씨와 저, 단둘뿐. 그런 마음으로 창문 밖 하늘을 올려다보니 저 멀리 산 위로 노란 보름달이 보였습니다.

도착한 곳은 소나기 계곡이었습니다. 과거에 가사이 미치오의 암자가 있었고, 얼마 전 사무소의 모리야마 기요시 군의 안내로 셋이서 찾아갔던 곳입니다. 그날은 날씨도 화창했고 아름답게 핀 코스모스가 맞이해주었는데, 지금은 비는 내리지 않더라도 주위에 가로등도 없어 달빛에 비친 어스름한 그림자밖에 안 보입니다.

도면 때문에 왔겠지만, 이런 시간에 대체 무엇을 확인하려는 걸까요?

"사자바위까지 걸어갈 거야. 발밑을 조심해."

각자 한 손에 회중전등을 들었습니다. 다른 한 손은 가즈야 씨가 이끄는 대로 맡기고, 둘이서 천천히 걸음을 내디뎠습니다. 강물소리가 희미하게 들릴 뿐, 인기척은 전혀 없어요. 적적한 곳입니다. 이런 곳에 암자를 세웠다니, 가사이 미치오라는 화가는 사람이 그렇게 싫었던 걸까요?

저 같으면 아무리 큰돈을 쥐여줘도 이런 곳에 혼자서는 못 살아요. 지금 만일, 갑자기 가즈야 씨가 제 손을 놓고 달려가버린다면, 무서워서 소리를 지르며 울어버릴 것만 같아요.

저는 회중전등을 든 손에 가방을 걸치고, 가즈야 씨는 등에 배낭을 메고 있습니다. 도면을 그리기 위한 도구가 들어 있는 걸까요? 집에서 작업할 때는 혼자서 묵묵히 책상만 바라보면서, 이곳에 저를 데려왔다는 말은 어쩌면 가즈야 씨도 혼자 오는 게 무서웠던 건지도 모릅니다.

밤샘 작업을 할 때면 책상 위에 커다란 전기스탠드가 있는데도 꼭 방의 불을 켜놓아요. 간만 싫어하는 게 아니라 어두운 곳도 싫어하는 걸까요? 한번 물어보고 싶지만, 놀린다고 오해하면 큰일입니다.

"혼자서는 이런 곳에 절대 못 올 것 같아요."

"나도 그래. 혼자 있으면 나뭇가지를 밟는 소리에도 기절해버릴 거야."

맞잡은 손에 힘을 주면서 그렇게 말하는 가즈야 씨를 보니 저도 도움이 된다는 사실이 기뻐서 무서운 마음이 싹 달아났습니다.

뺨을 스치는 싸늘한 공기가 기분 좋아, 노래라도 부르고 싶은 기분입니다.

"가즈야 씨, 함께 노래하지 않을래요?"

"귀신 도망가라고?"

"아니에요. 왠지 너무 즐거워서."

"그거 다행이네. 이상한 시간에 깨워서 이런 곳에 데려왔으니, 혹시 기분 나쁘진 않을까 걱정했어. 노래라, 나는 노래 잘 못 하는데."

"괜찮아요. 듣는 사람도 없는걸요."

"그것도 그러네. 음치도 눈치 보지 않고 부를 수 있겠어. 뭐가 좋을까?"

"그럼 달이 예쁘니까 달이 들어가는 노래를 불러요."

"달이라. 좋아, 미유키, 당신이 정해줘."

"그럼……."

조금 고민하다가 딱 알맞은 노래를 찾아냈습니다.

"〈증성사 너구리〉는 어때요?"

가즈야 씨는 웃음을 터뜨렸습니다.

"설마 그걸 말할 줄은 몰랐네."

"하지만 달이 들어가는 노래는 그것밖에 생각 안 나는걸요. 그럼 당신은 뭐가 생각나요?"

"그렇게 물으니 글쎄. 〈달의 사막〉이나…… 그래, 〈탄광 노래〉는 어때?"

"가즈야 씨 선곡도 저하고 막상막하인데요. 아니지, 제가 고른 곡은 가사라도 다 아니까 이게 더 나아요."

"그럼 너구리로 하지."

가즈야 씨는 약간 엇박자로 〈증성사 너구리〉를 부르기 시작했고, 저도 함께 따라 불렀습니다. 한 곡을 부르고 나니 달이 들어가는 동요가 줄줄이 떠올라 〈십오야 달님〉 〈빗속 달님〉 〈어스름 달밤〉을 둘이서 함께 불렀습니다. 즐거워요. 즐거워서, 너무 즐거워서, 회중전등을 든 손등으로 눈가에 맺힌 눈물을 가만히 닦았습니다.

사자바위 앞에 도착하자 가즈야 씨는 배낭에서 돗자리를 꺼냈습니다. 따뜻한 커피를 마시며 긴쓰바를 먹고 있노라니 왠지 소풍을 온 기분이었어요. 문득 배 속이 간질간질, 웃음이 치밀어 오르네요. 그때마다 커피를 쏟을까 봐 컵을 꼭 쥐었습니다.

"당신이 이렇게 잘 웃는 사람인 줄 몰랐어. 커피를 가져온 줄 알았는데 실수로 술을 싸왔나?"

가즈야 씨가 그렇게 놀렸습니다. 저는 술을 못 마셔서 술에 취한다는 감각을 이해하지 못하지만, 그렇게 맛있어 보이지도 않는 술을 왜 마시는지 궁금했는데 지금 저 같은 상태가 술에 취한 거라면 술을 즐겨 마시는 사람의 기분도 이해하겠어요. 커피를 마시고 이런 기분이 들기는 처음이네요.

저를 취하게 만든 건 대체 뭘까요?

"그나저나 신선놀음이 따로 없네."

가즈야 씨가 하늘을 올려다보며 말했습니다. 산등성이를 수직으로 깊이 깎아낸 듯한 계곡 바로 위에, 노란 보름달이 떠 있습니다.

"정말 그래요."

커피를 다 마시고 보온병을 치운 뒤, 가즈야 씨 어깨에 기대듯 가까이 앉아 가방에서 무릎담요를 꺼내 발을 덮었습니다.

달을 얼마나 오래 보고 있었을까요? 갑자기 주위 풍경이 슬그머니 하얗게 떠오르는 것처럼 보였습니다. 뒤를 돌아보니 동쪽 산의 능선을 아우르듯 옅은 오렌지색 햇살이 가늘게 내리비추고 있었습니다.

"해가 떠요!"

"드디어 시작이야."

가즈야 씨도 뒤를 돌아보고는 힘차게 말했습니다. 일출을 보러 여기에 온 걸까요? 하지만 이곳에서는 높은 산이 앞을 가려 아무리 기다려도 태양을 볼 수 없을지 모릅니다. 게다가 하늘은 조금 밝아졌을 뿐, 오렌지색 햇살이 퍼져나가려면 삼십 분이나 한 시간은 더 걸리겠지요.

"미유키, 눈을 감고 고개를 앞으로 돌려."

가즈야 씨가 햇살을 바라보는 제게 말했습니다. 왜 그러는 걸까요? 시키는 대로 눈을 감고, 뒤쪽으로 틀고 있던 윗몸을 다시 돌려 똑바로 고쳐 앉았습니다.

"됐어, 눈을 떠."

천천히 눈을 뜨다가…… 소리를 지르고 말았습니다.

"앗!"

짙푸른 하늘 밑으로 우뚝 선 바위 그림자가 뚜렷이 아로새겨진 계곡. 그 바로 위에 둥실 떠오른 반투명한 하얀 달. 가사이 미치오의 〈미명의 달〉과 똑같은 풍경이 눈앞에 있었습니다.

"이걸 그린 거였군요. 하얀, 달의 허물을."

"허물?"

"그렇게 보이지 않아요? 밤의 달이 달걀 노른자라면, 미명의 달은 달걀 껍데기. 아니, 그렇게 딱딱한 게 아니라, 완두콩에 빗대면 동그란 녹색 알맹이와 그걸 감싸고 있는 반투명한 얇은 막. 어째서 좀 더 낭만적인 표현이 떠오르지 않는담."

"하지만 허물이 무슨 뜻인지는 알겠어. 그렇다면 녹색, 아니, 달이니까 동그란 노란색 알맹이는 어디로 갔을까?"

"사자가 꿀꺽 삼켰는지도 몰라요. 아니면 행복의 결정이 되어 어디론가 굴러간 것 아닐까요? 아니, 태양이 된 거예요. 태양은 달에서 태어나 바다에 가라앉아 사라지니까. 매일 그걸 되풀이하죠."

제 머릿속은 아직 술이 안 깼는지, 평소 생각도 못 했던 말이 자꾸만 떠올라 부끄러운 줄도 모르고 입 밖으로 내뱉어버렸습니다.

"새로운 가설이네. 세상 모든 학자가 깜짝 놀랄 거야."

"아까우니까 다른 사람한테 말하면 안 돼요. 우리 둘만의 비밀이에요."

"멋진 비밀을 공유한 참에, 당신한테 보여주고 싶은 게 있어."

"뭔데요?"

가즈야 씨는 발치에 내려놓았던 배낭을 끌어당겨 안에서 통을 하나 꺼냈습니다. 뚜껑을 쏙 열고 안에서 동그랗게 뭉친 종이를 꺼내 두 손으로 펼치니 거기에는 곡선이 아름다운 건물 그림이 있었습니다.

"완성했군요!"

"바로 몇 시간 전에. 그래서 최종 확인을 하고 싶어 여기에 온 거야. 내가 설계한 이 건물이, 눈앞의 풍경을 장식하기에 부족하지 않은지."

가즈야 씨는 일어서서 짙푸른 하늘을 향해 두 손 높이 도면을 치켜들었습니다. 저도 일어섰습니다. 도면을 보고, 하늘을 올려다보고, 다시 도면을 보고…… 얇은 종이에 그려진 건물이 달의 허물이 떠 있는 풍경과 한데 어우러진 것처럼 보였습니다.

"멋져요. 당신이 그린 이 장소에, 가사이 미치오의 〈미명의 달〉이 전시되어 있는 광경이 눈에 선히 보여요. 그걸 보러 온 사람들까지 상상할 수 있어요. 축하해요."

"축하한다는 말은 아직 일러. 이제 응모하는 건데. 결과가 나오려면 한 달은 걸려."

"아뇨, 반드시 이게 뽑힐 거예요. 하지만 이건 결과와 상관없이 당신이 멋진 도면을 그린 것에 대한 '축하'예요. 미안해요, 멋대로 떠들어서."

꽃 사슬

"아니야, 당신 덕분에 자신이 생겼어. 고마워."

가즈야 씨는 그렇게 말하고 제 머리를 다정하게 어루만져주었습니다. 몸속에 포근한 온기가 차오르고, 따스한 행복이 흘러넘칩니다.

오늘 밤 달의 알맹이는 태양이 되지 않고, 행복의 결정이 되어 제 몸속에 들어온 게 아닐까요?

다시 한 번, 미명의 달을 올려다보며 마음속으로 고맙다는 말을 되뇌었습니다.

그 후 한 달은 가즈야 씨가 공모전 참가를 결심하기 전의 생활과 거의 다름없는 나날이었습니다.

아침에 가즈야 씨를 배웅하고 나면 집안일을 하거나 마을 행사에 참가하는 사이 눈 깜짝할 새에 해가 지지만, 밤에는 가즈야 씨가 더는 책상에 앉을 필요가 없기 때문에 둘이서 차를 마시거나 음악을 듣는 등 여유로운 시간을 보냈습니다.

가즈야 씨에게는 말하지 않았지만 저는 기도하는 심정으로 하루도 빠짐없이 집에 꽃을 장식했습니다. 가즈야 씨는 결심을 굳힌 날, 용담 꽃다발을 사왔습니다. 그 후 모리야마 아주머니에게 코스모스를 받았고, 그 아들인 기요시 군이 소나기 계곡을 안내해주어 가즈야 씨의 멋진 도면이 완성되었으니, 꽃이 행복을 가져다주는 것 같았기 때문입니다.

아카시아 상점가의 꽃집 아들은 우람해 보이는 외모와 달리 센스가 굉장히 뛰어나, 집에 장식할 꽃이 필요하다고 하면 제철 꽃들을 싼값에 예쁘게 섞어줍니다. 가즈야 씨의 도면이 뽑히면 커다란 꽃다발을 살 거예요. 벌써부터 너무 기대됩니다.

다만 요 며칠, 가즈야 씨가 식사도 잘 안 하고 멍하니 먼 곳을 바라보는 일이 늘었습니다. 혹시나 몸이라도 아픈지 묻자 괜찮다고 했지만 사실은 많이 지친 건 아닌지 걱정입니다. 온 정성을 쏟았던 작업의 여파가 뒤늦게 몰려오는 걸까요?

그래서 하루라도 빨리 좋은 결과가 도착하기만을 바라고 있습니다. 이번 주 안에는 결과가 나온다고 해서, 기대를 안고 하루에 몇 번이나 우편함을 들여다보지만 아직 그런 편지는 보이지 않습니다.

저녁 찬거리를 사려고 상점가로 나왔는데 기운이 날 만한 반찬과 소화가 잘되는 반찬, 어느 게 좋은지 고민되네요.

"부인!"

터덜터덜 걷고 있는데 뒤에서 누가 부르는 소리가 들렸습니다. 귀에 익은 목소리라 오늘은 저를 부르는 소리라는 걸 바로 알아차릴 수 있었습니다.

"모리야마 아주머니도 장 보러 오셨어요?"

인사와 함께 지난번 드라이브의 답례를 한 뒤에 물어보았습니다. 그러자 모리야마 아주머니는 무슨 기쁜 일이라도 있었는지 지금 정육점에 가는 길이라고 했습니다.

"오늘은 축하 파티로 고기전골을 하려고요. 축하드려요. 큰 사업에서 최종 후보로 남았다면서요? 사흘 전에 사무소로 연락이 온 모양이던데, 우리 아이는 아무 말도 안 해주더라니까요. 현청에서 일하는 친구한테 방금 전에 듣고 서둘러 나오는 길이에요. 그야 아직 결정된 건 아니니 김칫국부터 마시지 말라고 잔소리하겠지만, 그 애가 조금이나마 도움을 준 일인걸요. 부모가 축하해주지 않으면 누가 해주겠어요? 부인 댁에서도 벌써 축하 파티를 했겠지요?"

가즈야 씨가 응모한 공모전을 말하는 거겠지요. 사무소로 연락이 갔다는 사실도, 최종 후보로 남았다는 사실도 몰랐습니다.

"죄송해요. 전 아무것도 몰라서. 그랬군요."

"어머, 혹시 말하지 말았어야 했나. 관공서 일이니까요. 저희야 그렇다 쳐도 부인도 모르시는 걸 보니 규칙상 가족에게도 말하면 안 되는 건지도 모르겠어요."

누가 입막음을 한 것도 아닌데 가즈야 씨가 좋은 결과를 제게 알려주지 않았을 리는 없으니, 모리야마 아주머니 말이 맞겠지요. 그러고 보니 외삼촌도 큰일을 따낼 때면 식사니 공연이니, 접대하느라 바빴던 시기가 있었습니다.

"그러네요. 지자체에서 발주하는 거니 큰돈이 움직일 테고, 어느 건설회사에게 맡길지도 입찰로 정할지 모르니 발표 전에 정보가 새어나가면 일이 복잡해지겠지요."

가즈야 씨에게 모리야마 아주머니한테 결과를 들었다는 말도 하지 말아야겠습니다.

"그러다 취소라도 되면 큰일이죠. 그럼 축하도 몰래 해야겠네. 아들 녀석도 고기전골을 보면 뭐야, 벌써 알고 있나 싶어 덜컥 털어놓을지도 모르니, 만약에 의심하면 고기 값이 쌌다고 말하면 되겠죠. 우연이라도 기쁜 일하고 겹치면 축하하는 기분으로 먹을 수 있잖아요?"

"그렇겠네요. 저희도 고기전골로 해야겠어요."

"그럼 돌아가는 길에 저희 집에 들렀다 가요. 좋은 파를 얻었거든요."

그런 이야기를 하면서 둘이서 정육점에 갔습니다. 모리야마 아주머니 말씀이 맞아요. 가즈야 씨는 예리하니까 제가 결과를 알고 있다는 걸 눈치챌지도 모릅니다. 하지만 서로 아무 말 없이 평범한 대화를 해야죠. 마음속으로 서로 '축하해요' '고마워요' 하고 얘기하면서. 게다가 고기전골이라면 몸이 안 좋아도 기꺼이 먹어줄 것 같습니다.

꽃집에도 들러야겠어요. 화려한 꽃다발은 아니더라도, 평소와 조금 다른 꽃을 자연스럽게 테이블에 장식해야겠네요.

지친 기색으로 집에 돌아온 가즈야 씨는 식탁을 보고 일순 굳더니 얼굴을 찌푸렸습니다. 아무래도 고기가 싸서 샀다고 우기는 게 낫겠습니다.

"누구한테 들었어?"

아무 말도 하지 않았는데 벌써 들키고 말았습니다. 눈을 똑바로 들여다보며 물으니 속일 수가 없습니다.

"상점가에서 모리야마 아주머니를 만났어요. 하지만 모리야마 아주머니도 기요시 군한테 들은 건 아니래요. 오늘 현청에서 일하는 지인한테 들었다고 했어요. 그러니까 너무 걱정 마요. 모리야마 아주머니도 저도, 남한테는 절대 말하지 않을 테니까요."

"딱히 숨길 필요는 없어."

"어머, 말해도 돼요? 다행이다. 빨리 말하고 싶어 얼마나 입이 근질근질했다고요. 최종 후보, 축하해요."

가즈야 씨가 현관에 들어왔을 때 얌전히 고개를 조아리며 말하는 게 더 나았을까, 하고 생각하면서 고개를 숙였습니다. 얼굴을 찌푸린 건 절 깜짝 놀래주려고 그러는 거겠지요? 고개를 들면 웃음을 터뜨리지 않을까요?

"고마워."

그 말에 고개를 들자 가즈야 씨는 씁쓸하게 웃고 있었습니다. 무슨 문제라도 생긴 걸가요?

어째서 사무소로 연락이 갔다는 말을 들었을 때 알아차리지 못했을까요.

"여보, 혹시 요스케 오빠가 무슨 소리라도 하던가요?"

설계 일을 꿈꾸었던 가즈야 씨를 교묘한 말로 꾀어 사무소로 데려와 영업 일을 떠맡긴 요스케 오빠가, 가즈야 씨가 몰래 설계 공모전에 응모해 최종 후보로 뽑혔다는 것을 알고 유쾌하게 생각할 리 없습니다.

설령 사무소에 큰 의뢰가 들어와 이익이나 지명도가 올라간다 해도, 그 사람이라면 배신당했다고 생각할 것 같아요. 사무소와는 아무 상관 없으니 최종 심사에서 뽑혀도 도와주지 않겠다고 할 수도 있고, 최악의 경우 울컥 화가 나서 해고하겠다고 으름장을 놓을 수도 있어요.

하지만 가즈야 씨는 아무 대답도 해주지 않았어요. 다만 제 말이 틀렸다면 부정했겠지요. 부정하지 않는 걸 보니 역시 요스케 오빠하고 뭔가 있었던 거예요.

"여보⋯⋯."

말해달라고 조를 수 없습니다. 저와 요스케 오빠는 사촌 사이입니다. 하지만 저는 가즈야 씨 편이에요. 믿어줘요. 그런 마음을 담아 가즈야 씨를 바라보았습니다.

"⋯⋯뒷일은 전부 자기가 하겠대."

"무슨 뜻이에요? 뽑힌 건 당신이 응모한 도면이잖아요? 요스케 오빠가 그런 말을 할 권리는 없어요."

"아니, 권리는 있어. 나도 모르는 새에 이름을 바꿔 썼더군. 최종 후보에 뽑힌 건 우리 사무소 명의로 응모한 작품이야. 대표자는 요스케고."

대체 어떻게 된 걸까요?

고기전골도, 평소와 달리 선명한 색깔의 꽃이 담긴 꽃병도 그대로 사라져버렸으면 좋겠는데, 빨리 축하해달라는 듯이 식탁 한복판에 떡하니 버티고 있습니다.

꽃 사슬

) 달, 행동하다

야쓰가타케라는 이름의 산은 없다.

나가노 현과 야마나시 현이 맞닿은 경계를 포함해 남북 약 30킬로미터에 걸쳐 있는 산맥을 야쓰가타케라 부른다.

최고봉은 2,899미터인 아카다케로, 나와 마에다 씨는 이제부터 그 정상으로 향한다. 루트는 하나가 아니다. 아카다케 정상만 가고 싶으면 기요사토에서 출발해 하루 만에 왕복할 수 있다. 하지만 나는 미나미야쓰가타케를 종주하는 루트로 가자고 했다.

미노토구치에서 출발해 이오다케, 요코다케, 아카다케, 아미다다케를 돌아 미노토구치로 돌아온다.

대학 1학년 여름, 산악 동아리 여름 합숙 때 걸었던 코스였다. 본격적인 등산은 그때 처음 해보았다. 야간열차와 버스를 갈아타면서, 고도가 높아질수록 공기의 온도가 떨어지는 것을 느끼고는 경외심과도 흡사한 감정이 점점 커져갔다. 아무리 훈련을 했다지만 미지의 세계다. 조난사고 뉴스를 본 적도 있다. 하지만 두렵지는 않았다.

고이치 선배, 구라타 선배, 기미코, 믿음직한 동아리 친구들이 함께 있었으니까.

학창 시절에는 야간열차 안에서 트럼프를 칠 여유가 있었지만, 오전에는 매향당에서 아르바이트, 오후부터는 미술 교실 일을 마치고 출발한 처지라 내일에 대비해 잠을 잘 수밖에 없었다. 다행히 열차는 여름철 등산 시즌만큼 붐비지는 않아, 2인석을 독점할 수 있었다. 꿈속에서 그 시절의 추억을 떠올릴지도 모른다는 생각에 겨우겨우 억지로 눈을 감았지만, 내려야 할 역에 도착하기 바로 전에 마에다 씨가 깨워줄 때까지 악몽에 시달리는 일도, 잠에서 깨는 일도 없었다.

미스 아카시아 콘테스트에서 잠든 얼굴은 심사하지 않았겠지?

마에다 씨가 쓴웃음을 지으며 그렇게 말하는 걸로 보아 입을 헤벌리고 자고 있던 게 분명했다. 고이치 선배에게 그런 말을 들었을 때는 얼굴에서 불이 날 정도로 부끄러웠는데, 마에다 씨가 그러니 대수롭지 않게 여겨졌다. 대체 어떻게 자면 머리가 그렇게 뻗치는지 되묻고 싶을 정도다.

미노토구치로 가는 버스에는 학생 단체와 나이 지긋한 부부도 있었다. 가을의 정취를 만끽하는 즐거운 말들이 차 안에 가득 차, 큰 결단을 앞두고 고행에 나서는 심정이었던 내가 우스꽝스러워졌다. 다들 단풍을 기대하고 있는 듯했다.

그런 계절에 과연 성주풀을 볼 수 있을까? 불안해져서 옆자리의 마에다 씨를 보니 그는 수첩을 들여다보고 있었다. 업무 확인인가 싶어 묻자 등산 기록 수첩이라고 했다. 학창 시절부터 등산 기록을 전부 한 권에 정리하고 있는 듯했다.

마에다 씨는 어렴풋한 기억으로 성주풀을 볼 수 있다고 말한 게 아니라, 확실한 과거의 데이터에 근거해 말한 것이었다. 경탄스러운 마음으로 슬쩍 들여다보니 '미나미야쓰가타케'라고 제목이 붙은 페이지 머리에는 삼 년 전 1월 날짜가 적혀 있었다.

겨울이잖아? 저게 무슨 소용이람. 나는 창밖 풍경으로 눈길을 돌렸다.

미노토구치에 도착해, 산장에서 입산 수속을 마친 뒤에 나와 마에다 씨는 산장 앞 테이블에 도시락을 펼쳤다. 오전 7시는 아침을 먹기에 딱 좋은 시간이지만, 닭튀김 반찬이 어울린다고 하기는 어렵다. 어머니가 싸준 도시락이었다.

어젯밤, 어머니는 자전거를 번개처럼 몰아 다케노야에서 돌아왔다. 현관에서 신을 신는데 날카로운 브레이크 소리와 함께 가쁜 숨을 몰아쉬며 뛰어들었다. 나를 배웅하려고 그랬다지만, 어머니는 지금까지 내가 여행을 떠날 때 배웅해준 적이 한 번도 없었다. 등산이라 역시 걱정되었던 걸까?

"때맞춰 와서 다행이야."

어머니가 비닐 꾸러미가 든 종이봉투를 내밀었다.

"도시락. 산에 오르려면 체력을 든든히 쌓아야지."

"이렇게 큰 꾸러미를 어쩌라고요. 배낭에도 안 들어가고, 들고 다닐 수도 없어요."

"주먹밥은 따로 싸놨으니 도시락은 산에 오르기 전에 먹으렴. 이른 아침에는 문을 연 가게도 없을 테고, 닭튀김 좋아하잖니?"

"누가?"

움찔했다. 마에다 씨하고 간다는 말은 안 했는데.

"기미코 말고 누가 있어? 예전에 우리 집에 놀러 왔을 때 맛있다, 맛있다 하면서 먹었잖니."

"그런 걸 용케도 기억하네요. 그럼 가져갈게요. 고마워요."

일어서서 배낭을 메고, 종이봉투를 받아들고 현관문을 나섰다. 마에다 씨하고는 역에서 만나기로 했다. 어머니가 역까지 따라오겠다고 하면 어떻게 떼어내나 고민했지만 그런 걱정은 큰길로 나왔을 때 사라졌다.

"조심히 다녀오렴."

"그럼 다녀올게요."

손을 흔드는 어머니에게 등을 돌리고 한참을 걸었지만 여전히 시선이 느껴졌다. 모퉁이를 돌기 전에 뒤를 돌아보고 손을 흔들까 했지만 어머니를 보면 미안하다고 외치며 되돌아가버릴 것만 같아 돌아보지 않으려 고집스레 아랫입술을 악물고 걸음을 뗐다.

"죄송해요. 이렇게 짐 되는 걸 가져와서. 억지로 입에 쑤셔넣는 꼴이죠. 아침부터 닭튀김이라니, 부대끼진 않으세요?"

물통을 열어 컵에 차를 따르면서 마에다 씨에게 물었다.

"전혀. 다케노야 닭튀김 정식이라면 몇 시가 되었든 기꺼이 먹을 수 있어."

마에다 씨가 닭튀김을 우물거리며 말했다.

"다케노야인 줄 용케 아셨네요."

"그럼. 맛도 똑같고, 다른 반찬도 다케노야 정식에 나오는 것들이라 그런가 보다 했지. 일부러 주문해준 거야?"

일회용 도시락에는 닭튀김과 매실장아찌, 밥, 감자 샐러드, 우엉, 호박 조림이 들어 있었다.

"아뇨, 어머니가 다케노야에서 일하세요."

"알겠다, 그분이구나. 성이 같다 싶긴 했어. 아름다우신 어머니네."

"고맙습니다. 아쉽게도 제 얼굴은 아버지를 닮아서."

자신에게 엄격한 어머니는 내게 잔소리만 하지만, 무척 아름다운 사람이다. 무심결에 고운 아가씨처럼 깜찍한 동작을 보일 때도 있어, 풍기는 분위기가 태어날 때부터 가난한 나와는 딴판이다. 그렇게 끔찍한 일만 안 당했더라면, 험악한 표정을 지을 일도 없이 분명 훨씬 온화하고 다정하고 아름다운 모습이었을 것이다.

나도 좀 더 사랑스러운 성격으로 자랐을 텐데.

만약에, 아버지가 계셨다면……

나는 지금 뭘 하러 가는 걸까?

잡념을 떨쳐버리려고 닭튀김을 통째로 입에 쑤셔 넣고 우적우적 씹어댔다. 못난 얼굴이 되었을지 모르지만, 눈앞에 있는 사람은 마에다 씨다. 지금은 산에 오르는 것만 생각하자. 체력을 비축하자. 생강과 간장으로 밑간을 한 닭튀김은 식어도 맛있었다. 다케노야의 맛이다. 하지만 나는 어머니가 집에서 만들어주는, 마요네즈로 밑간을 한 닭튀김이 더 좋다.

"그보다 하루 한 번의 부탁, 오늘은 뭘로 할 거야?"

도시락을 거의 다 먹은 마에다 씨가 젓가락을 든 채로 말했다.

"됐어요, 그런 건. 여기에 함께 와주신 게 이미 부탁을 한 번 들어주신 거잖아요. 오히려 마에다 씨가 제게 뭐든 하나 부탁하셔야죠."

"내 부탁도 벌써 생각해놨지."

"뭐예요, 그럼 말씀해주세요. 하지만 짐이 이것보다 더 무거워지는 건 안 돼요."

"간단한 부탁이야. 얘기를 해줘."

"뭘 말이에요?"

"지금부터 아카다케 정상에 도착할 때까지 여섯 시간 동안, 당신은 구라타 선배라는 사람과 기미코 씨에게 부탁받은 일을 묵묵히 혼자만 생각하면서 걷겠지. 그걸 내게 얘기해줘. 물론 말하면서 걸으면 지칠 테니 자주 쉬기로 하지. 나는 산이 좋아서 당신을 핑계 삼아 놀러 온 거라고 생각하면 돼. 그러니 당신은 휴식이든 짐꾼이든 좋으니 오늘 한 번의 부탁을 유효하게 써."

"진짜로 즐거운 얘기가 아니에요."

"그런 건 안 봐도 알아. 역에서 그 수라장이 좀 강렬했어야지."

그런 말까지 하면 더는 거절할 수 없다.

"알겠어요. 그럼 제 부탁은 이거예요. 마에다 씨가 앞장서주세요. 제가 앞에 서고 마에다 씨가 제게 속도를 맞춰주면 둘 다 편하게 걷겠지만, 앞에 아무도 안 보이는데 계속 떠들면 왠지 바보 같잖아요. 피곤하면 쉬엄쉬엄 가고요. 그리고 제가 말하다 지치면 마에다 씨도 뭐든 얘기해주세요. 서로 입을 다물고 있으면, 아마 저는 쓸데없는 생각을 할 테니까요. 산 이야기든, 시민회관 이야기든 뭐든 좋아요."

꽃 사슴

"알았어. 나는 시시한 얘기밖에 못 할 것 같지만, 그렇게 하지."

텅 빈 도시락을 버리고 지도로 루트를 확인한 뒤 먼저 첫번째 목적지, 이오다케를 향해 걸음을 뗐다.

이 코스는 이번이 세번째예요.

첫번째는 대학 1학년 때, 산악 동아리 여름 합숙이었죠. 가까운 곳에 가는 당일치기 등산은 몇 번 가보았지만 일박을 해가며 종주하는 건 처음이었어요. 입문자에게는 딱 알맞은 코스죠.

두번째는 그 이듬해, 대학 2학년 여름. 기미코하고 둘이서 이곳엘 왔어요. 여름 합숙은 야리가타케였지만 저희는 무슨 일이 있어도 이곳에 오고 싶었어요. 구라타 선배의 무덤을 만들기 위해서.

구라타 선배가 쓰러진 건 첫번째 여름 합숙을 마치고 한 달 뒤, 저하고 둘이서 미술관에 갔을 때였어요. 가사이 미치오의 그림 앞이었죠. 도쿄의 국립미술관이었어요. 〈미명의 달〉이라는 작품을 아시나요? 저희가 있던 곳에서는 그걸 볼 수 없어서, 구라타 선배는 몸이 안 좋은데도 억지로 보려고 했어요.

그림 앞에서 쓰러진 선배는 창백한 안색으로 코피를 흘리고 있었어요.

미술관 직원에게 구급차를 불러달라고 해서 선배를 병원으로 옮겼지만 그다음에 어떻게 해야 할지 몰라 저는 동아리 선배인, 고이치 선배의 하숙집에 전화를 걸었어요. 처음 만났을 때 제가 그만 '아버지'라고 부르고 말았는데, 그걸 계기로 이래저래 저를 많이 돌봐주었거든요.

구라타 선배 말로는 유명한 건축가의 아들로, 저희가 찾아갔던 미술관도 고이치 선배의 아버님이 설계한 거래요.

다행히 고이치 선배는 하숙집에 있었고 바로 병원으로 달려와 구라타 선배의 집에 연락을 해주었어요. 그날은 고이치 선배와 둘이서 병실 밖이긴 했지만 구라타 선배 곁에 있었어요.

병명을 들은 것은 이튿날, 구라타 선배의 부모님이 도쿄로 올라오신 뒤였어요.

급성 골수성 백혈병.

들어본 적 있죠? 한 시대를 풍미했던 텔레비전 드라마 주인공하고 똑같은 병이라 이름은 익히 들어 알고 있었지만, 무엇이 원인이고 구체적으로 어떤 증상이 나타나는지는 전혀 몰랐어요. 드라마는 매주 넋을 잃고 보았지만, 어차피 픽션이라고 생각했던 거죠. 병명까지 가짜인 줄로만 알았어요. 가까운 사람이 바로 그 병에 걸릴 줄은 상상도 못 했고, 병명을 듣고서도 같은 병이라고 생각하기 싫었어요.

그렇잖아요, 드라마의 여주인공은 죽었으니까.

급성 골수성 백혈병은 정상 혈액을 만들지 못하는 질병인데, 병에 걸리는 원인을 알 수가 없어요. 구라타 선배는 어렸을 때부터 큰 병치레 없이 자랐다고 했고, 실제로 동아리 여학생들 사이에서도 누구보다 활기차서 피곤하다는 말은 한 번도 한 적이 없었어요.

치료 방법은 골수액 이식뿐이에요. 아무 골수나 되는 게 아니라,

혈액을 채취해서 백혈구 형태를 조사해, 적합한 사람의 골수만 이식할 수 있어요.

적합률은 부모나 형제가 약 사 분의 일이라고 하는데, 타인일 경우 몇 천 분의 일, 몇 만 분의 일로 확률이 몹시 낮아요. 부모님도, 남동생도, 백혈구 형태는 구라타 선배와 일치하지 않았어요.

남은 방법은 천에 하나, 만에 하나의 확률을 가진 적합자를 찾는 일이었죠. 저하고 고이치 씨는 서로 분담해 기숙사 학생들과 산악 동아리 멤버에게 사정을 설명하고 적합 검사를 부탁했어요. 구라타 선배의 인덕이겠지요. 다들 흔쾌히 승낙했고, 시골에 내려가 있던 사람들도 병원으로 달려와주었어요.

당연히 기미코도요. 기미코는 구라타 선배와 고향도 같고 선배를 무척 따랐던 터라 어째서 쓰러진 그날 바로 연락해주지 않았느냐고 화를 냈어요.

하지만 일치하는 사람은 아무도 없었어요.

부탁할 범위를 더 늘려서 학교의 모든 학생에게 부탁했지만, 적합자는 나타나지 않았어요.

기증자만 찾으면 끝나는 것도 아니었어요. 체내에서 정상 혈액을 만들어내지 못하니 수혈이 필요했어요.

구라타 선배는 AB형이었어요.

저는 O형이에요. 일반적으로 어느 혈액형을 가진 사람에게도 수혈할 수 있다고 하죠. 골수는 제공하지 못했지만 여기에서 도움이 될 줄 알았어요. 하지만 워낙 중한 병이라 같은 혈액형이어야만 가능하다고 하더군요.

고이치 선배도 O형이라, 마찬가지로 도움이 되지 못한다는 사실에 안타까워했죠.

가족들도 모두 혈액형이 달랐어요.

한 번 수혈을 하려면 네 사람의 피가 필요한데, 저희 주변에는 몇 명밖에 없었어요. 그중 하나가 기미코였죠. 기미코는 AB형이었어요.

일주일에 한 번, 구라타 선배에게 깨끗한 피를 주겠다면서 그렇게 좋아하던 과자도 끊고, 고기와 채소를 꼬박꼬박 챙겨 먹었어요. 네 사람이 안 되어서 세 명이 수혈했을 때는 휘청거리기도 했지만, 구라타 선배는 더 괴로울 거라면서 약한 소리는 한마디도 하지 않았죠.

이렇게 말하면 뭐하지만, 저는 기미코가 부러웠어요.

애써 씩씩하게 구는 기미코 뒤에서, 저는 고이치 선배에게 아무것도 할 수 없는 고통을 털어놓으면서 선배와의 거리를 좁혀갔어요. 저희는 둘이 함께 있어야 할 운명이라고 굳게 믿게 해준 사건이 있었거든요.

죄송해요, 말하면서 걷는 건 역시 힘드네요. 나머지는 이오다케까지 쭉 올라간 다음에 거기에서 해도 될까요?

미노토구치에서 이오다케까지는 수목이 우거진 비탈을 하염없이 걷는 코스다. 나는 체력을 가장 많이 써야 하는 구간에서 계속 떠들었던 것이다. 마에다 씨도 슬슬 말리려고 했다는 것을 보니, 머릿속으로 생각하는 것과 그것을 입으로 말하는 것은 체력 소모가 하늘과 땅만큼이나 다르다는 것을 눈치챈 모양이다.

무리한 부탁에 대한 사과로, 이번에는 자기 얘기라도 들려주겠다고 했지만 맞장구를 칠 기력조차 없었기 때문에 거절했다. 물을 마시고 심호흡으로 머리에 산소를 보냈다. 이오다케 정상까지 묵묵히 터덜터덜, 마에다 씨 뒤를 따라가기로 했다.

이제 금방이다.

성주풀을 이오다케에서 처음 보았다. 산꼭대기에서 조금 떨어진 능선을 따라 한가득 피어 있었다. 작지만 늠름한 진분홍색 꽃. 고산 식물의 여왕. 구라타 선배를 닮은 꽃.

정상에 다가가자 나무들의 키는 작아지고, 거친 바위가 모습을 드러냈다. 전에 왔을 때는 이 주변에서 하얗고 노란, 가련한 고산 식물을 많이 볼 수 있었다. 그 하나하나를 꼼꼼히 수첩에 스케치하고, 산에서 내려가면 색을 칠하려고 자세히 메모하면서, 다음부터 산에 올 때는 스케치북을 가지고 오기로 결심했다.

하지만 그 꽃들이 한 송이도 보이지 않았다. 성주풀보다 늦게 피는 꽃마저 어디에도 없었다.

"마에다 씨, 꽃이 하나도 없는데요."

입을 다물고 걸었던 만큼 체력을 보존할 수 있었던 나는 몇 미터 앞에서 걸어가는 마에다 씨에게 말했다.

"그렇지 않아. 봐."

마에다 씨는 걸음을 멈추고 바위 표면을 가리켰다. 눈길을 돌리니 바위틈에 노란 용담, 산용담이 피어 있었다.

"확실히 꽃이긴 하지만 가을을 알리는 꽃이잖아요. 정말 성주풀이 있기는 한 거예요? 아, 하지만 모처럼 봤으니 스케치 좀 할게요."

책으로 본 적은 있지만 실물은 처음이다.

"역시 그림 교실 선생님이네. 시간은 많으니 속이 풀릴 때까지 그려."

마에다 씨는 조금 떨어진 바위에 걸터앉아, 셔츠 가슴주머니에서 담배를 꺼냈다.

나는 배낭을 내려놓고 스케치북을 꺼내, 연필로 산용담을 스케치하기 시작했다. 색도 형태도 다르지만 기미코의 편지를 받은 날 과제로 쓴 꽃도 용담이었다. 어제는 코스모스. 서두르다가 집에 가지고 돌아갔던 코스모스를 그만 부엌 개수대 수통에 처박아놓고 나왔다. 하지만 걱정할 필요는 없다. 어머니가 잘 챙겨서 꽂아주시겠지.

끝났다. 색은 산장에 도착하거나 집으로 돌아간 뒤에 칠하면 된다. 스케치북을 덮자, 마침 마에다 씨도 담배를 휴대용 재떨이에 비벼 끄는 참이었다.

"어느 미대?"

마에다 씨가 물었다.

"아뇨, 전 미대엔 안 갔어요. S여대 영문과였죠. 취직할 때 유리

할 줄 알고 그랬는데, 결국 그림이나 그리고 있으니 불효녀가 따로 없네요."

그렇게 대답하고 배낭을 멨다. 한 번 내려놨던 것을 다시 메니 1.5배는 더 무겁게 느껴졌다. 하지만 정상이 눈앞이다. 비탈도 완만해졌다.

"성주풀을 보기 전에 조금만 더 들어줬으면 하는 얘기가 있으니까, 여기서부터 다시 말하면서 걸을게요."

마에다 씨도 걸음을 뗐다.

"너무 무리하진 말고."

초등학생 때, 사생대회에서 몇 번 상장을 받은 적은 있지만 그 정도로는 그림을 잘 그린다고 생각하진 않았어요. 제게 그림을 그려보라는 말을 해준 건 고이치 선배였어요.

합숙할 때 스케치했던 고산 식물 그림을 도화지에 새로 그려서 구라타 선배에게 보내주면 기뻐하지 않겠느냐고 말해주었죠. 정말 기뻐해줄지는 알 수 없었지만 제가 할 수 있는 일이라면 뭐든 좋으니 하고 싶었어요.

그 무렵 구라타 선배는 이제 적합자를 찾기란 불가능하다고 본인 입으로 말할 정도로 삶에 대한 희망을 잃어갔어요. 그래서 선배에게 다시 건강해져서 산에 가고 싶다는 생각을 안겨줄 그림을 그리기로 했어요. 단순히 그림이 아니라, 마치 살아 있는 꽃처럼 그릴 수는 없을까? 모습은 가녀리지만 영원히 살아 있을 강인함을 종이 위에 표현할 수는 없을까? 한 장 한 장, 영혼을 불어넣는 기분으로 그렸어요.

그 그림을 구라타 선배에게 가져다주니 굉장히 기뻐했어요. "내년 여름에도 또다시 모두 함께 가고 싶어"라고 말해주었죠.

구라타 선배가 세상을 떠난 건, 그로부터 한 달 후였어요.

선배가 죽기 전날까지 헌혈을 계속했던 기미코는 구라타 선배에게 매달려 펑펑 울었어요. 가족보다 큰 소리로 울었죠. 기미코는 그만한 일을 했으니까 그렇게 울 권리가 있다고 생각했어요.

하지만 제게는 그럴 권리가 없어요. 그림을 그린 건 자기만족일 뿐이었는지도 모르죠. 살아갈 희망을 잃은 선배를 더 슬프게 만들었는지도 몰라요. 마지막까지 다정한 말을 해준 선배에게 괜히 마음을 쓰게 만든 건지도 몰라요.

그렇게 생각할 바에는 혼자 참았어야 했는데, 교활한 저는 저를 울게 해줄 사람에게 달려갔어요. 고이치 선배는 제게, 할 수 있는 일은 모두 했으니 자책할 필요는 없다고 말해주었죠. 그날부터 저는 일주일에 절반은 고이치 선배네 하숙집에서 보내기 시작했어요.

기미코도 고이치 씨를 좋아했는데. 마지막까지 꿋꿋했던 기미코에게야말로 큰 버팀목이 필요했는데.

기미코는 절 욕했죠. 구라타 선배의 병을 이용하다니 사람도 아니라고 했어요. 맞는 말이에요. 저는 제 생각밖에 안 했어요.

하지만 무슨 욕을 들어도 고이치 선배와 헤어질 수는 없었어요.

꽃 사슬

저는 기미코에게 두 손 모아 빌었어요. 네가 하는 말은 뭐든지, 몇 번이든 들을 테니 이것만은 용서해달라고요.

구라타 선배가 쓰러지기 얼마 전에 기미코가 제게 이런 말을 했었죠. 고이치 선배하고 구라타 선배, 둘 다 독점하는 건 용서할 수 없다, 어느 한쪽을 골라라. 그걸 못하겠다면 어느 쪽에게 선택받고 싶은지 고르라고요.

넌 고이치 선배를 선택했어. 나는 마지막까지 구라타 선배를 따랐고. 맞지?

기미코는 그렇게 말하며 용서해주었어요.

다 왔네요. 이 너머에 한가득 피어 있었어요. 보고 와도 될까요?

메마른 성주풀조차 한 줄기도 없었다. 그건 환상이었나 싶을 정도로 성주풀이 아름답게 흐드러졌던 곳에는 거친 돌멩이만 굴러다녔다.

구라타 선배는 이곳에 없다.

나는 뭘 하러 이런 곳까지 왔던 걸까? 몸에서 힘이 빠져 무릎부터 털썩 무너졌다.

이게 대체 뭐냐고 따지려고 고개를 돌렸다. 마에다 씨는 아직 여기까지 따라오지 않은 모양이다. '이오다케 정상'이라고 적힌 표지판 앞에 걸터앉아 기분 좋게 담배를 피우고 있다. 처음부터 여기에 성주풀이 없다는 걸 알고 있었던 것이다.

화가 치밀어 올랐다. 벌떡 일어서서 마에다 씨에게 달려들었다.

"마에다 씨, 절 속였어요? 성주풀은 아무 데도 없잖아요. 여기 말고 또 어디에 있다는 거죠?"

"난 아카다케로 가자고 했는데? 이 루트로 가고 싶다고 한 건 당신이면서, 이오다케에 없다고 탓하는 건 엉뚱한 화풀이야."

확실히 그랬다. 그렇다면 아카다케에서는 반드시 볼 수 있을까? 한 가지 가능성은 아카다케 부근의 산장들 가운데 어느 곳에서 성주풀을 온실재배할지도 모른다는 것이다. 하지만 온실에서 자란 성주풀은 구라타 선배가 아니다.

나는 성주풀을 보고 싶은 걸까? 구라타 선배를 만나고 싶은 걸까?

"아카다케를 보고도 정말 속았다고 생각한다면, 그때는 제대로 사과할게."

배낭을 내리고 어머니가 싸주신 주먹밥 꾸러미를 꺼냈다. 알루미늄 호일로 싼 삼각김밥이 여섯 개, 안에 뭐가 들었는지 매직으로 적혀 있다.

"다케노야 주먹밥은 드셔본 적 있어요?"

"자주 먹어. 저녁을 먹으러 갈 때 가끔 야식으로 포장해달라고 하거든."

"무슨 맛을 좋아하세요?"

"연어하고 가다랑어포, 멸치산초."

"저는 매실하고 다시마, 머위된장을 좋아해요. 마침 잘됐네요, 딱 그렇게 여섯 개예요."

마에다 씨가 좋아하는 속이 든 주먹밥을 세 개 건넸다. 어머니의 요리는 주먹밥 하나조차 맛있다. 어머니를 슬프게 하기는 싫다. 내가 입 다물고 있으면 끝나는 일이다. 비밀이 하나 늘어나도, 0에서 1이 되는 건 아니다. 1에서 2가 될 뿐.

눈 깜짝할 새에 주먹밥을 해치운 마에다 씨는 배낭에서 코펠과 가스버너를 꺼냈다. 커피를 끓이려는지 "우유하고 설탕은?" 하고 묻는다. 내 커피에는 양쪽을 다 넣고, 자기 몫은 블랙 그대로 마신다. 나 때문에 우유와 설탕을 챙겨온 걸까?

사과하는 뜻은 아니었지만 배낭에서 긴쓰바가 든 종이봉투를 꺼내 마에다 씨에게 하나 건넸다. 생크림이 든 코스모스는 여전히 인기가 없다.

"역시 죄송해요. 아카다케의 성주풀, 빨리 보고 싶어요. 그리고 모처럼 왔으니 단풍도 즐겨야죠. 그래서 말인데 오늘의 부탁, 해도 될까요?"

"바라던 바야."

산에서 마시는 커피는 지상에서 마시는 커피보다 열 배는 더 맛있었다. 매향당의 긴쓰바와 함께 먹으니 천상의 맛이다.

지금, 여기에서 털어놓자.

기미코가 역에서, 고이치 선배가 구라타 선배하고 똑같은 문제로 고통받고 있다고 했던 말, 기억하세요? 급성 골수성 백혈병요.

전, 고이치 선배하고 백혈구 형태가 똑같아요…….

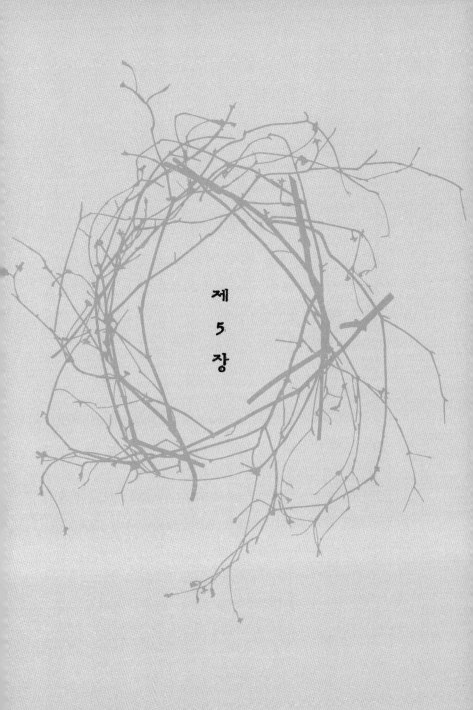

제
5
장

❀ 꽃의 소원

이미 이 세상에 없는 K를 만나러 가는데 굳이 선물이 필요할까 싶지만 K의 이름으로 불러낸 사람이 있고, 교통비까지 부담해주니 성의 정도로 뭔가 가져가는 게 낫겠지.

K의 아들인 비서에게 며칠 전 매향당의 긴쓰바를 건넸으니 이번에는 양과자로 할까 싶다가도 아카시아 상점가에 가면 역시 발걸음이 매향당으로 향한다.

상점가의 양과자점 '마르코'의 쿠키도 맛은 있지만 이 동네에서나 맛있는 수준이다. 하지만 나는 남몰래 매향당의 화과자, 특히 긴쓰바는 전국에서도 통할 만큼 맛있다고 생각한다.

그렇게 생각하게 된 것은 도쿄에서 대학을 다닐 때, 친구들과 줄을 서야 하는 화과자점의 긴쓰바를 먹었을 때였다. 사실 긴쓰바를 먹으려고 줄을 선다는 것 자체도 믿을 수 없었다. 삼십 분이나 기다려 손에 넣은 긴쓰바를 친구들은 맛있다, 맛있다 하면서 만족스럽게 먹었지만 나는 꽤 실망했다. 매향당의 긴쓰바가 몇 곱절은 더 맛있는 데다가, 줄까지 서가면서 샀는데도 따뜻하지 않았다. 어째

꽃 사슬

서 굳이 식혀서 파는 걸까? 옛날 매향당 주인아주머니가 주머니에 넣어주시던 긴쓰바의 온기가 묘하게 그리웠다.

서로 도련님이니 전무님이니 하던 이들에게 당당히 건넬 수 있는 건 역시 이것밖에 없다.

가게 안에 들어가 케이스 안을 살펴보았다. 간식 시간인데도 손님은 나 하나뿐이다.

"어머나, 리카 왔구나. 할머님 갖다드리려고?"

전신 앞치마를 두른 주인아주머니가 귀여운 목소리로 물었다. 벌써 쉰을 바라보는 나이인데도 목소리는 옛날하고 조금도 변하지 않았다. 외동아들은 큰 회사에 취직해 해외를 돌아다니며 눈코 뜰 새 없이 바쁘게 활약하고 있다고 장을 보러 나온 동네 아주머니들에게 신나게 자랑하던데, 가업을 이을 사람은 없는 걸까?

"아뇨, 어딜 좀 가야 해서 선물용으로요. 하지만 같이 올지도 모르는 사람에게 지난번에 긴쓰바를 줬으니, 양갱이나 도라야키를 섞는 게 나을까 고민되네요. 어쩌지. 아니, 그래도 역시 긴쓰바로 할까."

"오늘? 지금 가는 거니?"

아주머니가 케이스 너머로 내 전신을 훑어보았다. 화장도 안 하고 질끈 묶은 머리에, 반소매 상의와 청바지, 그것도 모자라 발에는 샌들. 도저히 약속이 있는 사람으로는 보이지 않았으리라.

"내일요. 하지만 아침 일찍 출발해서 오늘 미리 사놓으려고요."

"그렇게 멀리 가? 친구네 가니?"

상점가의 질문 세례가 시작되었다. 주인아주머니에게 악의는 없겠지만 시시콜콜 캐물을 게 뻔했다. 혼자 가니? 누구하고 같이 가니? 친구는 남자친구? 아예 사실을 털어놓는 게 속 편하다.

"기요사토에, 어머니가 아시던 분을 만나러 가요."

"어머니 때문에! 그렇구나…… 그럼 바깥양반한테 긴쓰바 특별판, 3종 세트를 만들어달라고 부탁해볼까?"

"그런 게 있어요?"

"옛날엔 있었지. 리카 네 어머니가 아르바이트를 했을 때."

"어머니가…… 저기, 저희 어머니는 어떤 분이었어요?"

"성실하고 고집스러운 데가 있었지. 하지만 밝고 활발했어. 미스 아카시아에도 뽑힌 상점가의 간판스타였단다."

"미스 아카시아?"

"그래. 자기는 부끄러우니까 사퇴하겠다고 했지만 팬클럽이 그냥 넘어가지 않았지."

주인아주머니가 까르르 웃으며 말했다. 미스 아카시아에 팬클럽, 내 일도 아닌데 민망해지는 단어다.

"처음 들어요. 게다가 성실했다니 좀 뜻밖이네요. 확실히 엄한 면은 있었지만 은근히 느슨한 성격이라고 생각했는데."

"결혼한 다음엔 그랬지. 여러 면에서 마음에 여유가 생긴 것 아닐까? 팬클럽 사람들은 실망했지만, 난 좋은 사람을 만나서 다행이라고 진심으로 축복했단다."

"아버지 성격이 옳았다는 뜻이군요."

꽃 사슬

"부부는 닮는다고들 하잖니."

평소에는 속사포 질문이 싫어 볼일만 마치면 도망치듯 가게에서 빠져나왔는데, 이렇게 얘기를 들어보니 내가 알고 싶었던 이야기를 당연하다는 듯이 알려준다. 어쩌면 온 집 안의 서랍을 뒤져도 찾지 못한 답을 이곳에서 알 수 있을지도 모른다.

야마모토 꽃집에서 아저씨가 K 이야기를 해주셨을 때 알아챘어야 했다.

"저, 어머니에 대해 한 가지만 더 여쭙고 싶은데요. 어머니가 옛날부터 알고 지내던 분 가운데 K씨라는 분을 혹시 알고 계세요?"

"케이 씨?"

"아, 죄송해요. 이니셜로 알파벳 K를 쓰는 사람이에요. 가, 기, 구, 게, 고 중에 하나로 시작하는 이름일 텐데. 어머니가 결혼 전에 알고 지낸 분인 것 같아요."

"그건 모르겠구나. 난 결혼한 다음에 이 마을에 와서 옛날 일도 잘 모르고. 아저씨한테 긴쓰바를 부탁하면서 그것도 물어보마."

"고맙습니다."

내일이면 어차피 진상이 밝혀질 텐데, 주인아주머니의 말에 가슴이 설렜다. 지금까지 내 인생과 아무 상관도 없었던 K의 비서니, 전무니 하는 사람들에게 듣는 어머니 이야기보다 어머니가 확실하게 머물렀던 장소에서, 나도 알고 지낸 사람에게 듣는 이야기가 훨씬 믿음이 갔다.

"죄송해요, 마지막으로 하나만 더 여쭤볼게요. 얼마 전에 성묘를 갔더니 저희 묘소에 누가 성묘를 다녀간 흔적이 있던데, 혹시 누군지 모르시나요?"

"그거라면 모리야마 할머니 아닐까?"

너무 손쉽게 대답이 돌아왔다. 상점가와 우리 집을 이어주는 골목의 딱 중간쯤에 있는 집이다. 정원에 사계절 꽃과 나무가 있는데 요새는 예쁜 코스모스가 함박 피어 있다. 무덤에 바친 건 그 코스모스였을까?

하지만 교류는 거의 없다. 집 앞을 지나갈 때 인사나 나누는 정도다.

"모리야마 할머니……?"

"평소에는 잘 모르겠지만, 오봉음력 7월 15일을 중심으로 선조의 넋을 달래는 일본의 명절이나 피안춘분. 추분을 전후로 약 칠 일 동안 조상을 공양하는 일본의 명절에 모리야마 할머니께서 리카네 가족묘에 성묘하는 모습을 몇 번 본 적이 있거든. 왜, 우리 집 묘소하고 가깝잖니. 한 번은 친척이라도 되느냐고 물어봤지만 할머니가 가는귀가 멀어서 '예, 안녕하세요'라고 하시더라니까."

"아, 그 할머니 말씀하시는 거예요?"

모리야마 씨 댁 아주머니가 일흔 정도라 그쪽을 생각했지만, 매향당 주인아주머니에게 할머니라고 불릴 정도로 나이가 많지는 않다.

"참 정정하시지. 아흔도 넘었는데."

아주머니 쪽이라면 외할머니와 연세가 비슷해 뭔가 관계가 있어 겸사겸사 성묘를 와준 것이겠거니 했지만, 할머니가 대체 무슨 이

꽃 사슬

유로? 우리 집은 이 마을에 친척도 없고, 외할아버지와 부모님 무덤밖에 없는데.

본인한테 물어보자.

주인아주머니에게 폐점 전에 긴쓰바를 가지러 오겠다고 약속하고, 선물용과는 별도로 다섯 개를 상자에 포장해달라고 한 뒤 매향당을 뒤로했다.

모리야마 씨 댁 앞은 몇 백 번, 몇 천 번이나 지나다녔지만 초인종을 누른 적은 한 번도 없었다. 현관 옆 화단의 코스모스가 한 줌 잘려 나갔다. 여기에 피어 있던 꽃을 우리 집 묘소에 바친 걸까?

젖빛 유리를 끼운 미닫이문이 천천히 열렸다. 고개를 내민 사람은 할머니였다. 아주머니는 자주 보았지만 할머니는 오랜만에 본다. 어쩐지 누굴 좀 닮은 것 같다. 하지만 기억이 안 난다. 할머니는 구부정한 허리로 고개만 들어 나를 올려다보더니…… 헉, 하고 소리를 지르며 뒷걸음질을 쳤다.

"죄송합니다, 죄송합니다……."

두 손을 무릎에 올리고 앞으로 고꾸라지는 게 아닐까 싶을 정도로 고개를 숙여 사죄를 되풀이하고 있다. 빚쟁이로 착각하신 걸까? 몸은 성묘를 다닐 정도로 튼튼해도, 조금 치매 증상이 있는지도 모르겠다.

"어머니, 왜 그래요?"

집 안에서 목소리가 들렸다. 모리야마 아주머니가 앞치마로 손

209

을 닦으며 나왔다. 있으면 먼저 좀 나올 것이지. 어째서 이런 할머니를 혼자 문 밖으로 내보내는 걸까. 아주머니는 할머니를 달래가며 안으로 모시더니 다시 나와서 나를 쳐다보았다.

"어머나, 안녕하세요. 어……."

미소와 함께 고개를 갸웃거린다. 내 얼굴이 낯익기는 하지만 이름을 기억 못 하는 것이리라.

"불쑥 찾아뵈어 죄송합니다. 얼마 전에 저희 가족 묘소에 성묘를 갔더니 누가 다녀가신 흔적이 있어서, 방금 매향당 주인아주머니께 여쭤보았거든요. 그랬더니 모리야마 할머님이라고 가르쳐주셨어요. 다른 날에도 와주셨다고 하던데, 계속 눈치를 못 채서 죄송했습니다. 괜찮으시면 이것 좀 드셔보세요."

막 포장해 가져온 긴쓰바 상자를 건넸다.

"어머나, 이렇게 신경 쓰지 않아도 되는데. ……리카, 그래, 리카 맞지?"

이름을 기억해낸 모양이다.

"할머님은 좀 어떠시니?"

외할머니를 걱정해준다는 건 내가 뉘 집의 누구인지 똑바로 알고 있다는 뜻이리라. 맞아, 그랬지, 하고 스스로에게 말하듯 고개를 끄덕거리고 있다.

"고맙습니다. 조만간 수술을 받으실 예정이에요."

"그러니. 어머니도 부탁하셨는데, 여태 문병을 못 가서 미안하구나."

꽃 사슬

"아뇨, 천만에요. 신경 쓰지 마세요. 그보다 저 때문에 할머님이 놀라신 것 같아 죄송하네요. 괜찮으신 건가요?"

"그러게, 왜 저러실까. 평소에는 저런 일이 없는데. 가는귀가 멀었으니 벨소리를 듣고 나가신 건 아닐 거야. 아마 밖에 나가려다가 키가 큰 사람이 서 있어서 깜짝 놀란 것 아닐까? 참 많이 자랐구나. 어머님은 좀 더 아담한 인상이었는데."

"아마 키는 아버지를 닮은 것 같아요."

"그래, 그랬지……. 리카도 꼬박꼬박 성묘를 다니는구나. 우리 어머니 일은 신경 쓰지 마. 옛날에 리카네 외할아버님께 신세를 졌거든. 게다가 매일 가는 것도 아니니까. 보통은 오봉이나 정월, 피안에 성묘를 가는데, 얼마 전에는 오라버니가 몇 십 년 만에 집에 돌아와 둘이서 같이 갔던 모양이야."

"그러셨군요. 오라버님도 저희 외할아버지하고 아는 사이인가요?"

"원래는 오라버니가 직장에서 신세를 졌지."

"그랬군요. 그래서 두 분이서. 오라버님께도 감사하다고 전해주세요."

성묘를 와준 사람이 어머니가 아는 사람이 아니라 외할아버지가 알던 분이었다는 사실에 왠지 김이 빠져, 고맙다는 인사만 하고 돌아가기로 했다.

"그렇지, 참."

현관에서 나오는데 아주머니가 집 안으로 들어가더니 가위와 신문을 가지고 나왔다. 정원의 코스모스를 재빨리 잘라내 한 팔로 다 안을 수 없을 만큼 커다란 다발을 신문지로 둘둘 감아 내게 내밀었다.

"괜찮으면 집에 장식하려무나."

재빠른 솜씨로 보아 집에 찾아오는 사람들에게 다 그렇게 챙겨주는 듯했다. 고맙게 받아들고 문을 나섰다.

하얀색, 연보라색, 진보라색, 세 가지 색 코스모스. 최근에 코스모스를 자꾸 본다. 유치원 참관일, 외할머니 병실에서 전무가 준 것도 똑같은 색의 코스모스였다.

잠깐.

모리야마 할머니의 얼굴, 누굴 닮았다 했더니 전무였다.

"저, 저기요!"

뒤를 돌아보니 아주머니는 아직 안에 들어가지 않고 화단의 잡초를 뽑고 있었다.

"오라버님께서 저희 외할머니 문병을 와주시지 않았던가요?"

"그래, 맞아. 문병을 갔더니 주무시고 계셨지만 손녀따님을 만났다고 했지. 리카, 오라버니를 병원에서 만났지?"

전무는 이 집 가족이었나. 신세를 졌다고 했던 건 외할아버지에게 직장에서 신세를 졌다는 뜻이었나 보다. 그런 거였나.

"모처럼 와주셨는데 할머니께서 주무셔서 뵙지도 못하고, 죄송해요."

"괜찮아. 다음 날 다시 갔겠지. 집에서 묵으면 될 텐데 굳이 호텔을 잡고, 참 정이 없다니까."

아주머니는 이튿날 무슨 일이 있었는지 모르는 모양이다.

"그럼 오라버님은 겨우 문병 때문에 일부러 도쿄에서 와주신 건가요?"

더군다나 이웃들은 외할머니가 양성 용종으로 입원한 줄로만 아는데.

"어머, 그렇게 거만한 소리를 했어? 몹쓸 사람이네. 신경 쓰지마. 내가 상점가에서 리카네 할머님이 입원했다는 소식을 듣고 어머님께 말씀드렸더니, 바로 오라버니께 전화하라고 하지 뭐니. 오라버니는 이미 정년퇴직한 몸이라 한가해서 그래."

전무는 우리 외할머니가 입원했다는 연락을 받았지만, 그게 첫번째 목적은 아니고 자기 어머니를 만나러 고향에 돌아왔던 건지도 모른다. 그러니 외할머니가 주무시고 계셔도 상관없었던 거겠지. 어쨌든 병원에 들렀다는 증거만 남겨두면 된다. 그래서 이튿날 병원에 들르지 않고 K의 아들과 함께 돌아간 것이다.

"혹시 오라버님께서 아시는 분 중에 K씨라는 분이 계신가요?"

"케이 씨?"

"이니셜에 K가 들어가는 사람이에요. 가, 기, 구, 게, 고 중에 하나로 시작할 텐데."

"그래서야 백사장에서 바늘 찾기지. 우리 오라버니도 K인걸."

"그러셨군요."

유감이지만 전무의 이름에 K가 붙어도 그 K는 아니다. 거듭 감

213

사 인사를 하고 이번에는 뒤돌아보지 않고 집으로 향했다.

"꽃집이 그렇게 한가해 보여?"

저녁때 야마모토 꽃집을 찾아가자 겐타가 기가 막힌다는 듯이 말했다.

바쁘면 다시 찾아올 생각이었고 일이라도 있으면 도울 생각이었지만 가게 안에 손님 그림자는 하나도 없고, 겐타는 컴퓨터를 마주 보고 느긋하게 자판만 두드리고 있었다. 그대로 계산대 앞에 손님용 파이프 의자를 펼치고 앉아 매향당과 모리야마 씨 댁에서 있었던 일을 말했다.

겐타의 손이 어느새 멈춰 있었다.

"아카시아 상점가는 대단하네. 뭐, 우리 집도 그렇지만. 컴퓨터에 키워드를 넣어 검색하기보다 주민들에게 물어보라 이건가? 하지만 나도 리카네 어머님이 미스 아카시아였다는 건 알고 있었어. 뭐라 해도 아버지가 팬클럽 회원이었으니까."

겐타가 재미있다는 듯이 말했다.

"뭐, 그렇게 썰렁한 콘테스트에 뽑혀도 기쁘진 않을 테니 엄마가 말해주지 않은 것도 이해할 수 있어."

"애가 뭘 모르네. 옛날엔 얼마나 인기였다고. 외지에서 응모한 사람도 있을 정도였고, 명예로운 일이야. 네가 후보 등록을 해도 미스 아카시아는 언감생심 꿈도 못 꿀걸?"

"실례되는 말씀. 다섯 살만 더 젊었으면 가능하다니까. 엄마하고 똑같은 얼굴인걸."

"하지만 할머님하고는 안 닮았지."

"난 외할아버지를 더 닮았으니까."

"그런가…… 그렇다는 말은 키도 크고, 선머슴 같은 차림을 하고 있었으니 모리야마 할머니가 리카 널 외할아버지로 착각한 것 아닐까? 그래서 놀라서 나무아미타불, 나무아미타불 하고 염불을 외우신 거지."

"말도 안 되는 소리 그만해. 그리고 나무아미타불이 아니라 죄송하다고 그랬다니까."

"하지만 아들이 직장에서 신세를 졌다고 해서 성묘까지 가나? 난 네 외할아버지를 본 적도 없다고."

"내가 태어났을 땐 이미 안 계셨으니까 그렇지. 영정으로 보면 꽤 젊었을 때 돌아가신 것 같아."

"그렇다면 몇 십 년도 더 된 옛날 일이잖아? 신세를 졌다기보다 생명의 은인 레벨 아니야? 아니면 어지간히 켕기는 구석이 있다거나. 난 후자일 것 같아. 그러면 '죄송합니다'라는 말도 이해가 가잖아."

"그건 날 외할아버지로 착각했다는 전제로 하는 얘기잖아. 아무리 가족이라 해도 남자로 오해받긴 싫어. 아흔 넘은 할머니이니까 그냥 무슨 뜻인지도 모르고 중얼거린 거겠지."

"그래? 가끔 영정에 바칠 꽃을 사러 오시는데, 말짱하시던데."

"그럼 아주머니 말씀처럼 그냥 놀라셨나 봐."

"뭐, 모리야마 할머니는 일단 제쳐두자. K의 비서하고 같은 회사

전무였다는 모리야마 씨가 옛날에 직장에서 네 할아버지께 신세를 졌다는 건 할아버지도 같은 회사에 계셨다는 뜻이지. 이건 K가 네 어머니께 꽃을 보내는 것과 다른 문제로 생각해도 될까?"

"아마 상관은 있을 거야. K가 꽃을 보내는 이유는 옛날 연인 같은 단순한 이유가 아닌 것 같아. 무슨 일이 있었을까? 내일 알게 되면 좋을 텐데."

시계를 보았다. 7시 오 분 전. 의자에서 일어나 기지개를 폈다.

"매향당에 잠깐 다녀올게. 여기 오기 전에 들렀는데 7시에 가지러 오라고 해서. 작은사장님이 아니라 큰사장님이 만들어주실 거라 시간이 걸린다고 했거든."

"역시 시간을 때우러 왔던 거잖아."

그 말을 들으니 대꾸할 말이 없다. 하지만 겐타에게는 굳이 변명하지 않아도 된다. 웃음으로 얼버무리고 가게 밖으로 나왔다.

"기다려, 나도 갈게."

겐타는 그렇게 말하더니 가게 안쪽을 향해 "잠깐 밖에 다녀올게요!" 하고 외쳤다.

"왜?"

"큰사장님이 K의 이름을 태연히 말해줄 것 같아서. 하지만 리카 넌 분명 그냥 흘려듣겠지. 그러니까 내가 들어두려고."

덜렁이 취급은 짜증났지만 그 말을 듣고 보니 정말 K의 정체를 알 수 있을 것만 같아 가만히 있을 수 없었다. 인적이 드문 상점가로 달려나갔다. 겐타와 엎치락뒤치락 앞을 다투어 달렸다.

꽃 사슬

이렇게 열심히 달려본 게 대체 몇 년 만일까?

한창 문 닫을 준비를 하는 매향당으로 달려 들어가니 주인아주머니가 답례용으로 연분홍색 한지로 포장한 상자를 종이봉투에 넣는 참이었다.

"그리 서둘러 올 필요 없는데. 우리가 기다리게 했으니 조금 늦어도 괜찮은데. 어머나, 겐타까지 왔어?"

달려온 이유는 그게 아니지만 말할 여유도 없었다. 주인아주머니가 케이스 옆에 놓아둔 전기포트에서 나오는 따뜻한 차를 컵에 따라주었다. 단숨에 들이켜기에는 조금 뜨거워, 서서 홀짝홀짝 마셨다. 진한 차는 위가 아니라 머릿속에 스며든다.

이런 체력으로 용케 산에 오르겠다는 생각을 했다.

철이 들었을 때부터 해마다 한 번은 부모님과 셋이서 산에 갔다. 금세 피곤하다고 징징거리는 내 속도에 맞추어 느긋하게 걸었던 부모님은 사실 굉장히 체력을 소비했던 게 아닐까? 아버지는 나를 등에 업고 걸은 적도 있다.

고등학생이 되자 부모님과 함께 나다니는 게 귀찮아 둘이서 오붓하게 다녀오라고 약삭빠른 소리를 하며 집을 지키곤 했지만, 지금 이렇게 골머리를 앓는 이유도 그때 부모님과 제대로 마주하지 않았기 때문 아닐까?

어른이 되어 함께 산에 올랐더라면 평소 집에서는 하지 않았던 이야기도 많이 할 수 있었을지 모른다. 두 분의 첫 만남, 그 이전의 일, 외할아버지와 외할머니, K의 이야기.

"그런데 이름에 K가 붙는 사람은……."

"참, 그 얘기를 해줘야지."

주인아주머니가 손뼉을 치며 말했다. 나는 겐타와 얼굴을 마주
보았다. 역시 답은 이 아카시아 상점가 안에 있었던 것이다. 기대
를 품고 주인아주머니를 바라보았다.

"먼저 우리 바깥양반한테 물어봤는데 모른다고 하더구나. 그래
서 할아버지, 그러니까 큰사장님한테 여쭤봤단다. 방금 드신 밥반
찬도 잊어버리는데 옛날 일은 이상하게 잘 기억하시거든. 특히 사
람 이름은 틀린 적이 없어. 아쉬운 건 연대가 뒤죽박죽이라, 아들
친구도 자기 동창생도, 다 같은 시대에 산 줄 아시지만. 그래서 리
카네 어머님 친구 중에 K씨라는 분이 있는지 여쭀더니 기미코하고
가요라는 두 개의 이름을 말씀하시더구나. 둘 다 멀리서 찾아와서
우리 집 긴쓰바를 맛있게 먹었다고 기쁜 목소리로 말씀하셨어."

기미코와 가요. 만일의 경우도 있기는 하지만 둘 다 여자 이름
아닌가?

실망을 애써 감추고 고맙다고 인사한 뒤 텅 빈 컵을 돌려드렸다.
지갑을 꺼내 계산을 부탁했다.

"긴쓰바 세 종류, 열 개씩 넣었어. 값은 전부 똑같다고 하시는
구나."

"세 종류?"

겐타가 물었다.

꽃 사슬

"평소 파는 거랑 두 종류 더. 큰사장님이 세련된 화과자를 만들려고 노력했던 시기가 있었단다. 결국 옛날부터 지켜온 게 가장 맛있다는 결론이 났지만, 리카네 어머니는 굉장히 좋아했으니까 특별히 리메이크판을 만들어달라고 했어."

"일부러 신경 써주셔서 고맙습니다."

"괜찮아. 다들 리카네 어머니를 좋아했다는 뜻이지."

아주머니는 행주를 걸어놓았던 나무 상자에서 긴쓰바를 두 개씩 꺼내 한지에 감쌌다.

"자, 이것 맛 좀 보렴. 겐타도."

나와 겐타에게 한 봉지씩 건네주셨다. 갓 구운 긴쓰바의 온기가 한지 너머로 느껴졌다. 주인아주머니에게 큰사장님께 고맙다고 전해달라고 부탁하고 가게를 나섰다.

야마모토 꽃집으로 돌아갈 이유도 없고 집이 서로 반대 방향이라 매향당 앞에서 꾸러미를 풀었다. 리메이크판 두 종류를 싸주셨을 텐데, 겉보기는 오리지널과 똑같았다.

"내가 못 알아차린 K의 정체를 알아냈어?"

"기미코나 가요, 둘 중 하나야."

겐타는 어린애도 다 아는 소리를 하더니 긴쓰바를 한 입 크게 베어 물었다.

"밤이 들어 있네."

우물거리면서 잇자국이 난 단면을 내민다. 노란 단밤 한 알이 통째로 들어 있다. 밤은 단팥과 잘 어울릴 것 같았다. 나도 하나를 꺼내 베어 물었다. 밤의 딱딱한 감촉이 없다. 오히려 오리지널보다 단팥이 더 부드러웠다. 이 맛은 대체 뭘까? 알겠다!

"단팥에 생크림이 섞여 있어."

"오호라, 세련된 화과자를 만들려고 하셨댔지. 하지만 단팥과 생크림이라니 너무 느끼하지 않아?"

"난 이거 꽤 좋은데?"

따뜻한 단팥우유 같은 달콤한 맛이 입안에 퍼졌다.

"아아, 할머니가 만든 매콤한 절임이 생각나."

어머니는 어느 쪽을 좋아하셨을까? 매향당의 셔터는 아직 열려 있으니 지금 당장 확인할 수도 있지만, 굳이 그러지 않아도 어쩐지 이 생크림 긴쓰바를 더 좋아하셨을 것 같다.

유대란 그런 거라고 믿고 싶다.

❀ 눈의 소원

응모자 명의가 가즈야 씨에서 사무소 이름으로 바뀌어 있었다니, 어째서 그런 일이 벌어졌는지 물어보았지만 가즈야 씨는 말없이 고개를 가로저을 뿐입니다.

"이젠 됐어."

힘없이, 다 포기한 것처럼 말하지만 저는 이해할 수 없었습니다.

샌들을 주워 신고 집에서 뛰쳐나갔습니다. 요스케 오빠는 아직 사무소에 있을까요? 아니면 벌써 집에 돌아갔을까요? 가즈야 씨가 돌아왔으니 요스케 오빠도 집에 갔겠죠. 혼자 남아 일을 할 사람은 아닙니다.

가즈야 씨가 쫓아오는 게 느껴집니다. 붙잡히면 요스케 오빠를 못 만나게 하겠지요. 가즈야 씨는 참을성이 강한 사람이에요. 결과를 알고 나서도 매일 일하러 갔다는 건 요스케 오빠에게 딱히 항의하지도 않고 자기 혼자 참아서 사무소가 잘된다면 그걸로 족하다고 스스로를 타일렀던 거겠죠.

하지만 그렇게 노력하고, 모든 재능을 쏟아부었는데. 이대로 아무 말 없이 요스케 오빠 마음대로 하게 내버려둘 수는 없습니다.

어둠 속, 눈앞으로 아스라한 램프 불빛이 뛰어들었습니다. 자전거예요. 몸을 피하기도 전에 날카로운 브레이크 소리가 울리더니 자전거가 먼저 섰습니다.

"위험해! ……아, 사모님."

자전거에 타고 있던 사람은 모리야마 기요시 군이었습니다.

"기요시 군, 그것 좀 빌려줘."

제가 자전거 핸들을 움켜쥐자 기요시 군은 "아잇!" 하고 당황하면서 자전거에서 내려왔습니다. 저는 그 틈에 자전거를 빼앗아 타고 페달을 밟았습니다. 요스케 오빠네 집은 역 반대편이에요. 아카시아 상점가를 빠져나가, 건널목을 건너, 논두렁길로 조금 들어가자 요스케 오빠가 사는 단층주택이 보였습니다.

방에 불이 켜져 있네요. 활짝 열린 창문으로 경쾌한 재즈 음악이 들려 더 화가 치밀었습니다. 오른발로 페달을 힘껏 밟은 순간, 샌들이 벗겨져 균형을 잃고 자전거와 함께 구르고 말았습니다. 팔꿈치와 뺨이 아팠지만 손으로 만져볼 때가 아니었습니다.

벌떡 일어서서 샌들을 주워 신고 자전거는 그대로 내팽개친 채 요스케 오빠네 집으로 달음박질쳐 현관 벨을 눌렀습니다. 문을 연 요스케 오빠는 저를 보고 잠시 놀랐지만 무슨 용건이냐고 묻지는 않았습니다.

"가즈야는?"

저를 거실로 안내하면서 그렇게 말했을 뿐입니다.

"제가 오빠한테 따질 일이 있어서 온 거예요. 가즈야 씨는 아무 상관 없어요."

"따질 일이라…….."

요스케 오빠는 깊이 한숨을 쉬면서 중얼거리더니 주방으로 가서 물수건을 가져와 제게 내밀었습니다. 따끔거리는 오른쪽 팔꿈치를 보니 흙투성이에 피가 흐르고 있었습니다. 요스케 오빠가 내민 물건은 받기 싫었지만 손수건도 없이 집에서 뛰쳐나왔다는 것을 깨달았습니다.

"좀 빌릴게요."

"얼굴부터 먼저 닦아."

물수건을 받는 제게 그렇게 말하네요. 접은 물수건을 오른쪽 뺨에 대자 하얀 천에 희미하게 피가 스몄습니다.

"공모전 때문에 날 탓하러 온 거겠지만, 그건 엉뚱한 화풀이야."

팔의 상처를 누르고 있는데 요스케 오빠가 레코드 볼륨을 낮추

꽃 사슬

면서 그렇게 말했습니다. 제게는 다다미 위에 깐 방석을 권하면서, 자기는 업무용 책상 앞에 있는 푹신한 의자에 앉아 다리를 꼬고 있어요. 미안해하기는커녕 고압적인 태도입니다.

"엉뚱한 화풀이라면 어째서 가즈야 씨가 응모한 설계도가 사무소 이름으로 바뀌어 있었는지 설명해줘요."

"반대로 물어보자. 원래 사무소 명의여야 할 설계도가 전부 내 명의로 되어 있었다면 넌 어떻게 생각하겠어?"

질문에 질문으로 답하는 게 요스케 오빠가 잘 쓰는 수법입니다.

"구체적으로 어떤 걸 말하는지 모르겠네요. 사무소 물건이 전부 대표자인 요스케 오빠의 물건은 아니에요. 공모전 도면도 사무소 이름으로 바꿨다는 시점에서 권리가 요스케 오빠한테 옮겨갔다는 뜻이잖아요."

"하지만 이익은 사무소로 들어와."

"가즈야 씨 이름으로 냈어도 마찬가지예요."

"과연 그럴까?"

"가즈야 씨는 이익을 독점하려고 한 게 아니에요!"

"그렇지 않다는 증거가 어디에 있지? 게다가 이익이 사무소로 들어가길 바랐다면 내가 한 짓을 탓할 건 못 돼. 난 내 회사의 종업원이 개인 명의로 보낸 설계도를, 상을 받은 후에 탈이 없도록 회사 명의로 바꾸었을 뿐이야."

"그건 궤변이에요. 자기가 옳은 일을 했다고 생각한다면 어째서 명의를 바꾸기 전에 가즈야 씨한테 물어보지 않았죠? 가즈야 씨는 줄곧 설계 일을 하고 싶어 공모전에 응모했을 뿐이지, 이익을 독점하거나 요스케 오빠를 앞지르려는 생각은 조금도 하지 않았으니 이야기만 잘했다면 사무소 명의로 내는 일에 동의했을 거예요. 그다음에 가즈야 씨에게 그 일의 책임자 자리를 맡겨야 하는 것 아닌가요?"

"내가 세운 회사야."

요스케 오빠가 차갑게 내뱉었습니다.

"그게 오빠의 본심이에요. 요스케 오빠는 그저 멋진 도면을 그린 가즈야 씨를 용서할 수 없었던 거잖아요! 그렇다면 오빠도 지지 않을 만큼 훌륭한 도면을 그려 정정당당히 승부하면 될 일을, 몰래 명의를 바꾸다니 비겁하다는 말밖에 안 나오네요. 게다가 이익이 어쩌느니 하면서 가즈야 씨를 악당 취급하다니, 부끄럽지도 않아요?"

"전혀. 넌 뭘 착각하는 모양인데, 나는 명의만 바꾼 게 아니야. 가즈야가 그린 설계도를 그대로 냈으면 최종 심사에는 남지도 못했을 거야."

"무슨 뜻이에요?"

"가즈야가 그린 도면은 디자인은 훌륭하지만 구조상으로 문제가 있었어. 건설 예정지는 강우량이 많은 곳이야. 지반이 약해 토사 재해도 고려해야 했지. 나는 그 점을 전부 수정했어. 그걸 내 명의가 아니라 사무소 명의로 응모한 거야. 대체 어디가 잘못이라는 거지? 게다가 나는 최종적으로 이게 뽑혀도 나 혼자만의 공적으로 삼을 생각은 없어. 기요시 군도 도왔다면서? 기타가미 건축사무소가 전국으로 진출하기 위한 첫걸음으로, 가즈야를 포함해 모두의 공적으로 삼을 생각이야."

"그렇다면 최종 심사용 모형을 만드는 것도 당연히 가즈야 씨한테……."

누구 이익이니 공적이니 하는 게 아니라, 가즈야 씨가 정열을 쏟아부어 도전한 일을 마지막까지 마치게 해주고 싶었습니다.

"이제 그만해."

뒤에서 튀어나온 목소리가 제 말을 막았습니다. 가즈야 씨입니다. 언제부터 있었을까요? 가즈야 씨는 거실에 들어와 제 앞에 무릎을 꿇었습니다. 눈높이가 같아졌습니다.

"요스케는 잘못이 없어. 요스케에게 아무 말 없이 응모한 내 잘못이야. 설계를 하고 싶으면 요스케에게 제대로 말해야 했어. 요스케는 건물 전체의 강도를 높이면서도 디자인은 거의 바꾸지 않았어. 그게 뽑혀서 형태를 얻게 된다면 기쁠 거야. 나머지는 요스케에게 맡기겠어."

가즈야 씨는 상냥하게 절 타이르듯 그렇게 말하더니 요스케 오빠에게 멋대로 집에 들어온 일을 사과했습니다. 요스케 오빠는 아무 대답도 하지 않았지만 가즈야 씨도 그 이상은 요스케 오빠에게 아무 말도 하지 않고 일어서서 제 손을 끌었습니다.

"돌아가자."

일어서면서 요스케 오빠를 돌아보니 오빠는 저희더러 빨리 나가라는 듯이 시선을 돌리고 레코드 볼륨을 높였습니다.

쓸데없는 짓을 한 걸까, 불안한 마음이 치밀어 올랐습니다. 요스케 오빠네 집에 쳐들어가 따지고든 제 행동에 대해 가즈야 씨가 요스케 오빠에게 사과하지 않았다는 게 그나마 유일한 위안입니다.

길가에 쓰러져 있던 자전거는 가즈야 씨가 세웠는지 요스케 오빠네 집 앞에 똑바로 서 있었습니다.

"내일, 자전거를 사러 가자. 조금 더 연습해야겠어."

가즈야 씨는 제 뺨을 어루만지면서 걱정스러운 얼굴로 그렇게 말하더니 저를 짐칸에 태우고 자전거에 올라탔습니다. 가즈야 씨가 어떤 표정을 짓고 있는지 모르겠어요. 평소에는 꼿꼿하게 곧은 등이 지금은 작게 굽어 있는 것처럼 보여, 눈물이 줄줄 흘러 멈추질 않아요. 짭조름한 눈물이 뺨에 난 상처에 닿아 따끔거렸지만, 가즈야 씨 마음은 더 아프겠지요.

가즈야 씨가 뭐라 말하든 요스케 오빠는 용서할 수 없습니다.

기요시 군 집에 자전거를 돌려주러 가자 모리야마 아주머니가 나오셨습니다. 다친 제 얼굴을 보고 깜짝 놀랐지만 "계란 사는 걸 깜빡하기라도 했어요?" 하고 속 편한 소리를 하면서 가즈야 씨에게 축하한다는 말을 건넸습니다.

고맙다고 밝게 대답하는 가즈야 씨를 보면서, 다시는 울지 않겠다고 어금니를 악물었습니다.

그 후로 이 주, 가즈야 씨는 아무 일도 없다는 듯이 매일 회사에 갔습니다. 이제 밤을 샐 일이 없어서 그런지 체력도 되찾았고 식욕도 서서히 돌아오고 있습니다.

둘이서 공모전 이야기를 하는 일은 절대 없습니다. 오랜만에 영화를 보러 가자거나, 얼마 전에 산 자전거를 타고 오늘은 어디에 가자는 이야기만 했습니다. 공모전 전에는 평범한 대화에 행복을 느꼈습니다. 하지만 지금은 표면적으로는 즐거운 이야기를 하면서도 가즈야 씨의 본심은 어디에 있는지 자꾸 신경이 쓰여 순수하게 기뻐할 수가 없습니다.

저는 이번 일을 외숙모와 어머니에게 편지로 알렸습니다.

외숙모에게서는 아무 연락도 없습니다. 아들 사랑에 눈이 멀어 제가 엉뚱한 시비를 건다고 생각하는 걸까요? 아들의 잘못을 인정하면서도 굳이 무시하는 걸까요? 외숙모가 외삼촌에게 알려서 요스케 오빠를 혼쭐내주지 않을까 기대했던 제가 바보였습니다. 하지만 부모란 그런 법이겠지요.

그게 부모라면, 어머니는 내 편을 들어주길 바랐는데.

어제 도착한 어머니의 편지에는 외삼촌의 반감을 살 짓은 하지 말라는 말이 담담한 문장으로 적혀 있었습니다. 아버지가 일을 하고 계시긴 하지만 병치레가 잦아 어머니는 여차할 때 경제적으로 도움을 청할 상대가 딸 부부가 아니라 오빠인 외삼촌이라고 생각하는 거겠지요.

제게는 가즈야 씨밖에 없습니다.

평소처럼 식사를 차리고 목욕물을 받아놓고 기다리는데 가즈야 씨가 돌아왔습니다.

가즈야 씨는 먼저 목욕을 하고 식탁에 앉아 젓가락을 들면서 아무렇지도 않게 입을 열었습니다.

"공모전 최종 결과가 나왔어. 기타가미 건축사무소 작품이 뽑혔어."

'내 작품'이라고 말하지 않았습니다. 그것이 기쁜 일인지 그렇지 않은지, 차라리 떨어졌다면 결과가 나온 오늘로 모든 걸 끝낼 수 있지 않았나 싶기도 합니다. 하지만 소나기 계곡에 가즈야 씨가 설계한 미술관을 건설하기로 결정했다면…….

도면을 완벽히 볼 줄 모르는 저도 가즈야 씨가 그린 건물을 머릿속에 뚜렷하게 떠올릴 수 있습니다. 그뿐이겠어요, 내부 인테리어도, 그림이 전시된 장면도 상상할 수 있습니다. 중앙에 전시된 작품은 〈미명의 달〉입니다.

"축하해요."

말이 자연스럽게 튀어나왔습니다.

"사무소 명의로 뽑혔든, 책임자가 누구든, 앞으로 있을 작업 과정에서 가즈야 씨가 무슨 일을 맡든, 가즈야 씨가 그린 도면이 형태를 얻어 거기에 가사이 미치오의 그림이 전시되고, 일본 전국에서 수많은 사람이 찾아오게 되겠지요? 이보다 멋진 일은 또 없을 거예요."

백화점 갤러리와는 달리, 찾아온 사람들은 그림뿐만 아니라 미술관 자체를 보고 높은 예술성에 감탄하겠지요.

"그래, 미유키 말이 맞아. 이름에 얽매일 필요는 어디에도 없어."

"당신이 그린 미술관이 생기는 거예요."

꽃 사슬

가즈야 씨가 젓가락을 내려놓고 한 손으로 눈시울을 눌렀습니다. 울지 마요. 아니, 참지 말고 울어요. 어느 쪽이든 전 웃으려 해요.

"고마워."

가즈야 씨는 눈시울을 눌렀던 손으로 눈을 쓱쓱 문지르고는 진심을 담아 그렇게 말해주었습니다. 웃는 얼굴을 참 오랜만에 보는 것 같아요. 가즈야 씨가 노력한 성과를 둘이서 기뻐할 수 있다면 그걸로 족하다는 것을 이제야 겨우 깨달았어요. 그런데 테이블 위에는 꽃도 없고, 반찬도 대단한 게 없어요. 지금 사러 가도 상점가는 다 문을 닫았을 텐데.

"내일 일찍 들어올 수 있어요?"

"요스케하고 기요시 군하고 셋이서 건설 예정지를 시찰하러 갈 계획이지만 그리 늦지는 않을 테니 정시에 퇴근할 수 있어."

"그럼 내일은 진수성찬을 만들게요. 뭐가 좋을까……."

초밥이니, 고기전골이니, 돈가스니, 둘이서 조잘거리면서 식사를 마치고 부엌을 정리하는데 가즈야 씨가 업무용 책상 서랍에서 도면 뭉치를 꺼내 테이블 위에 올려놓고 한 장씩 바라보기 시작했어요. 전에 제게도 보여주었던, 가즈야 씨가 학창 시절에 그린 설계도입니다.

커피가 도면에 튀지 않도록 컵을 테이블 끝에 내려놓고, 저도 가즈야 씨 옆에 앉았습니다.

"이런 걸 언제까지고 챙겨두고 있으니 포기를 못 하는 것 같아 처분하려고 했는데, 섣부른 짓을 하지 않아서 다행이야. 잘 생각해

보니 이건 전부 그저 도면에만 머물러 있어. 하지만 이게 있었기에 이번 도면을 그릴 수 있었어. 절망스러운 기분도 맛보았지만 만약 이번 도면이 처음부터 아예 뽑히지 않았더라면 설계를 그만두고 싶다는 생각이 아니라 반대로 다음 거름이 되었겠지. 그만둘 이유는 어디에도 없어. 요스케에게 설계를 하고 싶다는 말도 전한 셈이고, 앞으로는 정정당당히 새로운 일에 도전하면 돼."

가즈야 씨의 말을 곱씹으면서 저도 함께 도면을 보았습니다. 처음 이 도면을 보았을 때는 멋지다는 생각뿐이었지만 미술관 도면을 본 지금은 조금 부족하다는 생각이 들어요. 분명 몇 년 후에는 미술관 도면도 수많은 작품 가운데 하나에 지나지 않는다고 생각하게 될지 모르죠. 앞으로 가즈야 씨는 더욱 훌륭한 도면을…….

"어라?"

가즈야 씨가 마지막 도면을 손에 들고 중얼거렸습니다.

"언제 이런 얼룩이 묻었지?"

갈색 얼룩을 보고 숨을 훅 삼켰습니다. 나쓰미 씨가 커피를 쏟은 자국입니다.

"뭐, 됐어."

가즈야 씨는 도면을 전부 가지런히 모아 테이블 끝에 내려놓더니 컵을 들고 조금 식은 커피를 맛있게 마시기 시작했습니다.

"당신은 안 마셔?"

제 앞에 컵을 내려놓습니다.

"네……."

꽃 사슬

목소리가 갈라져 말이 목에 걸린 바람에 웃음으로 얼버무렸습니다. 제대로 웃고 있는지 모르겠습니다. 컵을 들면 떨리는 손가락을 들킬 것 같아 무릎 위에서 두 손을 단단히 움켜쥐었습니다.

요스케 오빠가 명의를 바꿔치기했다는 사실에 화가 나서 세세한 일에는 생각이 미치지 않았어요. 애초에 요스케 오빠는 어떻게 가즈야 씨가 공모전에 응모했다는 걸 알았을까요?

누군가에게 가즈야 씨가 도면을 그리고 있다는 말을 듣고, 혹시 공모전에 응모하지 않았나 관청에 문의해보니 예상대로라 뭔가 적당한 이유를 둘러대고 도면을 돌려받아 이름을 바꾼 건 아닐까요?

그 누군가는 나쓰미 씨······. 요스케 오빠의 인망으로 보아 회사에서 몰래 요스케 오빠에게 고자질한 사람이 있을 것 같지는 않습니다. 나쓰미 씨 말고는 짐작이 가지 않아요.

저는 나쓰미 씨에게 가즈야 씨의 도면을 보여주었습니다. 설계 일을 하고 싶어 이곳에 왔다는 말도 했습니다. 나쓰미 씨가 그걸 요스케 오빠에게 말했고, 요스케 오빠가 가즈야 씨를 주의 깊게 관찰했다면······.

명의를 바꿔치기 당한 건 제 잘못입니다. 제가 쓸데없는 소리만 안 했다면, 가즈야 씨가 공모전에 응모했다는 사실을 결과가 나오기 전에 요스케 오빠가 알 길은 없었을 겁니다.

구역질이 올라왔습니다. 커피 냄새가 역합니다. 위에 든 것들이 역류해 목구멍을 안쪽에서 압박하는 바람에 참지 못하고 세면실로 뛰어들었습니다.

내 잘못, 내 잘못이었어.

다리에 힘이 풀려 바닥에 주저앉아 있는데 등에 따스한 손길이 닿는 것을 느꼈습니다.

"괜찮아?"

상냥한 목소리도 들립니다. 하지만 고개를 들 수도, 말을 할 수도, 뚝뚝 떨어지는 눈물을 멈출 수도 없었습니다.

가즈야 씨는 억지로 일어날 필요 없다고 했지만 구역질은 깨끗이 가라앉아, 아침에 평소처럼 식사 준비를 하고 출근하는 가즈야 씨를 현관에서 배웅했습니다.

"오늘은 진수성찬을 차려놓고 기다릴게요."

"그래, 기대하고 있을게."

가즈야 씨는 그렇게 말하고 "힘들면 무리할 필요 없어"라는 말을 덧붙이고 나갔습니다. 그렇게 걱정해주니 온몸이 약간 뜨겁고 나른했지만 그걸 핑계로 누워만 있을 수는 없습니다.

몸이 걱정되는 건 가즈야 씨 쪽이에요. 어젯밤, 한밤중에 눈을 떠보니 옆방에서 불빛이 새어들었습니다. 연필을 놀리는 소리가 들렸지만 장지문을 열고 들어가 뭘 그리느냐고 물을 용기는 없었어요.

오전 내내 집 안 청소를 하고, 오후에 장을 보러 자전거를 타고 아카시아 상점가로 나갔습니다. 꽃을 장식하고, 진수성찬을 만들고…… 그거면 될까요?

꽃 사슬

나쓰미 씨에게 도면을 보여주고 말았다는 사실을 털어놓지 않으면, 저는 평생 가즈야 씨에게 비밀을 숨긴 채로 살게 됩니다. 사실을 숨기고 따뜻한 사랑을 받는 것보다 진실을 털어놓고 혼나는 게 나아요. 아니, 분명 가즈야 씨는 제게 화를 내진 않겠지요. 하지만 대체 무슨 짓을 한 거냐고, 내심 억울하고 분한 마음은 느낄 거예요.

어쩌면 저하고 결혼한 걸 후회할지도 모릅니다. 상상만 해도 무서웠지만 가즈야 씨가 어떻게 생각한다 해도 똑바로 털어놓고, 가즈야 씨를 위해 제가 할 수 있는 모든 일을 하려고 해요.

고기를 사고, 채소를 사고, 꽃집에서는 조금 무리를 해서 장미꽃을 사기로 했습니다. 붉은색, 흰색, 핑크색, 어느 걸로 할까 살펴보는데 가게 주인아저씨가 조금 진귀한 색이 들어왔다면서 오렌지색이 감도는 노란 장미를 권해주어 그걸 샀습니다.

해님 같은 색이에요. 이걸 테이블 가운데에 장식하면 실내 전체가 활짝 밝아질 것 같습니다. 두 송이를 부탁했는데 가게 안에서 세 살쯤 되는 어린 남자아이가 나와서 씩씩한 목소리로 "고맙습니다!" 하고 말해주기에 한 송이 더 사기로 했습니다.

가즈야 씨하고 저, 그리고⋯⋯.

"자전거로 왔어요? 조심해서 가요."

꽃집 주인아저씨는 그렇게 말하며 배웅해주셨습니다. 저는 평범하게 타고 있다고 생각하는데, 보는 사람들 눈에는 조마조마한지 찾아간 가게마다 사람들이 걱정스럽게 한마디씩 하네요.

마지막으로 매향당에서 긴쓰바를 샀습니다. 상점가를 나와 하늘을 올려다보니 집에서 나왔을 때는 날씨가 맑았던 것과 달리 탁한 회색 구름이 하늘을 덮고 있어요. 소나기 계곡 주변은 벌써 비가 내리고 있을지도 모릅니다. 시찰은 제때에 마쳤을까요?

비가 내리기 전에 집에 돌아가야겠어요. 서둘러 페달을 밟았습니다.

걸어갈 때는 평지인 줄 알았는데 자전거를 타니 상점가보다 저희 집 쪽이 조금 높다는 것을 깨달았습니다. 상점가에 올 때는 편한데, 돌아갈 때는 조금 세게 페달을 밟아야 해요. 가즈야 씨는 샌들을 신고 자전거를 타면 안 된다고 못을 박았습니다.

대단한 거리도 아닌데 집에 도착하니 숨이 차서 장 본 물건들을 정리한 뒤 잠시 누워서 쉬기로 했습니다.

빗소리에 눈을 떴습니다. 꽤 많이 내리는 것 같아요.

오후 5시. 잠깐만 쉬려고 했는데 두 시간이나 자버렸네요. 슬슬 저녁 준비를 해야 합니다. 가즈야 씨는 아침에 우산도 안 가져갔는데, 사무소에 여분의 우산이 있을까요? 수가 모자라면 우산 없이 돌아올 것 같습니다. 먼저 목욕물을 받아두는 게 나을지도 모르겠네요.

현관 벨이 울렸습니다. 이어서 세차게 문을 두드리는 소리가 들립니다.

현관 벨만 눌러도 될 텐데 누굴까요? 현관문을 열어보니…….

"어머, 기요시 군?"

기요시 군이 흠뻑 젖은 꼴로 서 있었습니다. 집 앞에는 차가 서 있습니다. 그런데 젖 먹던 힘까지 짜내 달려온 사람처럼 어깨를 들썩이면서 숨을 몰아쉬고 있어요. 불현듯 불길한 예감이 머릿속을 스쳤습니다.

"무슨, 일이라도?"

"가즈야 씨가, 사고를……."

빗소리가 너무 요란한 건지, 제가 귀를 막아버린 건지, 기요시 군이 하는 말이 잘 들리지 않아요. 자동차 조수석에 올라 뺨을 타고 흐르는 빗방울을 닦으려다가 또 손수건도 없이 집에서 뛰쳐나왔다는 것을 깨달았습니다.

❯ 달의 소원

적합성 검사를 받아보니 제 백혈구 형태는 구라타 선배의 백혈구와 일치하지 않았어요. 혈연이 아닌 사람들의 적합률은 몇 천분의 일, 몇 만분의 일이라고 하니 일치하는 게 기적이지만 저는 병원에서 검사 결과를 듣고 낙담했죠.

함께 검사를 받은 고이치 선배도 그랬어요.

하지만 결과를 알려준 의사는 실망하는 저희에게 깜짝 놀랄 만한 사실을 전해주었죠. 저와 고이치 선배의 백혈구 형태가 같다는 사실을.

아아, 그런가요, 하고 그 자리에서는 그게 무슨 상관이냐는 식으로 대답했어요. 구라타 선배와 일치하는 사람이 없는데, 짝짝이 카드 중에서 한 쌍이 맞아봤자 아무 짝에도 쓸모없기는 마찬가지니까요. 다급할 때 쓸데없는 지식을 자랑하는 꼴이나 다름없었어요.

어째서 이 자리에서 저런 얘기를 하는 걸까, 의사가 미심쩍기까지 했죠. 우리 중 하나가 똑같은 병에 걸리면 서로에게 부탁하면 된다는 말이라도 하고 싶었던 걸까 하고요.

설마 정말 그런 날이 올 줄은 꿈에도 몰랐어요.

한숨 대신 커피를 마셨다.

"그때 들어두길 잘했네."

마에다 씨는 벌써 다 마시고 담배를 피우고 있다.

"그러게요. 사람은 생각도 못 한 곳에서 서로 연결되어서, 한 번 사슬을 끊어도 다른 곳에서 연결되어 있나 봐요."

"사슬이라."

"이제 사슬을 잡고 올라가는 구간이 나오니 그냥 빗대어봤어요. 날이 조금 흐린데 괜찮을까요?"

"아마 한바탕 쏟아질 것 같아."

"사슬 구간을 벗어날 때까지 안 내렸으면 좋겠네요. 이제 그만 가죠."

잿빛 구름은 아직 저 멀리 희미하게 보였지만 한 시간 후에는 머리 위를 덮을 것이다. 여기에서 전부 마에다 씨에게 털어놓고 사슬 구간이 있는 요코다케를 통과해 성주풀이 있는 아카다케 정상으로 향할 계획이었지만 느긋하게 굴 때가 아닌 것 같다.

꽃 사슬

사슬 구간은 그리 난이도 높은 코스는 아니지만 비가 오면 맑을 때보다 배는 더 신중하게 걸음을 떼야 한다.

쓰레기를 모아 배낭에 넣고 우비를 꺼내기 쉬운 자리로 옮겨 담았다.

"커피 잘 마셨어요."

마에다 씨에게 인사를 하고 일어섰다. 사슬 구간까지는 평탄한 능선 길이 이어졌다. 눈앞에 펼쳐진 산들의 능선을 바라보고 하늘과 가까운 장소의 공기를 가득 들이마시며 걸을 수 있는, 최고의 산책로다.

나는 등산할 때, 정상에 도착하는 성취감도 좋아하지만 그보다 이렇게 능선을 따라 걷는 해방감에 더 매력을 느낀다. 이번에 아카다케 정상을 향해 오르면서, 이 루트로 가자고 한 것은 구라타 선배와 함께 걸었던 코스를 똑같이 더듬고 싶어서였지만, 어딘가에는 아카다케만 바라보고 올라갔다 내려오는 루트는 시시하다는 마음도 있었다.

"조용히 멋진 풍경을 만끽하고 싶을지도 모르지만, 사슬 구간에서 집중하기 위해서라도 길이 평탄할 때는 얘기를 들어주세요."

"가능하다면 먹구름이 끼지 않는 이야기로 부탁해."

마에다 씨는 느긋한 목소리로 그렇게 말했지만 내 가슴속에서는 이미 먹구름이 뭉게뭉게 피어오르고 있었다.

"조금 어려울지도 몰라요……."

검사 결과는 대수롭지 않게 여겨졌지만, 병원에서 나와 고이치 선배와 단둘이 남으니, 이건 어쩌면 굉장한 일이 아닐까 하는 생각이 갑자기 들었어요. 몇 천, 몇 만 분의 일이라는 확률로 일치한 건 백혈구 형태지만, 제게는 몇 천, 몇 만 분의 일이라는 확률로 만난 운명의 사람처럼 느껴졌거든요.

태어난 해도, 태어난 장소도, 자란 곳도 전혀 다르지만 만남만은 운명이었다고.

이렇게 부끄러운 소리를 하다니, 기가 막히죠? 정말 운명이라면 지금 다른 길을 걷고 있어도 소중한 추억으로 가슴속에 묻어두겠지만, 현실은 그렇게 멋진 게 아니었어요.

먼저 백혈구 형태가 일치했던 건 분명한 사실이에요. 몇 천, 몇 만 분의 일이라는 확률이 아니었던 거죠. 정확한 수치는 모르겠지만 그렇게 막대한 분모는 아니었을 거예요.

저와 고이치 선배는, 피가 이어져 있었으니까.

"남매였던 거야?"

잠자코 듣고 있던 마에다 씨가 처음으로 끼어들었다. 지금까지는 거의 예상했던 전개였지만 피가 이어졌다는 건 생각도 못 했던 일이라 놀란 모양이다.

마에다 씨의 종잡을 수 없는 면이 조금 거북했던 만큼 이런 반응을 보면 마음이 놓인다.

"그렇다면 더 운명적이죠. 그렇게 진한 핏줄은 아니었어요. 육촌 남매였어요. 어중간하죠?"

"확실히. 나는 사촌끼리도 한자리에 모인 적이 없어서 육촌이나 되면 남이나 마찬가지야."

"저도 그 정도 사이라고 생각했어요. 그래서 육촌이란 걸 알았을 때도 단순히 기뻤죠. '뭐야, 그래서 아버지라고 불렀던 건가' 하고 둘이서 웃었어요. 행복의 궤도가 산의 능선 같은 모양이라면 거기가 정상이었죠. 남은 건 내려가는 일뿐. 이제 곧 사슬 구간이 나오는데 이런 말을 하는 것도 뭐하지만, 곤두박질쳤어요."

완만한 길은 아직 조금 더 이어지지만 암벽이 나왔기 때문에 한 줄로 걷기로 했다. 마에다 씨가 앞, 내가 뒤다.

육촌 남매라는 걸 안 건 2학년 가을, 구라타 선배가 세상을 떠나고 꼭 일 년째 되던 때였어요. 여름에 기미코와 이곳에 올라 구라타 선배의 죽음을 받아들이고, 고이치 선배와의 관계도 용서받아 무척 행복했을 때였죠.

하지만 그게 이별을 향한 첫걸음이었어요. 일본은 사촌끼리도 결혼할 수 있을 정도이니 육촌이라서 문제가 생겼던 건 아니에요.

계기는 장례식이었어요.

저희 집은 한부모 가정이었던 데다 어머니가 친척들하고도 인연을 끊고 살았던 터라, 외할머니가 살아 계셨다는 사실도 외할머니가 돌아가셨을 때야 비로소 알았고, 얼굴도 장례식 때 처음 봤어요.

당시에는 초등학교 1학년이라 멀리 떨어져 살아서 못 만난 거라고 혼자 이해하고 넘어갔지만, 중학생이 되어서는 뭔가 이유가 있다는 생각이 들기 시작했어요.

"어머니는 할머니하고 사이가 어땠어?"

어머니가 제게 반항적이라느니, 부모 말은 잠자코 들어야 한다느니 해서 그 말에 반발하듯 딱 한 번 물어본 적이 있어요. 그랬더니 입을 꾹 다물어버리시더군요. 아버지에 대해 물어봤을 때하고 똑같았어요.

말하기 싫은 건 침묵 작전으로 나가려 하죠.

그런 식이라 친척들하고도 정말 한 번도 만난 적이 없는데, 대학 2학년 때 기숙사로 어머니가 전화를 걸어 장례식에 가서 부의금을 내고 오라고 하시더군요. 어머니의 외숙모인데, 한때 신세를 진 적이 있다고요. 그럼 직접 가면 되지 않느냐고 했더니 일을 빠질 수 없다면서 얼버무리시더군요. 요컨대 부의금은 내고 싶지만 장례식에는 가기 싫다는 거였죠. 그걸 알고 여행 겸 다녀오기로 했어요.

고향 집하고 그리 멀지도 않은데 T시에는 한 번도 가본 적이 없었거든요.

고이치 선배한테 그렇게 말했더니 선배도 가족 장례식이 있다고 하는 거예요. T시에서.

설마 싶어 이름을 물어봤더니 같은 사람이어서 깜짝 놀랐어요. 이런 경우도 있구나. 고이치 선배의 할머님이라고 하더군요.

처음엔 무슨 관계인지 따지느라 머리가 복잡했지만, 부모님이 외사촌이고, 저와 고이치 선배는 육촌 사이가 된다는 걸 알았어요.

꽃 사슬

그렇다는 건 백혈구 형태가 맞아떨어질 확률도 남들보다는 높다는 뜻이죠. 우연히 만났는데 설마 피가 이어져 있다니, 이번엔 서로 그쪽에 운명을 느꼈어요.

참 시시하죠.

서로 부모님이 걸어온 길 주변을 맴돌다 보니 어쩌다 만난 것뿐인데.

장례식에 갔더니 당연한 일이지만 고이치 선배의 부모님도 계셨고, 고이치 선배가 소개해주어 인사도 했는데 굉장히 긴장했어요. 구라타 선배가 유명한 건축가라고 했으니까요. 하지만 제가 긴장한 것 이상으로 상대는 서먹서먹한 태도였어요. 왠지 절 어떻게 대해야 할지 몰라 당혹스러워하는 것처럼 보였죠.

그때는 어머니가 절 대리로 보낸다는 소식을 전하지 않아서 그런 줄 알았어요. 고이치 선배는 편히 있다가 가라고 했지만 저는 장례식에만 가고 그날 바로 고향으로 돌아갔어요.

대신 낸 부의금을 어머니에게 받아야 하기도 했고, 취직 문제로 의논도 하고 싶었거든요. 사실 도쿄에서 취직하려 했어요. 고이치 선배도 그러라고 했고.

집에 돌아가니 현관에 용담이 꽂혀 있더군요. 가을이 되면 어머니는 용담을 장식하곤 했어요.

장례식 얘기도 해드릴 겸 저는 어머니에게 "어머니는 굉장한 사람의 사촌이었네요" 하고 말했어요. 그랬더니 "그만해!" 하고 소리를 지르시더군요. 옛날부터 자주 혼나긴 했지만 그렇게 내치듯 차가운 목소리를 들은 건 처음이었어요.

저도 어리석었어요. 장례식에 가지 않는다는 건, 뭔가 이유가 있어서 그런 걸 텐데. 화제를 바꿔야 한다고 생각했어요. 노골적으로 그러는 게 아니라 자연스럽게.

"내일은 강의도 아르바이트도 없으니 느긋하게 지낼 수 있어요. 아버지 성묘나 하고 갈까? 이제 곧 기일이니 어머니도 같이……."

그 이상 말을 이을 수 없었어요. 어머니가 아랫입술을 악물고, 눈물을 겨우겨우 삼키고 있었어요.

왜 그러느냐고 물어도 말없이 고개를 가로저을 뿐. 하지만 한 번 더 왜 그러느냐고, 이번에는 어깨에 손을 얹고 위로하듯 물었더니 힘없는 목소리로 맥없이 중얼거리시더군요.

"네 아버지는 그 사람이 죽인 거야."

"……아."

걸음을 멈추었다. 지금 막 성묘라는 단어를 입 밖에 낸 참이었다. 마에다 씨도 걸음을 멈추었다.

'○○, 이곳에 잠들다'라고 새긴 작은 석비가 길옆에 서 있었다. 전에 왔을 때는 없었는데. 묘비 뒷면을 보니 이 년 전 1월 날짜가 적혀 있었다.

"이렇게 탁 트인 곳인데."

사슬 구간은 아직 더 가야 한다. 이런 곳에서 조난을 당한 사람이 있다니 믿기지 않았다.

꽃 사슬

"겨울은 또 다르니까."

마에다 씨가 조용히 말했다. 그러고 보니 버스 안에서 마에다 씨가 보고 있던 등산 수첩의 미나미야쓰가타케 페이지에도 1월 날짜가 적혀 있었다. 산악 동아리는 겨울에는 남녀가 따로 움직여, 남자는 설산에 올랐지만 여자는 눈이 쌓인 산에는 가지 않았다.

나는 설산이 얼마나 무서운지 모른다. 그래서 이제부터 할 말이 마에다 씨의 기분을 상하게 할지도 모르지만, 역시 말해야겠다.

기미코와 함께 무덤을 세우려고 구라타 선배가 세상을 떠난 이듬해 여름, 둘이서 이곳을 찾았어요. 이 정도로 훌륭한 건 아니지만 구라타 선배의 이름과 메시지를 새긴 동판을 만들어서 산에 올랐죠.

산에서 죽은 건 아니었으니 어디에 세울지 딱히 정하지 않았어요. 성주풀이 한가득 보이는 이오다케 비탈에 세울까, 역시 야쓰가타케 최고봉인 아카다케 꼭대기에 세울까, 같이 의논하면서 산을 오르는데 문득 구라타 선배가 한 말이 떠올랐어요.

"산은 사람이 오르라고 있는 게 아니라 그저 산일 뿐인데, 사람이 세운 건축물이나 소유물로 취급하는 건 이상해. 우리는 산에게 허락을 받고 오르는 것뿐이야."

유독 산을 평가하길 좋아하는 선배 하나가 자기가 오른 산에 점수를 매겨 사람들 앞에서 발표하곤 했는데, 그걸 좋게 여기지 않은 구라타 선배가 그런 말을 했었죠.

하지만 과연 점수를 매기는 것만 두고 한 말일까? 그저 산일 뿐인 장소에, 개인의 무덤을 만들어도 되는 걸까? 산에 사는 동물이나 곤충이 죽었다고 무덤을 만들진 않는다. 꽃도 피었다가 질 뿐. 그런데 사람의 무덤을 만들다니, 이건 오만의 증거가 아닐까?

구라타 선배는 산에 무덤 만드는 걸 원하지 않을 거야. 오히려 한심하다고 슬퍼할지도 몰라.

기미코한테 그렇게 말했더니 "슬퍼하기는커녕 우릴 혼내겠지" 하고 말하더군요. 동판은 기미코가 소중히 간직하기로 했어요.

"좋은 판단 같은데?"

마에다 씨가 말했다. 나는 산에 묘비를 세우는 걸 부정하는 게 아니라, 구라타 선배는 그것을 바라지 않았을 거라는 말을 전하고 싶었는데 보아하니 이해해준 모양이다.

"나도 매번 산에 오를 때마다 무슨 일이 일어날지 모른다는 각오를 하지. 만약 그런 일이 생긴다면, 좋아하는 곳에서 죽을 수 있으니 기쁠지언정 무덤은 필요 없어."

"그런 경험이 있어요?"

"있어. 바로 이 구간. 조금 더 앞에서."

"죄송해요."

"뭐가?"

"이런 곳에서 조난당하는 사람이 있다는 사실을 믿을 수 없다고 해서요."

꽃 사슬

"큰일은 겪었지만 보다시피 쌩쌩해. 보기 전에는 말하지 않으려고 했는데, 당신 산행에 편승한 건 단순히 산에 오르고 싶어서 그랬던 게 아니야. 나도 성주풀을 보고 싶었거든."

설마 마에다 씨도 같은 목적을 가지고 있을 줄은 생각도 못했다. 아카다케에 가면 성주풀을 볼 수 있다는 확신이 점점 더 강해졌다. 정상에 위치한 산장에는 나와 기미코가 남겨놓은 흔적도 있어 마에다 씨에게 보여주고 싶기도 했다. 아직 남아 있다면 말이지만.

사슬 구간에서는 발밑에 집중하면서 고이치 선배도, 기미코도, 구라타 선배도, 아무것도 생각하지 않았다. 우습게도 제 몸을 걱정할 때면 남 생각은 어딘가에 내팽개치게 된다.

나는 타인의 목숨을 농락하고 있는 걸까?

고이치 선배는 백혈병과 싸우면서 백혈구 제공자를 기다리고 있다. 일치하는 가족은 없었으리라. 선배는 나와 백혈구 형태가 일치한다는 사실을 알고 있다. 하지만 내게 부탁하러 온 것은 기미코 자신의 판단이 아닐까?

오히려 고이치 선배가 내게는 병을 알리지 말라고 해서, 기미코가 선배 몰래 온 건지도 모른다. 자기 부모가 내 아버지에게 무슨 짓을 했는지 알려준 사람도 고이치 선배였으니까.

고이치 선배의 아버지가 내 아버지를 죽였다고 중얼거린 어머니는 화들짝 놀라 지금 한 말은 잊으라면서 그 후로는 조개처럼 입을 꽉 다물어버렸다. 아버지 일이 궁금해도 어머니의 안색을 살피며 항상 망설였지만 그때만큼은 물러설 수 없었다. 어머니 세대의 문제로 끝날 일이 아니었다. 나와 고이치 선배의 미래가 크게 얽혀 있으니까.

"말해주지 않을 생각이면 이상한 소리도 마요. 거기까지 말했으면 끝까지 말하란 말이에요. 난 이제 무슨 말을 들어도 받아들일 수 있는 나이라고요. 아버지에 대해서 똑바로 말해줘요. ……제발."

아무리 외쳐도, 울면서 애원해도, 어머니는 입을 꾹 다물고 테이블 위의 용담만 가만히 바라보고 계셨다.

"어머니는 모르겠지만 전 아버지가 안 계시다는 사실보다 아버지에 대해서 아무것도 모른다는 게 더 괴롭단 말이에요. 난 어떤 사람의 자식일까, 내 성격은 누굴 닮았을까. 함께 텔레비전을 보고 있어도 어머니하고 내 감상은 어딘가 다르죠. 난 아무리 드라마라 해도 어머니처럼 달콤한 동화 같은 생각은 못해요."

어머니는 젊어서 남편과 사별하고 필사적으로 일해 겨우겨우 살림을 꾸려나가면서도 사랑만 있으면 돈은 필요 없다는, 드라마 속에서나 성립하는 대사에 언제나 고개를 주억거리곤 했다.

"만약에 내가 어머니였다면 이렇게 살면서 집에 꽃을 장식하지는 않을 거예요."

내 목소리는 들리지 않는 게 아닐까 싶을 정도로 미동도 하지 않던 어머니가 천천히 나를 돌아보았다.

"옳은 일은 옳고, 그른 일은 그르지. 남에게 의지하지 않고 전부 스스로 해결하려 들어. 힘이 들기도 하겠지만 그게 사쓰키 네 장점이고, 아버지를 닮은 면이기도 해. 사쓰키가 그렇게 자라준 게 무척 기쁘기도 하단다. 하지만 아버지는 가난하다고 해서 꽃을 장식할 줄 모르는 사람이 아니었어. 일을 마치고 돌아올 때, 아름다운 꽃을 팔더라는 이유로 이것과 똑같은 꽃을 사온 사람이 바로 네 아버지였어."

테이블 위의 용담을 보았다. 화려하진 않지만 파란색은 마음을 차분하게 보듬어준다. 혼자 생각에 잠긴 것처럼 보였던 어머니는 사실 아버지를 그리며 어떻게 해야 할지 묻고 있었던 게 아닐까?

나는 지금까지 줄곧 어머니와 단둘이 살아왔다고 생각했지만, 어머니는 꽃을 장식한 집 안에서 언제나 아버지의 모습을 보고 있었던 게 아닐까?

그런 건 비겁하다고 외칠 뻔했지만 그 소중한 사람의 목숨을 앗아간 사람에 대해서는 무서워서 그 이상 물어볼 수 없었다.

말해주지 않는 어머니를 탓할 수는 없었다. 나도 고이치 선배에 대해 어머니에게 털어놓을 수 없었으니까.

이마에 빗방울이 떨어졌다.

우리가 사슴 구간을 빠져나오길 기다렸다는 듯 널찍이 펼쳐진 비구름은 첫번째 물방울을 떨어뜨리자마자 급격히 색을 바꾸어 세찬 비를 뿌리기 시작했다.

우비를 입고 한 번 더 하늘을 올려다보았다.

"저, 산꼭대기에서 비를 맞기는 처음이에요."

"그거 운이 좋았네. 난 항상 맞는데. 비를 부르는 체질인가?"

"그런 뜻으로 한 말이 아니에요. 그냥 이 기세라면 금방 그치지 않을까봐 걱정이 되어서."

황급히 부정했지만 마에다 씨는 전혀 개의치 않는 기색으로 담배를 한 대 꺼내 불을 붙였다. 빗속에서도 피우고 싶을 정도로 맛있나?

마에다 씨가 담배를 피우는 사이, 나는 아버지의 죽음에 대해 어디까지 이야기해야 할지 고민했다. 진실을 가르쳐준 건 고이치 선배였다.

그때는 이 세상에 종말이 찾아온 것처럼 무겁게 나를 짓눌렀던 말도, 지금 머릿속에서 되새겨보니 어렴풋한 외벽일 뿐이었던 것 같다.

중심에 무엇이 있었는지 아는 사람은 역시 당사자들뿐이다.

"제가 할 수 있는 이야기는 이게 마지막이에요. 이런 빗속에 죄송하지만, 담배 피우시면서 들어도 되니까 들어주세요."

우비 모자에서 이마로 굴러떨어지는 빗방울을 훔쳤다. 소나기였는지 빗줄기는 벌써 약해지고 있었다.

아무것도 모르는 고이치 선배는 장례식이 끝나고 부모님께 저와 사귄다는 사실을 고백했어요. 결혼을 염두에 두고 있다는 말도 했다더군요. 그랬더니 부모님께서, 특히 어머님이 깜짝 놀라며 반대했다고 해요.

고이치 선배가 이유를 물었더니 처음에는 망설였다는데, 덜컥 결혼이라도 하기 전에 제대로 말해두는 게 낫겠다고 생각했는지도 모르죠. 부모님이 어떤 식으로 말했는지는 모르겠지만 고이치 선배는 제게 이렇게 말했어요.

"우리 아버지는 옛날에 일 관계로 네 아버님의 공적을 결과적으로 가로챈 꼴이 되고 말았어. 그 직후 네 아버님은 사고로 돌아가셨고. 하지만 네 어머님은 우리 아버지 때문에 돌아가신 거라고 믿고 있어."

그걸 알고 나서도 고이치 선배는 저를 사랑하는 마음에는 변함이 없다, 어머니보다 자기를 택해달라고 했지만, 저는 그걸 받아들일 수 없었어요. 어머니를 저버릴 수는 없으니까요. 부모님이 고생하는 모습을 보지 않고 자랐다면 사랑을 향해 앞뒤 안 보고 달려갈 수 있었을지도 모르죠.

고이치 선배에게는 비밀로 선배 아버님에 대해 조사했어요. 제 아버지와 고이치 선배의 아버님이 같은 대학, 같은 학부를 졸업했다는 걸 알았죠. 선배 아버님이 일류 건축가로 명성을 높인 계기가 된 건축물이 우리 집과 가까운 곳에 있다는 걸 알았어요.

저는 그게 저희 아버지가 설계한 건물이 아닐까 의심했어요. 어머니가 절대 그곳에 가려 하지 않았으니까요.

고이치 선배의 부모님이 자기들한테 유리한 방향으로 이야기를 바꾸어 선배에게 전했구나. 한 번 그렇게 믿으니 그것 말고는 옳다고 생각되는 답이 나오지 않았어요. 고이치 선배에게 아버지를 죽인 사람의 자식은 꼴도 보기 싫다고 심한 소리를 하고 산악 동아리도 그만두었죠. 전 선배 곁을 떠났어요.

그렇다고 그 후 바로 고이치 선배와 기미코가 사귀기 시작했던 건 아니에요. 두 사람은 졸업 후, 구라타 선배의 기일 때 다시 만나 몇 년 사귀다가 결혼했어요.

제가 기증자가 되어 고이치 선배를 살린다는 건, 아버지를 죽음으로 몰아넣은 사람의 아들을 살린다는 뜻이에요.

어머니가 그 사실을 알게 된다면, 제게 배신당했다고 슬퍼하시겠죠. 지금까지 둘이서 힘겹게 살아왔는데.

"말은 그렇게 하지만 당신은 이미 답을 내렸겠지."

마에다 씨가 우비 모자를 벗으며 말했다. 비는 이미 얼굴에 한두 방울 떨어지는 정도였다.

"마에다 씨는 어떻게 하는 게 좋다고 생각해요?"

"생각하는 바는 있지만 그건 당신이 성주풀을 보고 결단을 내린 다음에 말해줄게. 삼십 분만 더 가면 도착해."

"그러네요."

나도 모자를 벗고 앞쪽, 아카다케 정상을 올려다보았다. 하지만 시야는 안개에 뒤덮여 맞은편에 서 있는 마에다 씨밖에 보이지 않았다. 몇 미터 간격으로 바위에 페인트칠한 표식에 의존해 정상을 찾아가야 하는데 과연 괜찮을까? 제대로 코스를 따라갈 자신이 없어 어쨌든 마에다 씨를 놓치지 않고 쫓아가기로 했다.

마에다 씨는 조난당할 뻔했던 경험이 있다고 했다. 그런 사람 눈에 한 생명을 구할 수 있는데도 망설이는 나는 어떻게 비칠까? 그보다 여기까지 털어놓았는데도 저 사람은 아직도 나를 '당신'이라고만 부른다.

역에서 나와 기미코 사이를 말리는 바람에 어쩌다 함께 온 것뿐일지도 모르지만, 한 걸음 더 다가와주면 어때서.

"마에다 씨."

뒷모습에 대고 물었다.

"제 이름, 알고 계세요?"

마에다 씨는 발밑의 돌이 무너지지 않는지 하나씩 확인해가면서 내딛던 걸음을 멈추고 뒤를 돌아보았다.

"수채화 교실 다카노 선생님, 매향당의 간판스타, 삿짱. 풀네임은 다카노…… 사치코? 뭐, 당신도 내 이름 잘 모르잖아. 답은 정상에 도착한 다음에 맞춰보자고."

그렇게 말하더니 마에다 씨는 앞으로 고개를 돌려버렸다. 구름 속을 걸어가며 물을 말은 아니었던 모양이다. 마에다 씨의 부스스한 머리를 놓치지 않으려고 뒤를 바싹 따라갔다.

이제 곧 아카다케 정상이다. 성주풀을, 구라타 선배를 만날 수 있다.

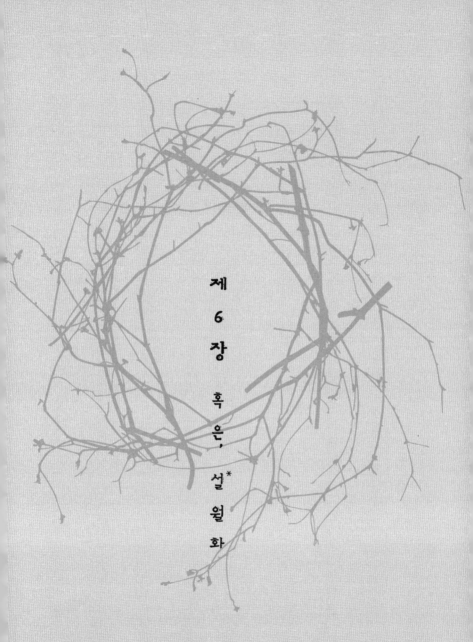

제 6 장 혹은, 설*월화

* 백거이의 시 〈기은협률〉에 나오는 雪月花時最憶君(눈 내릴 제, 달이 뜰 제, 꽃이 필 제, 이토록 그대
  생각 간절하네)이라는 구절에서 유래한 것으로 일본에서는 전통적인 미를 나타내는 단어로 여김

❅ 눈의 결의

밤하늘은 이토록 무겁고, 달은 이토록 여린 존재였던가요? 앞을 비추는 것은 흐릿한 빛줄기뿐, 자전거 페달을 아무리 밟아도 가고 싶은 장소에 도달하지 못하고, 제자리에서 발버둥치기만…….

저는 그저 가즈야 씨를 만나고 싶을 뿐인데.

기요시 군의 도움으로 병원에 도착했을 때, 가즈야 씨는 이미 먼 곳으로 가버렸습니다. 상처 입고, 싸늘하게 식은 몸에 매달려 아무리 이름을 불러도 대답은 없고, 손을 되잡아주지도 않습니다. 그저 빈껍데기가 그곳에 있을 뿐. 그래도 함께 있고 싶었는데, 경찰의 요청으로 요스케 오빠가 증언한 가즈야 씨의 마지막 순간을 들었습니다.

미술관 건설 예정지인 소나기 계곡을 찾아간 것은 가즈야 씨와 요스케 오빠, 기요시 군 세 사람. 도면과 비교해가며 측량을 마친 뒤, 가즈야 씨가 건물 전체를 굽어볼 수 있는 곳에 가고 싶으니 미카사 산에 오르자는 말을 꺼냈다고 합니다.

요스케 오빠는 산에 올라갈 장비도 하나 없고, 구름도 잔뜩 껴서 중간에 비라도 오면 위험하니 나중에 다시 오자고 반대했지만 정상까지 올라갈 필요도 없고, 초등학생들도 소풍 때 오르는 산에 무슨 장비가 필요하느냐며 가즈야 씨는 물러서지 않았습니다.

"산 타는 법도 다 잊어버렸어?"

가즈야 씨는 그런 식으로 요스케 오빠를 조롱하는 말까지 했고, 학창 시절에 가즈야 씨와 같은 산악 동아리였던 요스케 오빠는 정 그렇게 말한다면 좋다며 함께 오르자고 했습니다.

하지만 산에 들어간 지 십 분도 채 되지 않아 비가 내리기 시작했습니다. 요스케 오빠는 돌아가자고 했지만 가즈야 씨는 십 분만 더 가면 강가에 툭 튀어나온 바위에 도착하니 거기까지만 가자고 고집을 부렸고, 세 사람은 바위로 향했습니다.

바위에 도착했을 때는 안개까지 끼기 시작해 시야가 별로 좋지 않았지만, 가즈야 씨는 사진을 찍어야 한다, 플래시를 터뜨리면 괜찮을 거다, 하며 길에서 벗어나 툭 튀어나온 바위로 향했다고 합니다.

"여긴 소나기 계곡이니까 비 오는 날의 상황을 파악해서 도면을 새로 확인하는 게 좋겠어."

그렇게 말하며 카메라를 꺼내 바위 위에서 몸을 내민 순간, 발이 미끄러져 굴러떨어졌고 그대로 불어난 강물에 휩쓸렸습니다. 타박상 흔적도 있었지만 사인은 익사였습니다.

저는 귀에 들리는 말 그대로, 그 광경을 머릿속에 떠올려보려 했지만 도저히 불가능했습니다. 가즈야 씨가 그런 식으로 말할 리 없어, 그런 억지를 부릴 리 없어, 게다가 혼자라면 몰라도 다른 사람들까지 끌어들이다니. 모든 언동이 가즈야 씨와 어긋나 있었습니다.

요스케 오빠가 거짓말을 하는 건 아닐까?

저는 경찰에 요스케 오빠의 증언에 의심 가는 부분은 없는지 물었습니다. 하지만 경찰은 바로 부정했습니다. 증인이 있었기 때문입니다. 미카사 산에는 가즈야 씨와 요스케 오빠 둘만 갔던 게 아니라, 기요시 군까지 셋이서 올랐으니까요.

기요시 군도 요스케 오빠하고 똑같은 증언을 했다고 합니다.

가즈야 씨하고 저하고 기요시 군 셋이서 소나기 계곡에 갔을 때 기요시 군은 가즈야 씨를 진심으로 존경하는 것처럼 보였어요. 기요시 군이 요스케 오빠를 감싸려고 거짓말을 할 것 같지는 않았습니다.

그리고 요스케 오빠의 증언에 의심 가는 점이 있든 없든, 가즈야 씨가 죽었다는 사실에는 변함이 없습니다.

도면 때문에 요스케 오빠를 탓했을 때, 요스케 오빠는 가즈야 씨의 도면은 비가 많이 내리는 곳에 세운다는 사실을 고려하지 않았다고 했어요. 그 때문에 가즈야 씨는 비 오는 날의 상황을 봐두려고 억지를 부렸던 건지도 모릅니다.

경찰 앞에서는 그렇게 이해하는 시늉을 했지만 요스케 오빠 입으로 똑같은 말을 직접 들으니 가슴이 꽉 막혔어요.

요스케 오빠는 가즈야 씨의 장례식에서도 조문객들에게 계속 말했습니다.

꽃 사슬

"그래서 내가 몇 번이나 말렸는데."

그 말을 유난히 큰 목소리로, 몇 번이나 반복했는지 모릅니다.

누구 하나, 저조차도 요스케 오빠를 탓하지 않았는데. 경찰에서는 사고사로 판단했지만 요스케 오빠가 자꾸 '나는 말렸다'라고 하니 조문객 중에서 가즈야 씨는 사실 자살한 게 아닐까, 하고 수군거리는 사람도 있었습니다.

가즈야 씨가 그려서 응모한 도면을 요스케 오빠가 일단 가져와 사무소 명의로 다시 응모했다는 사실이, 기타가미 건축사무소 사람인지 시청 공무원인지는 모르지만 사람들 입을 타고 외부로 새어나갔다고 합니다.

그래서 요스케 오빠도 억하심정을 가졌는지 모릅니다. 멀리서 찾아온 가즈야 씨의 친척들이 일찌감치 자리에서 일어나자 더는 거리낄 게 없었는지, 술이 들어가서 그랬는지, 마을 사람들이 집회소에 준비해준 식사 자리에서 요스케 오빠의 폭언은 더욱 심해졌습니다.

"내 잘못이 아니야. 그 자식이 나댄 게 잘못이지. 죽은 건 다 그 자식 잘못이야."

더는 봐줄 수 없었어요. 가즈야 씨를 애도하는 자리에서 가즈야 씨를 모욕하다니.

"그만 좀 해요! 가즈야 씨는 당신한테 도면을 빼앗기고도 미술관을 세울 수 있도록 필사적으로 도왔잖아요!"

그렇게 외친 순간, 머릿속이 새하얘지면서 도저히 제 것 같지 않은 증오에 가득 찬 목소리가, 말이, 몸속에서 흘러넘쳤어요. 무슨 말을 했는지는 기억이 잘 안 납니다. '살인자'라는 말은 했던 것 같아요.

제 상태는 기억나지 않는데, 주위 반응은 영화처럼 머릿속에 남아 있으니 이상한 일이지요.

"이제 그만해!" 하고 제게 매달리는 나쓰미 씨.

명예훼손으로 고소하겠다고 제게 화를 내는 외삼촌.

벌벌 떨면서 우리를 지켜보는 외숙모.

그리고.

나쓰미 씨한테 붙잡혀 꼼짝 못하는 제 팔을 붙들고, 울면서 "사과해라!" 하고 외치던 어머니.

아버지는 건강을 이유로 사위의 장례식에도 오지 않으셨습니다. 차라리 정신을 잃거나 미쳤더라면 편했을 텐데, 혐오감이 온몸에 가득 차 구역질만 치밀어 올랐어요. 이 세상에 내 편은 없어. 가족이라고 생각했던 사람들이 온몸으로 가르쳐준 사실이었습니다.

유일하게 저를 다독여준 사람은 모리야마 아주머니, 기요시 군의 어머니였습니다.

"죄송하지만 집회소 사용 시간이 밤 9시까지니 그만 정리해도 되겠습니까?"

그렇게 말씀하시며 반쯤 억지로 사람들을 쫓아내고 마지막에 혼

꽃 사슬

자 남은 제게 따뜻한 차를 내주셨습니다.

"가즈야 씨는 훌륭한 분이었어요."

그 한마디에 매달려 저는 그 후 사흘을 겨우 살아갈 수 있었습니다.

그래도 가야 할 곳에는 좀처럼 다가갈 수 없었어요. 자전거로 갈 때보다 두 배쯤 더 걸릴 줄 알았는데, 그보다 더 걸렸습니다. 하지만 서두를 필요도 없었죠. 제게는 더 하고 싶은 일도, 해야 할 일도, 아무것도 없었으니까요.

여한도 없었습니다.

집 안도 깨끗하게 정리했고, 인사해야 할 사람도 딱히 없습니다. 조문 전보를 보내준 가요에게 답례 편지를 쓴 게 다였습니다. 편지를 쓰면서 문득 사고 전날, 가즈야 씨가 밤늦게 뭔가 글을 썼다는 것이 기억났습니다.

혹시 유서는 아닐까?

생각하지 않으려 했지만 유서라는 단어가 떠오른 순간, 조문객들이 수군대던 '자살'이라는 말이 귓가에 되살아나 머릿속에서 지워버릴 수 없었습니다.

자살이 맞다면 역시 요스케 오빠가 도면 명의를 가로챈 것이 원인이겠죠. 제가 나쓰미 씨에게 쓸데없는 소리만 하지 않았더라도 그런 일은 없었을 거예요. 아니, 가즈야 씨는 직접 설계한 미술관이 완성되는 것을 긍정적으로 생각했어요. 아니면 옛날에 그린 도면에 커피 얼룩이 묻은 것을 발견하고 제가 한 짓을 알아차렸던 걸까요? 그리고 저까지 요스케 오빠 편이라고, 가즈야 씨를 배신했다고 믿고……

생각할수록 가즈야 씨가 죽은 이유는 저 때문인 것만 같았습니다.

유서가 있다면 거기에는 뭐가 적혀 있을까. 알기 두려웠지만 어떤 진실이라도 받아들여야만 한다고 자신을 타이르며 가즈야 씨의 책상 서랍을 떨리는 손으로 열었습니다. 하지만 유서 같은 것은 찾을 수 없었습니다.

맨 위에 있던 것은 공책에서 뜯어낸 종이 한 장이었습니다. 그날 밤에 쓴 것인지, 훨씬 전에 쓴 것인지는 모르겠습니다. 다만 그 종이를 보고 정말 저는 가즈야 씨에게 아무것도 해주지 못했다는 것을 깨달았습니다.

저와 결혼하지 않았다면, 가즈야 씨에게는 보다 더 행복한 삶이 기다리고 있었을 텐데. 나 같은 사람은 이 세상에 존재하지 말았어야 했어.

그렇게 생각하면서도 가즈야 씨 곁에 가고 싶었습니다. 그곳에 가면 가즈야 씨가 따스하게 맞아줄 것만 같습니다.

겨우 소나기 계곡에 도착했습니다.

자전거에 자물쇠는 채우지 않으려 합니다. 아직 그리 오래 타지 않았으니 소중하게 사용해줄 사람에게 넘기고도 싶었지만 그러면 제가 여기까지 올 방법이 없었어요. 택시를 탈까 생각도 했지만 이런 밤중에 초췌한 여자가 혼자서 소나기 계곡에 가달라고 하면 의심만 사겠죠. 차라리 자전거를 타고 가즈야 씨 곁에 갈 수 있다면 좋겠지만, 여기서부터는 역시 어려울 것 같아요.

꽃 사슬

자전거 바구니에서 가방을 빼고 회중전등을 꺼냈습니다. 저를 위해 달이 앞길을 비춰줄 것 같지는 않아서 잊지 않고 챙겨왔어요. 가즈야 씨와 둘이서 손을 잡고 걸었던 길을 혼자서 걸었습니다.

무섭지 않아. 무섭지 않아. 무서우면 노래를 부르면 돼.

가즈야 씨와 함께 노래했던 달 노래를 소리 높여 불렀습니다.

깅가로 내려가 사자바위 앞에 보사기를 깔고 앉았습니다. 따뜻한 커피가 든 보온병을 꺼내 뚜껑에 따르고, 긴쓰바 두 개를 곱게 감싸고 있는 종이를 펼쳤습니다.

"가즈야 씨, 커피를 준비했어요."

아무리 불러보아도 대답은 없습니다. 여기에 오면 가즈야 씨가 마중 와주지 않을까 희미한 기대를 했지만 아무런 기척도 느낄 수 없습니다. 달마저 숨어버렸습니다.

제 몫의 긴쓰바를 먹고, 커피를 마시고, 가즈야 씨 몫은 강에 흘려보냈습니다.

그럼, 지금 그쪽으로 갈게요.

누가 저를 부르네요. 하지만 가즈야 씨는 아닙니다. '미유키'가 아니라 '다카노 씨' '부인'이라고 부르는 여자와 남자들의 목소리.

눈을 떠보니…… 하얀 바탕에 누런 얼룩이 가득한 천장, 여기는 어디일까요?

"정신이 들었나 봐요. 기요시, 선생님 좀 모셔오거라."

제 이름을 부르던 여자가 말했습니다. 고개를 조금 돌려보니 호

261

릿한 시야 속에 모리야마 아주머니의 얼굴이 보였습니다.

"다행이야, 정말 다행이야."

코를 훌쩍이며 목에 건 수건으로 눈가를 훔치고 계시네요. 아무래도 여기는 병원인가 봅니다. 하지만.

"아주머니가 어떻게 여기에?"

모리야마 아주머니는 가방에서 휴지를 꺼내 코를 풀고 단어를 골라가려 천천히, 지금까지의 경위를 설명해주었습니다.

어젯밤, 사무소에서 집으로 돌아온 기요시 군이 평소대로 식사와 목욕을 하고 방에서 쉬고 있다가 갑자기 외출복으로 갈아입고 튀어나와서는 잠깐 저희 집에 다녀오겠다는 말을 했다는 거예요. 모리야마 아주머니는 오늘은 그만 늦었으니 내일 찾아뵈라고 말렸지만 기요시 군은 오늘 꼭 가야 한다며 달려 나갔답니다. 그런데 십 분도 채 지나지 않아 돌아왔던 거예요.

"사모님이 안 계세요. 집에 불도 켜져 있지 않고, 자전거도 없어요!"

집회소에서 있었던 소동을 알고 있는 모리야마 아주머니는 제가 이웃집에 갔을 것 같지는 않아 어쨌든 찾아보자며 집 주변부터 아카시아 상점가, 역 주변까지 기요시 군과 분담해서 사방을 찾아다니다가 상점가 모임에서 돌아오던 매향당 주인을 만나 저녁 무렵에 제가 긴쓰바를 사러 왔다는 이야기를 들었던 거예요.

"다카노 부인이 지금까지 친절하게 대해주셔서 고맙다고 하던데, 고향에 돌아가는 건가?"

주인의 말을 듣고 모리야마 아주머니와 기요시 군은 동시에 흑

꽃 사슬

시나 하는 생각이 들었다고 해요. 그리고 소나기 계곡에 갔을지 모른다는 생각을 한 기요시 군이 이웃에게 차를 빌려 달려와 보니 제 자전거가 있었던 거지요.

"밤에 그런 곳에 가면 위험하잖아요."

"죄송합니다."

"그나저나 자전거로 용케 그렇게 멀리까지 갔네요. 상점가 가는 것도 벅차면서."

"……정말, 큰 폐를 끼쳤습니다."

강에 들어간 기억은 있습니다. 지금 입고 있는 옷은 유카타^{목욕을 한 뒤 또는 여름철에 입는 무명 홑옷}. 분명 제가 입고 있던 옷이 흠뻑 젖어서 갈아입혀주신 거겠지요. 하지만 모리야마 아주머니는 제가 하려고 했던 짓에 대해서는 아무 말씀도 없어요. 그게 고맙기도 하고, 한편으로는 죄송한 마음도 듭니다.

생명을 하찮게 여기다니 대체 무슨 짓이냐고 꾸지람을 듣는 편이…… 아니, 그렇게 되면 왜 쓸데없는 짓을 했느냐며 되레 모리야마 아주머니를 원망할 것만 같습니다.

어째서 가즈야 씨 곁으로 가도록 내버려두지 않았느냐고요.

그것까지 내다보고 의미도 없이 멋대로 멀리 뛰쳐나간 아이처럼 대해주는 걸까요?

"하지만 엉뚱한 짓은 하면 안 돼요. 홀몸이 아니니까."

모리야마 아주머니는 조금 호된 목소리로 말씀하셨습니다. 무슨 말일까요? 저보다 더 외톨이인 사람은 이 세상에 없는데.

"안심해요. 아기는 무사하대요."

"누구 애길, 하시는 거죠?"

"당연히 부인 얘기죠. 혹시 몰랐어요?"

아기. 머릿속에서 몇 번이나 되뇌었습니다.

"제가 정말로 임신했나요?"

"선생님께서 확실하게 말씀하셨어요. 어머니와 아기 둘 다 무사하다고요. 그러고 보니 기요시 이 녀석은 뭘 하고 있담. 뭐 하는지 잠깐 보고 와야겠네. 괜찮겠어요?"

눈을 뗀 사이 제가 또 이상한 생각을 하지 않을까 걱정하시는 거겠지요. 하지만 지금 제게는 그런 걸 생각할 여유가 없어요. 말없이 고개를 끄덕이자 모리야마 아주머니는 금방 돌아오겠다고 다짐을 하며 방에서 나갔습니다.

제 배 속에 아기가 있어요. 가즈야 씨와 저의 아이. 지난 며칠, 속이 메슥거렸던 건 그 때문이었을까요? 결혼 초에는 조금 피곤하거나 속이 안 좋으면 혹시 입덧이 아닐까 싶어 설레는 마음으로 가즈야 씨에게 알리곤 했는데, 자꾸 기대가 어긋나는 사이 입덧이라는 단어조차 잊고 말았어요.

그랬는데 가즈야 씨의 뒤를 따라가려는 순간에 알게 되다니. 가즈야 씨가 죽은 뒤에 임신했다는 걸 알다니. 오랜 시간 둘이서 바랐던 꿈이 드디어 이루어졌는데, 함께 기뻐할 수 없다니. 임신했다는 사실을 조금만 더 빨리 깨닫고 가즈야 씨에게 알릴 수 있었다면 얼마나 기뻐했을까요?

꽃 사슬

아니, 가즈야 씨는 눈치챘던 건지도 모릅니다.

책상 서랍에 들어 있던 종이는 역시 가즈야和弥 씨가 죽기 전날 밤에 쓴 거예요. 그건 아무렇게나 이름을 갈겨 쓴 메모였습니다.

마사카즈正和, 요시카즈良和, 히로카즈宏和. 사내아이가 태어나면 자기 이름에서 한 글자를 붙여주려고 했겠지요. 하지만 여자아이 이름 후보에는 제 이름 '미유키美雪'의 글자가 들어 있지 않았어요.

사쓰키, 나쓰키, 하즈키. 공통된 글자는 '쓰키月'라는 글자였습니다. 잠깐 가사이 미치오의 〈미명의 달〉에서 따왔나 하는 생각도 했지만 종이 뒷면에 동그라미를 쳐놓은 단어를 보고 그 이유를 이해했습니다.

설월화. 부모와 아이 이름이 이렇게 아름다운 사슬로 이어진다면, 얼마나 멋진 일인가요?

사슬…… 가즈야 씨의 피를 이은 아이가 제 배 속에 있습니다.

문이 열리더니 모리야마 아주머니와 기요시 군이 들어왔습니다.

"선생님도 간호사도 지금 손을 뗄 수 없는 상황이니 조금만 더 기다려요."

모리야마 아주머니가 말했습니다. 기요시 군은 제게 고개를 숙여 인사했지만 어떤 말을 해야 할지 망설이는 눈치였습니다.

"아주머니, 기요시 군, 구해줘서 고맙습니다. 이제 이런 어리석은 짓은 두 번 다시 생각도 하지 않을게요."

기요시 군이 목멘 소리로 울먹거렸습니다. 두 손으로 얼굴을 가리고 흘러넘치는 오열을 집어삼키려고 힘겹게 울고 있습니다.

"애가, 네가 울면 어쩌라는 거야."

그렇게 말하며, 모리야마 아주머니는 목에 건 수건으로 기요시 군의 손가락 사이로 떨어지는 눈물을 닦아주었습니다. 아주머니의 눈에서도 눈물이 흘러넘쳤습니다.

두 사람이 우는 모습을 보는 제 눈에도 눈물이 차올랐지만 오른손으로 주먹을 꼭 쥐고 손등으로 눈물을 힘차게 닦았습니다.

배 속의 아이를 무사히 낳아, 가즈야 씨의 아이로 훌륭하게 키울 때 가장 필요 없는 감정 아니, 가장 방해되는 감정이기 때문입니다.

눈물은 필요 없어, 굳세어지자. 굳세게, 굳세게, 굳세게……

〉 달의 결의

시야를 새하얗게 뒤덮은 안개 속, 거친 자갈을 밟으며 내가 걸어가고 있는 이곳은 어디일까? 목적한 장소에 도착할 수는 있는 걸까? 찾고 있던 답을 발견할 수 있을까?

그런 생각을 하면서도 몇 미터만 어긋나면 추락할 위험이 있는 구간을 걸을 수 있는 이유는 나보다 산을 잘 아는 믿음직한 사람이 앞에 있기 때문이리라. 만일 앞에 가는 사람이 기미코였다면 이렇진 않았을 것이다.

기미코와 이곳을 걸었던 당시에는 360도로 쭉 경치를 둘러볼 수 있는 맑은 하늘 아래였기 때문에 이런 생각은 하지도 않았다. 예전에 걸었던 등산로이기에 앞이 보이지 않아도 조금만 더 가면 산장에 도착한다는 걸 짐작할 수 있지만, 초행길이라면 무척 불안하지 않았을까.

그때 갑자기 마에다 씨가 걸음을 멈추었다. 운동화 끈이라도 풀린 걸까? 아니면 코스를 확인하려는 걸까? 하지만 마에다 씨는 내게 등을 돌리고 멈춰 선 자세 그대로 꼼짝도 하지 않았다.

"마에다 씨, 왜 그래요?"

진귀한 새나 동물이라도 봤나 싶어 목소리를 낮추어 물어보았지만 대답은 없었다.

"마에다 씨!"

조금 크게 외치자 마에다 씨가 흠칫 놀라 뒤를 돌아보았다.

"왜 그러는 거예요?"

다시 물어보았지만 역시 대답은 없다. 다만 내 질문을 제대로 듣긴 했는지 뭔가 말을 고르는 눈치였다. 내게 말을 할까 말까 고민하는 듯한.

"아마 이 근처일 거야."

마에다 씨가 조용히 말했다.

"네?"

성주풀을 말하는 걸까? 발밑으로 눈길을 떨어뜨렸지만 그 비슷한 풀도 보이지 않았다.

"전에 여기에 왔을 때, 아카다케 정상을 코앞에 두고 갑자기 눈보라가 쳐서 서둘러 산장으로 향했지만 눈에 빠져 발이 묶였지."

묘비 앞에서 말한 조난 이야기다. 확실히 안개가 눈앞을 덮은 것

267

만으로도 이토록 방향을 잡기 어려우니, 표지판도 눈에 뒤덮이고 눈보라가 휘몰아치는 상황에서는 길을 잘못 들 만하다.

"누구 동행은 있었나요?"

"아니, 혼자였어."

"그럼……."

"그렇게 비장한 표정을 지을 것까지야. 최악의 사태를 면했다는 건 지금 당신 눈앞에 있는 걸로 증명했잖아."

"그러네요."

생각해보면 뻔한 일인데 안도의 한숨을 쉬고 말았다. 아무것도 보이지 않는 상태, 게다가 차가운 눈에 파묻혀 꼼짝도 할 수 없다니 얼마나 끔찍한 일인가.

"어떻게 살아났죠?"

"뒤에서 오던 대학생 그룹이 산장에 도착해서 내가 없다는 걸 알아차렸어. 그 무렵엔 눈보라도 잦아들어서, 산장 사람들이 바로 구조하러 와준 덕에 지금 이렇게 이 자리에 있지."

"알아차린 사람이 있어서 다행이었네요."

"담배가 필요했다나 봐."

"담배요?"

"대학생 그룹하고는 이오다케 피난소에서 잠깐 같이 있었는데, 네 사람 중 하나가 산에서는 담배를 피우지 않으려 했는데 내가 피우는 걸 보고 너무 생각이 나서, 산장에 도착하면 한 대 빌려달라고 부탁할 작정이었대."

꽃 사슬

"그래서…… 금방 알아차렸던 거군요?"

그만 쓸데없는 소리를 할 뻔했다.

그래서 걸음을 멈출 때마다 담배를 피우는군요.

마에다 씨가 애연가라는 건 알고 있다. 하지만 마에다 씨에게 산에서 피우는 담배는 다른 의미가 있는 게 아닐까? 그래서 편히 쉴 수 있는 장소가 아닌 곳에서도 피웠던 것이다.

어제오늘 만난 남에게, 하물며 생명의 위험을 느껴본 적도 없는 태평한 사람에게 이런 소리를 듣고 싶진 않겠지.

마에다 씨가 우비 주머니에 손을 찔러넣었다.

"기다려요. 담배는 도착한 다음에 피워요. 눈에는 보이지 않지만 거의 다 왔을 거예요. 시간으로는 아마 십 분도 안 걸리겠죠. 단숨에 올라가요."

"그래."

마에다 씨가 손을 다시 뺐다.

"뭐하면 제가 노래라도 불러드릴까요? 모모에 노래나."

"왜?"

우리가 여기에 있다는 사실을 다른 등산객들에게 알리기 위해서, 마에다 씨의 담배 대신. 기껏 생각해줬더니, 알면서 일부러 묻는 걸까?

"아니, 왠지 그냥 즐거울 것 같아서요."

"이렇게 시야가 안 좋은 곳에서는 의지할 게 귀밖에 없는데, 노래를 부르면 낙석 소리도 못 들어."

깜빡했다. 동아리에서 선배들도 그런 주의 사항을 말해준 적이 있었는데 완전히 머릿속에서 쏙 빠져 있었다.

"그랬죠, 참. 죄송해요. 혼자 들떠서. 하지만 사양하시길 잘한 거예요. 사실 노래를 좋아하긴 하지만 썩 잘 부르진 못하거든요."

"그거 아쉽게 됐네. 낙석을 각오하고 한 곡쯤 들어둘걸 그랬군. 아니, 그보다 이런 곳에서 조난 이야기를 하는 게 아니었는데. 괜히 당신한테 마음만 쓰게 만들었네. 미안해. 하지만 재난을 피할 부적 삼아 담배를 피우는 건 아니야."

마에다 씨는 그렇게 말하더니 내게 등을 돌리고 한 걸음 내디뎠다.

내 생각을 훤히 꿰뚫어 보고 있는 것이다. 마에다 씨가 조난당할 뻔했던 장소에서 그때의 공포를 떠올리고 걸음을 멈춘 줄 알았지만, 그게 아닐지도 모른다. 목적한 장소까지 앞으로 몇 분 더. 결단을 내리기까지 앞으로…….

내 등을 밀어주기 위해서였나.

한 걸음 내디딜 때마다 안개가 조금씩 걷히고 있었다.

똑같은 거리를 걸어도 목적지가 보이는 것과 보이지 않는 것은 피로를 느끼는 정도가 완전히 다르다. 목적지가 보이지 않는 경우에는 장기전이 될 가능성에 대비해 체력을 남겨둬야 한다는 생각 때문에 몸이 힘을 아끼는지도 모른다. 몇 분이면 도착한다는 사실을 아는 경우에도 힘이 나지 않는 이유는, 역시 머릿속으로 만일의 가능성을 대비하기 때문이리라.

꽃 사슴

한계라고 할 만큼은 아니지만 무척 숨이 가빴다. 하지만 안개 속에 아스라이 산장의 그늘이 보인 순간, 남은 수십 미터를 단숨에 뛰어오를 수 있겠다 싶을 정도로 몸속에서 힘이 솟아났다.

무심코 콧노래를 흥얼거리고 말았다.

마에다 씨가 걸음을 멈추고 뒤를 돌아보았다. 이미 산장은 눈앞에 있으니 무슨 소리를 들을 일은 없겠지. 콧노래가 너무 서툴러 어이가 없는 걸까?

"미스 아카시아 콘테스트에 노래 심사가 없어서 다행이라는 말씀은 하지 마세요."

"응?"

선제공격을 할 작정이었는데 그럴 필요는 없었던 모양이다.

"죄송해요. 왜요?"

"먼저 정상에 갈지, 산장에 들어갈지. 어느 쪽이 좋은지 물어보려고."

"그런 거였어요? 그럼 성주풀이 먼저죠."

"그럼 이쪽."

마에다 씨는 정상이 아니라 산장으로 향했다. 역시 산장 뒤쪽에서 온실재배라도 하는 걸까? 하지만 마에다 씨는 산장 안으로 들어갔다.

"안에 있어요?"

어깨너머로 물어도 돌아보지도 않는다. 땅바닥에 배낭을 내려놓고 접수대로 향하길래 나도 배낭을 내려놓고 따라갔다.

마에다 씨를 본 접수대 안쪽의 주인아저씨는 깜짝 놀라는 기색이었다.

"아!"

"그때는 신세 많이 졌습니다."

마에다 씨는 감사 인사를 했다. 마에다 씨가 질리지도 않고 계속 산에 오르고 있다며 주인과 잡담을 나누는 사이, 나는 산장 안을 둘러보았다.

오 년 전과 무엇 하나 변하지 않았다.

어깨를 들썩이며 숨을 몰아쉬는 내 뒤에서 '아, 다 왔다, 다 왔어!' 하고 동네를 산책하고 온 것처럼 별로 지치지도 않은 기미코의 느긋한 목소리가 들릴 것만 같다. '이제 뭘 할까?' 하고.

휴게실 구석에서 커피를 끓여 마시고, 그다음에는…….

"동행에게 성주풀을 보여주고 싶은데, 아직 있습니까?"

성주풀이라는 단어에 반응해 접수대로 고개를 돌렸다.

"예, 전부 한곳에 장식해놓았죠. 꼭 한번 보세요."

주인아저씨의 말에 가슴이 설렜다. 정말로 성주풀이 있는 것이다.

"그렇다는군. 갈까?"

마에다 씨가 몸을 돌린 순간 주인아저씨와 눈이 마주쳤다. "어라?" 아저씨가 소리를 쳤다. 아무래도 마에다 씨에 가려 나를 보지 못했던 모양이다.

더 빨리 찾아와 인사를 했어야 했는데.

하지만 일단은 성주풀이 먼저다.

꽃 사슬

주인아저씨에게 가볍게 목례를 하고 신발을 벗고 마에다 씨를 따라갔다. 복도를 지나 들어간 곳은 다다미가 깔린 휴게실이었다. 안쪽 벽에는 커다란 유리창이 쭉 붙어 있다. 날씨가 좋으면 멋진 풍경이 펼쳐지겠지만 아쉽게도 안개는 아직 완전히 걷히지 않았다.

이곳도 오 년 전과 똑같다. 성주풀 화분이라도 있나 싶어 다다미 스무 장은 족히 되는 넓은 실내를 둘러보았지만 어디에도 보이지 않아, 약간 원망스러운 눈길로 마에다 씨를 쳐다보았다.

마에다 씨는 잠자코 집게손가락을 세워 위를 가리켰다.

고개를 들자…….

천장에 흐드러지게 핀 고산 식물들, 그 한가운데에 성주풀이 차분하게 자리하고 있었다.

틀림없이 구라타 선배다. 하지만…….

구라타 선배의 무덤을 만드는 것은 단념했지만 뭔가 남기고 싶은 마음은 있었다. 그것은 구라타 선배를 떠올릴 실마리였는지도 모르고, 나와 기미코가 둘이서 이곳에 왔다는 증거였는지도 모르지만 형태도, 실천도 따르지 않는 막연한 마음뿐이었다.

어쩌면 단순히 산장에 도착한 후에도 체력이 남아돌아 그저 지루했던 건지도 모른다. 아직 오후 4시밖에 되지 않아 시간도 충분했다. 그렇다고 둘이서 진지하게 구라타 선배나 고이치 선배에 대해 이야기하기에는 주위가 조금 소란스러웠다. 애초에 서로 그럴 생각은 없었다.

둘이서 구라타 선배와의 추억이 담긴 코스를 종주하고 무덤을 만들고 나면, 이제는 둘 다 스스로 마음을 정리하면 된다. 그러다 가 기미코가 고이치 선배에 대해 묻는다면 그것만은 양보할 수 없 다고 똑바로 말하자. 나는 그렇게 생각했다.

"사쓰키, 그림 그려줘. 이번엔 아직 하루 한 번의 부탁, 하지 않 았지?"

휴게실 한쪽 구석에서 커피를 마시는데 기미코가 불쑥 말했다. 내가 그림도구를 가지고 왔다는 걸 기미코는 알고 있었다. 동아리 합숙이 끝나고 기숙사로 돌아가 기억을 더듬어가며 산에서 데생한 그림에 필사적으로 색을 칠하는 내게 색칠도 산에서 하면 되지 않 느냐고 말해준 이가 기미코였으니까.

하지만 지금까지 기미코는 내 그림을 칭찬은 했어도 갖고 싶다 고 한 적도, 그려달라고 한 적도 없었다. 게다가 하루에 한 번의 부 탁을 사용하다니. 거절할 수 없다.

"무슨 그림?"

"구라타 선배."

기미코 역시 똑같은 마음이라는 것을 깨달았다. 방에 놓아둔 배 낭에서 그림도구를 꺼내 휴게실로 돌아갔다. 창밖에는 저녁노을에 물든 산이 저 멀리까지 이어져 있고, 교회 종소리라도 들릴 법한 장엄한 분위기가 감돌고 있었다. 확실히 지금은 구라타 선배를 그 려야 한다는 생각이 들었지만, 인물화는 별로 잘 그리지 못한다.

그래도 어떻게든 그려보려고 구라타 선배의 당당한 표정을 머릿

꽃 사슬

속에 떠올리며 한 손에 연필을 쥐고 스케치북을 펼치자, 새하얀 도화지에 성주풀이 뭉게뭉게 떠올라 나는 그대로 연필을 놀렸다.

기미코는 그림을 그리는 내 옆에 앉아 스케치북을 들여다보았지만 '왜 꽃이야? 구라타 선배가 아니잖아'라는 말은 하지 않았다.

"하트 모양을 좌우 대칭으로 반듯하게 그릴 수 있다니 부러워. 내 하트는 꼭 한쪽이 커서 찌그러진단 말이야."

어째서 갑자기 그런 말을 하는 걸까 싶었지만 겨우 깨달았다. 성주풀을 덩어리로 나누어 보면 하트에 리본을 단 모양이라는 것을. 그때까지는 꽃의 전체 싱밖에 보지 못했다.

성주풀 줄기 하나에 흘러넘칠 만큼 주렁주렁 달린 꽃의 하트 부분에 하나하나 생명을 불어넣어, 리본으로 정성스레 감싸는 마음으로 완성한 그림은 그때까지 그린 어느 성주풀보다도 구라타 선배처럼 보였다.

"색도 칠해줘."

부탁받지 않아도 그럴 작정이었다. 이 그림을 완성하고 싶다. 내 안의 구라타 선배를 눈에 보이는 형태로 남겨두고 싶다.

그렇게 완성한 성주풀 그림을 건네자 기미코는 이걸 산장에 남겨두고 돌아가고 싶다고 했다. 그거라면 구라타 선배도 화내지 않을 거라면서. 그리고.

"있지, 사쓰키. 나도 그려줘. 사쓰키도, 고이치 선배도, 동아리 사람들 모두 그려줘. 그림이라면 다 함께 여기 있을 수 있잖아."

그런가, 무덤이 아니니까 누굴 그려도 된다. 그리고 다 함께 여기에 있으면 된다.

나는 스케치북의 새 페이지를 펼쳤다.

"나는 하얗고 작은 바람꽃. 사쓰키는 애기금매화처럼 노란 이미지이려나."

"잠깐만, 한 사람씩 하자."

나는 기미코가 말하는 고산 식물을 정신없이 그렸다. 휴게실에 들어온 등산객들이 우리를 에워쌌지만 전혀 눈에 들어오지 않았다. 하염없이 손을 놀렸다. 개중에는 이름을 들어도 제대로 기억나지 않는 꽃도 있었지만, 우리를 보고 있던 사람이 이거라면서 휴대용 식물도감을 보여주어 그릴 수 있었다.

"마지막은 고이치 선배겠지? 투구꽃이 좋겠다. 새침한 얼굴로 맹독을 품고 있으니까. 아니야, 거짓말, 거짓말. 백합일까? 오렌지색 말나리."

말나리는 보지 않고도 그릴 수 있다. 진심을 담아.

"어머머, 날 그릴 때보다 두 배는 더 시간을 들이네. ……이걸 다 그리면 사쓰키도 나한테 하루 한 번의 부탁을 해. 말나리는 포기해주세요, 라고. 하루 한 번의 부탁은 원래 구라타 선배가 시작하자고 한 거니까 반드시 들어줄게."

기미코는 그렇게 말하고 내 부탁을 들어주었다.

하루 한 번의 부탁을 그만두자는 말은 나도, 기미코도 하지 않았다. 구라타 선배가 제안한 일이었으니까. 그렇다면…….

꽃 사슬

완성한 그림 다발을 여기에 두게 해달라고 산장 주인아저씨에게 부탁하자 그래도 되겠느냐며 흔쾌히 받아주었다. 산장에 장식할 줄도 몰랐지만, 설마 이런 곳에 두었을 줄이야. 부탁한 적도 없는데 모두가 구라타 선배를 에워싸는 자리에 있었다.

하지만 말나리는 여기에 없다.

"역시 난 거짓말쟁이인가?"

천장을 올려다보고 있는 내게 마에다 씨가 말했다. 뭐라고 대답해야 할지 말문이 막혔다. 가령 이게 다른 사람이 그린 그림이었다면 나는 어떻게 생각했을까?

뭐야, 이건 그림이잖아? 마에다 씨는 거짓말쟁이. 그런 소리를 했을까?

"여기에 실려와 눈을 떴을 때, 맨 처음 눈에 보인 게 이거였어. 어째서 천장에 꽃이 피어 있을까, 한동안 그림인 줄 몰랐을 정도야."

마에다 씨가 말했다. 그림 속 꽃이 실물로 보였다. 그래서 철 지난 성주풀을 보고 싶다는 나를 이곳에 데려왔다. 실망할 이유가, 마에다 씨를 원망할 이유가 어디에 있을까?

"아뇨, 구라타 선배를 만날 수 있었어요. 고맙습니다."

"그거 다행이로군. 정상이 다가올수록 한 대 맞지나 않을까 불안해 죽을 뻔했거든."

장난인지 진심인지, 마음이 놓인 듯 주머니에서 담배를 꺼낸 마에다 씨는 천장의 성주풀을 올려다보고 담배를 도로 주머니에 넣었다.

눈앞에는 연보라색으로 빛나는 운해가 펼쳐져 있다. 그 앞에 보이는 것은 후지산이다. '아카다케 정상'이라고 적힌 표식 앞에 주저앉은 지 얼마나 오랜 시간이 흘렀을까? 마에다 씨는 산장에서 나온 후로는 한마디도 하지 않는다. 담배는 벌써 세 개피째다.

그 그림을 그린 게 나라는 사실을 말해야 할까 고민하면서 문득 창밖을 보니 안개가 걷혀, 저녁 해에 비친 오렌지색 운해가 펼쳐졌다. 이런 멋진 광경을 유리 너머로 보기는 아깝다.

"정상에 올라가요."

둘이서 휴게실을 나왔을 때였다. 접수대에서 나온 주인아저씨가 마에다 씨에게 말했다.

"두 분은 저 그림을 인연으로 알게 되었습니까?"

"아뇨, 회사가 같아서."

"그건 또 기막힌 우연이네요. 저 그림을 좋아한 마에다 씨가 화가 선생님께 팬레터라도 보내 서로 알게 된 건가 했네요."

그렇게 말하며 주인아저씨는 나를 향해 웃었다. 화가 선생님이라고 부르지 말라고 말하고 싶었지만 그게 문제가 아니라는 생각이 들었다. 마에다 씨는 영문을 모르겠다는 얼굴로 주인아저씨를 바라보았다.

"그림을 받았을 땐 이렇게 훌륭한 그림을 산장에 장식하는 게 아까웠지만, 소문을 듣고 도쿄에서 찾아온 출판사 분이 유명한 작가 선생님의 산악 소설 표지에 말나리 그림을 쓰고 싶다고 했을 땐 힘이 있는 그림은 이런 곳까지 사람을 불러들이는구나 하고 감탄했지요. 서둘러서 다카노 씨, 아니 선생님께 연락을 했어요. 그 후 출판된 일러스트집도 샀는데, 물론 지금도 계속 그리고 계시겠지요?"

마에다 씨에게 이야기하던 주인아저씨는 마지막만 내게 물었다.

"수채화 교실 강사로 일하면서 이따금……."

"그거 다행입니다."

그렇게 말했을 때 등산객이 도착해 주인아저씨는 접수대로 돌아갔다.

"그렇게 된 거예요."

마에다 씨를 올려다보았다. 눈이 마주쳤지만 마에다 씨는 아무 말도 하지 않았다. 화난 얼굴은 아니었지만 호의적인 표정도 아니다.

침묵이 거북해서 서둘러 신발을 신고 산장에서 오 분 거리에 있는 정상으로 향했지만 침묵은 여전히 이어졌다. 그사이 운해는 오렌지색에서 핑크색으로, 그리고 보라색으로 변해갔다. 세번째 찾는 아카다케 정상이지만 이런 경치는 처음이다.

"죄송해요. 그림을 그린 게 저라는 말을 바로 하지 않아서."

"사과할 필요 없어. 그보다 야쓰가타케에 가자고 했을 때, 내가 말한 성주풀이 당신이 그린 그림일지도 모른다는 생각은 안 했던 거야?"

"전혀요."

알았다면 여기까지 왔을까? 아마 오지 않았을 것이다. 그러고 보니 그런 그림을 그렸지, 하고 기억했더라도 아무런 자극이 되지 않았을 것이다. 오히려 성주풀이 아니라 말나리를 떠올리며 절대 가지 않겠다고 거부했을지도 모른다.

애초에 마에다 씨가 내 그림을 마음에 두고 있다는 것을 어떻게 짐작이나 했겠나. 이런 우연도 있을까? 하지만 눈앞의 환상적인 경치를 보니 이런 기적도 있을지 모른다는 생각이 든다. 운해로 시선을 돌리다가 숨을 삼켰다.

"마에다 씨, 무지개예요!"

운해 속에 무지개다리가 걸려 있다. 아카다케에서 후지산을 향해.

"비가 갰으니 무지개도 생기겠지."

마에다 씨가 한 손에 담배를 들고 태연히 말했다. 자칭 비를 부르는 남자인 이 사람에게 무지개는 신기하지 않을지도 모른다. 하지만 내게는 지금 눈앞에 펼쳐진 것이 인생 최고의 풍경이다. 결심을 말하려면 지금밖에 없다.

"저, 기증을 하겠어요. 한 사람의 생명을 손바닥 위에 올려놓고 어떻게 할까 망설이는 것 자체가 이상하지만 겨우 결심이 섰어요. 부모님을 생각하면 후회할지도 몰라요. 하지만 도와도, 돕지 않아도 후회할 거라면 돕고서 후회하는 게 나아요. 어머니께는 기증하겠다는 뜻만 전하고 상대는 모르는 사람이라고 하겠어요. 구라타 선배 때 검사를 받았던 결과가 병원에 남아 있어, 거기에 백혈병으로 입원한 사람과 백혈구 형태가 일치한다는 걸 알고 제게 의뢰를 해왔다. ……어때요?"

"위험은 없어?"

꽃 사슬

"뭐가요?"

"뭘 어떻게 제공하는지는 모르지만, 당신한테 흉터나 후유증이 남지는 않나?"

"그런 건 생각도 못 했네요. 미리 걱정해도 소용없는 일이잖아요."

"대단해. 다카노 사쓰키는 정말 대단해."

혹시 지금 날 칭찬해준 걸까? 그 말이 순수하게 기쁜 이유는 칭찬과 함께 내 이름을 제대로 불러주었기 때문인지도 모른다.

배낭을 멘 채로 왼손을 뒤에 숨기고 현관 앞에 서서, 오른손으로 벨을 누르자 어머니가 뛰어나왔다. 내 얼굴을 보고 안도의 한숨을 쉰다. 그렇게 걱정하셨나?

"다녀왔어요."

왼손을 쑥 내밀었다.

"산에서 따왔니?"

"설마요. 산에서 가져온 선물은 따로 있지만, 역에 도착해 상점가로 들어가는데 갑자기 꽃을 사고 싶어서. 예쁘죠?"

왼손에 쥔 파란 용담 꽃다발을 어머니에게 내밀었다.

"어머니한테 의논하고 싶은 게 있어요."

그런 말을 덧붙여서. 하지만 어머니는 꽃다발을 받으려 하지 않았다. 평소 같으면 그림 교실에서 남은 꽃을, 내가 내밀기도 전에 빼앗아가는데.

"중요한 얘기니?"

"응."

고개를 끄덕이자 어머니는 가만히 두 손을 뻗어, 꽃다발이 아니라 꽃을 내미는 내 손을 움켜쥐었다.

"의논이 아니라 사쓰키는 이미 마음을 정한 거지?"

"왜 그렇게 생각해요?"

"그야 꽃을 사왔잖니. 아버지하고 똑같아. 그러니까 사쓰키가 결심한 건 옳은 일이야."

어머니는 움켜쥔 손에 힘을 싣고 가만히 웃었다. 눈물이 한 줄기, 뺨을 타고 흘러내린다.

내 눈에서도 눈물이 흘러넘친다. 죄송하다는 말을 삼키면서 소리 내어 엉엉 울었다.

❀ 꽃의 결의

개찰구를 빠져나가자 낯익은 사람이 두 명 서 있었다. 비서와 전무다. 아무 득도 없었던 며칠 전 H그랜드호텔 접선의 연장전을 치르기 위해 아침 첫차를 타고 이런 곳까지 왔다고 생각하니 한숨이 나오려 한다.

"지난번에는 실례가 많았습니다."

비서가 정중한 말투로 그렇게 말하더니 내게 고개를 숙였다. 생글생글 웃는 건 아니지만 내 쪽을 똑바로 바라보는 것이 며칠 전과는 태도가 완전히 다르다.

"요 앞 주차장에 차를 세워놓았습니다. 짐을 들어드리죠."

대단한 서비스 아닌가? 하지만 무거운 짐도 아니다. 숄더백과 매향당 종이봉투뿐이다.

"괜찮아요. 고맙습니다."

내가 거절하자 "그럼" 하고 등을 돌리고 성큼성큼 걸어가버렸다. 전무가 뒤를 이었고 나도 따라갔다. 환영하지는 않지만 손님 대접은 해주겠다는 뜻일까?

할리우드 스타나 탈 법한 온통 검은 자동차를 상상했는데, 타라면서 문을 열어준 차는 산길도 갈 수 있는 조금 큼직한 승용차였다. 유럽의 고성을 상상했던 별장의 이미지도 지워버리는 게 나을 것 같다.

뒷자리에 전무와 둘이서 나란히 앉았다. 차가 출발했다.

함께 차를 탄 사람이 연인이나 친구, 가족이라면 "세상에, 너무 예뻐!" 하고 소리라도 지를 풍경이지만 여기에 있는 건 무슨 관계인지도 모를 사람들이다.

"모리야마 씨 맞죠?"

창밖을 바라보는 전무에게 물어보았다. 전무가 약간 뜸을 들이고 내 쪽을 돌아보았다.

"누구에게 들었습니까?"

"매향당에서 듣고 직접 댁을 찾아갔어요. 성묘해주신 분께 인사를 드리고 싶어서요. 고맙습니다."

외조부모와의 관계도 물어보고는 싶었지만 일단은 답례를 해야겠다는 생각에 밝게 말해보았는데, 모리야마 전무는 "아뇨"인지 "예"인지도 못 알아들을 소리를 웅얼거렸을 뿐이었다. 기분 탓인지는 모르겠지만 온몸으로 말 좀 걸지 말라고 하는 것 같았다.

"단풍이 점점 짙어지네요. 얼마나 더 가야 도착하나요?"

한 번 말을 시작한 후에 입을 다물어버리면 공기가 두 배는 더 무거워질 것 같아 무난한 질문을 던져보았다.

"글쎄요. 저도 초행이라 잘······."

"이십 분쯤 더 가야 합니다."

잠자코 운전하던 비서가 말을 받았다.

"제 부모님이 지은 별장이라 전무를 초대한 적은 없습니다. 당신에게 이야기하려면, 어차피 저번에 만났으니 이번에도 전무가 동석하는 게 낫겠다 싶어 부른 겁니다."

모리야마 씨는 다른 전철로 나보다 십 분 일찍 역에 도착했다고 한다. 모리야마 씨도 손님이란 뜻일까? 자신의 부모가 지었다고 했으니 K가 지은 별장에 관계자를 불러놓고 진실을 털어놓을 생각일까? 미스터리 소설이라면 딱 살인사건이 터지기 좋은 설정이다.

"가족들에게는 당신을 만나러 갔다는 이야기를 하지 않았는데, 어찌 된 영문인지 들켜버려서 얼마나 잔소리를 들었는지 모릅니다. 그럴 테면 나한테도 설명하라고 따졌다가 관계자들을 모두 부르게 된 겁니다."

하지만 진실이라니, 관계자라니 무슨 소리지?

처음에는 매년 10월 20일에 어머니 앞으로 커다란 꽃다발을 보내고, 어머니가 돌아가셨을 때는 우리 집을 경제적으로 돕겠다는 말까지 한 K라는 인물에게 외할머니의 수술비를 빌리고 싶었을 뿐이지만, 오늘은 돈을 빌리러 온 게 아니다.

그럼 무엇을 하러 온 걸까?

K는 누구고, 어머니하고는 어떤 사이였는지. 어째서 꽃을 보내는지, 그것도 어머니가 돌아가신 후에도.

K의 회사에서 전무로 일했던 모리야마 씨는 옛날에 외할아버지와 같은 회사에 있었고, 그 어머님이 성묘를 거르지 않을 정도로 외할아버지에게 신세를 졌다고 한다.

K와 우리 가족의 관계, 그것이 궁금해 이곳에 온 것이다.

하지만 K는 이미 이 세상에 없다. 그럼 대체 누가 무엇을 설명해 준다는 걸까? ……아니, 잠깐만.

K라는 게 과연 한 사람을 가리키는 걸까?

별장에 도착했다. 고성 같은 이미지를 미리 버리길 잘했다. 아카다케를 우러러보는 절호의 입지에 세운 로그하우스, 별장이라기보다 세련된 산장이다. 부모님이 살아 계셨다면 이런 곳에 살고 싶다고 할 듯한…….

비서의 안내로 전무와 둘이서 안에 들어가 널찍한 거실로 들어섰다. 진짜 장작 난로가 있고, 벽에는 액자에 든 고산 식물 그림이 방을 감싸듯 동일한 간격으로 걸려 있다. 비슷한 터치의 그림이 우리 집에도 있다. 한 장씩 찬찬히 구경하고 싶지만 그럴 때가 아니다.

방 복판에 있는 응접세트 소파에 두 명의 여자가 앉아 있다가 나와 전무가 들어오는 모습을 보고 소파에서 일어섰다.

자기소개부터 해야겠지.

"안녕하세요, 마에다 리카입니다. 괜찮으시면 이것 좀 드셔보세요."

가까이 있던 여성에게 선물이 든 종이봉투를 건넸다.

"고마워. 매향당 거구나. 정말 좋아하는 과자야."

종이봉투에도, 포장지에도 가게 이름은 없다. 여성은 종이봉투를 들여다보고 생긋 웃더니 그 표정 그대로 나를 올려다보았다.

"사쓰키하고 똑같이 생겼네."

미소와 함께 눈물이 글썽한 눈으로 그렇게 말하니, 어떻게 반응해야 할지 모르겠다. 그만 눈을 돌려버렸다가 뒤에 있던 나이가 지긋한 여성과 눈이 마주쳤다. 이번엔 그쪽이 시선을 피한다. 순간 겁먹은 것처럼 보였던 건 내 기분 탓일까?

이 두 사람의 반응이 이렇게 다른 이유는 뭘까?

"그래, 이름을 말하지 않았구나."

미소를 띤 여성이 손가락 끝으로 눈물을 훔치며 말했다.

"난 기타가미 기미코라고 한단다."

이 사람 역시 K, 매향당의 큰사장님이 기억하는 '기미코'가 아닌가…….

"나하고 사쓰키는 대학 동급생이자 기숙사 룸메이트였어."

꽃 사슬

기미코 씨는 사쓰키, 우리 어머니 마에다 사쓰키, 결혼 전 이름으로는 다카노 사쓰키와의 관계를 털어놓았다.

두 사람은 기숙사의 구라타 선배를 따라 W대 산악 동아리에 들어갔고, 거기에서 두 살 연상의 기타가미 고이치와 만났다. 처음 보는 자리에서 어머니가 고이치 씨를 그만 '아버지'라고 부른 일이 계기가 되어 이윽고 두 사람은 사랑에 빠졌다.

사랑에 빠졌다는 말을 태연한 얼굴로 할 수 있다니, 옛날 사람은 대단하다.

어머니보다 먼저 고이치 씨를 사랑하고 있었던 기미코 씨는 두 사람 사이가 깊어질수록 마음을 앓았지만 사랑이니 뭐니 넋두리를 할 수만은 없었다. 구라타 선배가 급성 골수성 백혈병으로 쓰러진 것이다. 치료 방법은 골수 이식뿐, 동아리 멤버 모두 혈액 검사를 받았지만 적합자는 아무도 없었다.

"구라타 선배하고는 아무도 일치하지 않았지만, 사쓰키하고 고이치 씨의 백혈구 형태가 같다는 사실을 알았어."

몇 년 전에 인기 있던 드라마 주인공도 같은 병을 앓았는데, 분명 생판 남이 서로 일치할 확률은 몇 만 분의 일 정도로 엄청 낮았다. 나도 기미코 씨의 이야기를 들으면서 어머니와 고이치 씨 사이를 약간이나마 운명이라고 느꼈을 정도니, 당사자들은 굉장히 호들갑을 떨지 않았을까?

기미코 씨는 말을 이었다.

구라타 선배는 살아나지 못했다. 어머니의 슬픔은 고이치 씨가 달래주었지만, 기미코 씨의 슬픔을 달래줄 사람은 없었다. 기미코 씨는 스스로 슬픔을 달래기 위해, 그리고 둘도 없는 친구인 어머니와 고이치 씨의 사이를 진심으로 축복해주기 위해 어머니에게 야쓰가타케에 함께 오르자고 했다. 구라타 선배와 함께 올랐던 산에 무덤을 만들고 싶었던 것이다.

무덤을 만드는 건 도중에 느낀 바가 있어 단념했지만, 기미코 씨는 어머니에게 대신 그림을 그려달라고 부탁했다. 그것이 이 방에 장식되어 있는 그림이다. 몇 년 동안은 산장에 장식되어 있었지만 별장을 세울 때 인수했다고 한다.

"산에 오를 때, 하루에 한 번씩 부탁을 하기로 했거든. 그래서 나는 사쓰키한테 그림을 그려달라고 했고, 사쓰키는 내게 고이치 선배를 포기해달라고 부탁했지."

어머니는 비교적 덤덤한 타입인 줄 알았는데 그렇게 무거운 부탁을 했다니.

그렇게 마음을 정리하고, 기미코 씨는 어머니와 남은 학창 시절 동안 우정을 더욱 키워나갔지만 어머니는 어느 날 갑자기 고이치 선배와 헤어지고 동아리마저 그만두어버렸다. 기미코 씨가 이유를 물어도 절대 대답해주지 않았다. 기미코 씨는 고이치 씨에게도 물었지만 그 역시 잠자코 고개를 가로저을 뿐이었다.

두 사람은 대학을 졸업했고, 도쿄에 남아 취직한 기미코 씨와 고향으로 돌아간 어머니의 관계는 연하장이나 주고받는 정도로 소원해졌다. 그 후 기미코 씨는 구라타 선배의 삼 주기 기일 때 기타가미 고이치와 재회해, 몇 번 만나는 사이 교제로 발전해 결혼하게 된다.

"당시에 고이치 선배에게 사쓰키하고 헤어진 이유를 한 번 더 물었어. 가르쳐주지 않으면 결혼하지 않겠다고 했지. 고이치 선배가 결혼을 거절하면 어쩌나 조마조마했지만, 그때 묻지 않으면 평생 불안할 것 같았거든."

"가르쳐주던가요?"

"그래. ……말해도 되겠죠, 어머님?"

기미코 씨가 잠자코 있는 여성에게 물었지만 대답은 없었다. 벽의 그림 하나에서 시선을 떼지 않는다. 백합인가?

"아들을 구해준 은인의 따님이에요."

기미코 씨가 그렇게 말하자 여성은 자그맣게 고개를 끄덕였다.

"고이치 선배의 아버지와 사쓰키의 어머니는 외사촌 남매였단다."

사쓰키의 어머니. 외할머니 이야기가 나왔다.

고이치 씨의 아버지와 우리 외할아버지는 한 회사에서 일했는데, 업무상 서로 오해가 생겼고 그 직후 외할아버지가 업무 중에 사고로 돌아가셨다. 그 일을 두고 외할머니는 남편은 살해당한 거라고 믿고 기타가미 가와 교류를 끊어버렸다.

어머니와 고이치 씨가 헤어진 이유는 과거에 있었던 일을 서로 알아버렸기 때문이다.

"그래서 기타가미 가에 들어간 후에는 나도 사쓰키하고 만나지 않았어. 하지만 꼭 연락을 취해야만 할 사정이 생겼지."

고이치 씨가 병으로 쓰러졌던 것이다. 급성 골수성 백혈병. 친척들이나 회사 사람들에게도 부탁해 혈액 검사를 했지만 백혈구 형태가 일치하는 사람은 없었다.

"골수 은행은요?"

구라타 선배의 얘기를 들었을 때부터 궁금했던 것을 물어보았다.

"그땐 아직 그런 게 없었단다."

기미코 씨가 대답했다. 그렇다면 어머니는 마지막 희망의 끈이었으리라. 하지만 옛 연인이 죽음에 이르는 병에 걸렸다고 해도 그게 아버지를 죽인 원수의 아들인 이상 쉽사리 동의할 리 없다. 기미코 씨는 아직 갓난아기였던 아들 노부아키를 맡겨두고 직접 부탁하러 갔지만 고이치라는 이름을 꺼내자마자 어머니는 이야기도 들어주지 않고 돌아가려고 해 역에서 실랑이를 벌이고 만다. 그때 우연히 지나간 사람이 어머니의 직장 동료인 마에다 아키오, 내 아버지다.

어머니가 돌아간 뒤에 기미코 씨는 아버지에게 사정을 설명하고 제발 설득해달라고 부탁하면서 전언을 맡겼다. 정 못 하겠다면 둘이서 야쓰가타케에 올랐을 때를 기억해달라고 전해달라, 그래도 못 하겠다면 포기하겠다고.

"마에다 씨는 사쓰키를 직접 야쓰가타케에 데려가주셨단다."

며칠 후, 기미코 씨에게 어머니가 전화를 걸었다.

"기증할게."

몇 번이고 고맙다는 말을 되풀이하는 기미코 씨에게 어머니는 이렇게 말했다.

꽃 사슬

"무겁게 받아들이지 마. 하루 한 번의 부탁이라고 생각하면 돼. 내 부탁은 이거야. 고이치 선배나 기타가미 집안사람들에게 내가 기증했다는 말은 하지 말아줘. 어머니에게도 기증하겠다는 말은 했지만 상대가 고이치 선배라는 건 숨길 테니까 고맙다는 편지 같은 것도 절대 보내지 마."

"나는 약속을 지켰지만, 남편은 알고 있었어. 그래서 이듬해부터 해마다 이식수술을 받은 10월 20일에 사쓰키에게 꽃을 보내기로 한 거란다."

그런 거였구나.

"사쓰키는 해마다 어떤 표정으로 꽃을 받았니?"

기미코 씨가 물었다. 꽃을 보내는 이유도 알았고, 꽃다발이 그토록 화려한 이유도 이해할 수 있지만 이 사람의 심정은 어땠을까? 어머니의 옛 연인에게는 미안하지만 나는 아무래도 고이치라는 사람이 그저 자기만족을 위해 행동했다는 생각밖에 들지 않는다.

"모르겠어요. 딱히 기뻐하는 기색도 없이 잔뜩 배달된 꽃을 온 가족이 함께 나누어 꽂았던 게 다예요. 제게는 복권에 당첨되어서 꽃이 오는 거라고 하셨죠."

"복권이라, 사쓰키답네."

기미코 씨는 어딘가 안도한 듯 중얼거렸다.

하지만 나는 아직 이해할 수 없는 점이 있다. 기미코 씨의 이야기를 들으면서, 뒤로 갈수록 속이 답답했다.

"고이치 씨는 부친과 목소리가 비슷한가요?"

"그래, 맞아. 전화로 들으면 나도 착각할 정도야. 왜?"

"외조부모님과 기타가미 가라고 해야 할까요…… 그 사건은 정말 외할머니의 착각인가요? 고이치 씨의 아버님이란 분이 혹시 건축가인 기타가미 요스케 아닌가요?"

"맞아. 잘 아는구나."

기미코 씨가 의외라는 듯이 대답했다. 유명한 사람이지만 과거의 인물이라 그런 걸까? 그렇다 해도 야마모토 꽃집 아저씨의 기억력은 대단하다.

"건축에는 관심이 없지만, 저희 마을에 기타가미 요스케가 설계한 가사이 미치오 미술관이 있거든요. 세계적인 건축가의 출발점이라고 해서, 지금도 예술가들이 일부러 그 시골 촌구석까지 찾아와 결혼식을 올리기도 해요. 그래서인지는 모르겠지만, 재정난으로 전국에 세 개 있는 가사이 미치오 미술관 가운데 두 곳이 문을 닫아 전시품이 경매에 나왔는데, 저희 마을에서는 폐관한다는 소문조차 돌지 않았어요. 조금 조사해봤더니 가사이 미치오가 시인 호리 세쓰코에게 보낸 연애편지까지 경매에 나와 있어서 깜짝 놀랐어요."

"유명한 여류시인이잖아. 그런 것도 있니?"

"약 십 년 전에 호리 세쓰코의 유품에서 발견되었다고 해요. 사연이 있어 결혼은 못 했지만 서로 평생 유일한 상대라고 믿고 사랑했다고요. 가사이 미치오가 소나기 계곡 암자에서 요양할 때도 세쓰코가 자주 몰래 만나러 왔다고 하더군요. 관청에서 낙찰받아 미술관에 전시하면 좋을 텐데 말이죠."

"그게 사실입니까?"

모리야마 전무가 물었다. 여기에 불려온 이유를 모를 정도로 계속 입을 다물고 있었는데.

"아마도요. 인터넷으로 조사했으니 어디까지 신빙성이 있는지는 모르겠지만. 제 그림 해석보다는 확실할 거예요."

모리야마 씨에게 그렇게 대답하고 기미코 씨를 돌아보았다.

"전 가사이 미치오의 그림과 얽힌 씁쓸한 추억이 있지만, 그 미술관은 무척 좋아해요. 기타가미 요스케와 외할머니는 외사촌이었고, 외할아버지는 같은 회사에서 일했다는 거죠? 회사라는 건 기타가미 건축사무소인가요?"

기미코 씨는 대답하지 않고 다른 여성을 쳐다보았다. 어머니라고 부르던데, 친어머니일까? 시어머니라면 고이치 씨의 모친, 요스케의 아내라는 뜻이다. 외할머니와 비슷한 또래일 텐데 명품 원피스를 걸치고 등을 꼿꼿이 편 채 다리를 꼬고 앉아 있다.

"그래. 처음에는 그 시골 동네에서 시작했다. 가사이 미치오 미술관이 성공하자 일본 전국에서 의뢰가 쇄도하기 시작해 도쿄로 거점을 옮겼지."

여성이 대답했다. 기미코 씨가 "시어머님인 기타가미 나쓰미란다" 하고 덧붙였다.

"외할아버지와 기타가미 요스케 씨 사이에 생긴 오해라는 건 대체 뭐죠?"

293

나쓰미 씨에게 물었다.

"사소한 거야."

"하지만 저희 할머니는 남편이 살해당했다고 믿고 계신 거잖아요. 사소한 일일 리 없어요."

나쓰미 씨는 고개를 돌리고 입을 다물어버렸다. 그렇다면 이 사람은 알겠지.

"모리야마 씨는 같은 회사에서 일했으니 외할아버지도 아시겠죠? 무슨 일이 있었는지 아는 것 아닌가요?"

"저 역시 아무것도⋯⋯."

"그럼 어째서 모리야마 씨 어머님께서 몇 십 년 동안 저희 외할아버지 무덤에 성묘를 가시는 거죠?"

"그건 신세를 많이 져서⋯⋯."

"어제, 모리야마 씨 댁을 찾아갔더니 어머님이 나오셔서 절 보자마자 죄송하다고 사과하시더군요. 땅에 머리가 닿을 정도로 고개를 숙이고요. 전 화장도 하지 않았고 머리도 대충 묶어 남자 같은 차림이었어요. 어머님께서 절 외할아버지로 착각했던 건 아닌가요? 어머님께서 몇 십 년이나 짐을 지어야 할 무언가를, 그 마을에 놓고 온 건가요?"

모리야마 씨는 고개를 숙이고 입을 다물었다. 누구 하나 입을 열려 하지 않았다.

"기미코 씨는 아무것도 몰라요? 저희 어머니하고 고이치 씨가 헤어진 이유를, 그 정도 설명으로 납득하고, 결혼하고, 어머니에게

꽃 사슬

남편의 목숨을 구걸한 건가요? 우습지도 않아. 제대로 과거에 있었던 일을 밝히고, 잘못이 있다면 사과하고, 그런 다음에 부탁해야 하는 것 아니에요?"

"사과했어."

대답한 건 나쓰미 씨였다.

"고이치가 사귀는 여자가 있다면서 사쓰키 씨 얘기를 했을 때 '몇 만 분의 일이라는 확률로 이어졌다는 데 운명을 느끼긴 했지만 설마 피도 이어졌을 줄이야'라고 말했어. 그때는 눈앞이 아찔할 정도로 충격을 받아 자세히 물어보지 못했다."

나쓰미 씨는 나이를 느낄 수 없는 또렷한 목소리로 말을 이었다.

고이치 씨가 병으로 쓰러져 기증자를 찾지 못하고 절망적인 심정에 빠졌을 때, 학창 시절 친구 중에 짐작 가는 사람이 있으니 부탁하러 가보겠다고 노부아키를 맡기러 온 기미코 씨를 보고 혹시나 싶었다고 한다. 노부아키를 찾으러 온 며느리의 얼굴을 본 나쓰미 씨는 부탁한 상대가 다카노 사쓰키고, 좋은 대답을 듣지 못했다는 것을 확신했다. 그래서 아들의 목숨을 구하기 위해 남편 요스케와 함께 다카노 미유키에게 부탁하러 가기로 했다.

"갑자기 만나러 가도 이야기를 들어주지 않을 것 같아 가명으로 편지를 썼어. 소인이 도쿄면 의심을 살까 봐 T시에 사는 친구를 통해 우체통에 넣었지. 그랬더니 만나주더구나."

편지에는 아들 고이치가 급성 골수성 백혈병에 걸린 일, 치료법은 골수 이식밖에 없는데 제공자를 찾지 못했다는 사실, 고이치와 사쓰키의 백혈구 형태가 같다는 사실, 두 사람이 학창 시절 같은 산악 동아리에 있었기 때문에 그런 사실을 알게 되었다는 이야기를 적고 부디 한 번만 만나서 사정을 들어달라는 말로 마무리했다.

답장은 금방 전보로 왔다. 알려준 날에 다카노 가를 찾아갔더니 집에는 미유키밖에 없었다.

"딸은 산에 가 있어요."

어머니가 아버지와 둘이서 야쓰가타케에 갔을 때였다.

사쓰키에게 직접 부탁하지 못하게 하려고 이날을 골랐나 싶어 요스케, 나쓰미 부부는 낙담했지만 과거의 일을 사과하고 아들을 살려달라고 부탁했다. 집안 살림으로 보아 검소한 생활이 엿보여 경제적으로 돕겠다는 말도 했다.

하지만 외할머니의 대답은 차가웠다.

"사죄하겠다면서 교환 조건을 내걸다니 잘못됐어요. 당신들은 자기 아들을 살리고 싶어 사과하는 척하고 있을 뿐, 가즈야 씨에게 미안하다는 생각은 조금도 없죠? 몇 년이나 모르는 척해놓고 이제 와서 뭐라고요? 금전적으로 돕겠다고요? 사람 우습게 보지 마요. 혼자 힘으로도 충분히 사쓰키를 어디에 내놓아도 부끄럽지 않은 딸로 키웠어요."

요스케, 나쓰미 부부는 할 말이 없었다. 정곡을 찌르는 말이었기 때문이다. 요스케는 포기하려 했지만 나쓰미는 필사적이었다.

"미유키 씬 고이치하고 사쓰키가 결혼을 생각했던 사이였다는 걸 알고 있어? 시어머님 장례식이 끝난 뒤 서로 과거를 알고 나서,

꽃 사슬

사쓰키가 고이치를 매몰차게 찼어. 하지만 고이치는 계속 걱정했어. 사쓰키가 취직자리를 못 찾고 고향으로 돌아가버렸잖아? 요스케의 지인에게 부탁해서 출판사 사람한테 사쓰키 그림을 소개한 것도 그 아이였단 말이야."

그 타이밍에 그런 소리를 했단 말인가? 외할머니 심정은 대체 어땠을까?

"비겁한 작전이네요."

"어째서?"

무심코 입 밖에 내버린 말을 후회할 겨를도 없이, 나쓰미 씨의 맥 빠지는 목소리가 돌아왔다. 이 사람에게는, 그리고 아마 이 집 안사람들에게는 무슨 소리를 해도 알아듣지 못할 것이다.

"미유키 씨도 똑같은 소릴 했어. 딸이 없는 날에 부르길 잘했다는 말도 했지. 난 절망적인 심정이었어. 그 이상 뭘 어떻게 부탁해야 할지 몰랐어. 그랬더니 남편이……."

나쓰미 씨가 별안간 말을 삼켰다. 비서 노부아키를 돌아본다. 내게 알리기 싫은 게 아니라 손자에게 알리기 싫은 사실이 있는 것이다.

"솔직하게 말해줘요."

노부아키가 말했다. 그 역시 나처럼 부모나 조부모에게 있었던 일이 궁금할 것이다. 아버지를 대신해 전혀 모르는 남에게 이유도 모른 채 경제적으로 도와주겠다는 말을 하러 가거나, 꽃을 보내왔으니.

"가사이 미치오 미술관은 이력에서 삭제하겠다. 그러니 아들을 구해달라. 그렇게 말하면서 미유키 씨한테 고개를 숙였다."

"미술관이라니 무슨 말씀이죠?"

"가사이 미치오 미술관은 가즈야 씨가 설계하고 나중에 요스케가 수정한 거야."

나쓰미 씨는 단어를 골라가며 설명했다. 기타가미 건축사무소에서 영업 일을 했던 외할아버지, 다카노 가즈야는 현에서 주최하는 가사이 미치오 미술관 설계 공모전에 요스케 몰래 응모했다. 그것을 안 요스케는 도면을 돌려달라고 신청해 구조상으로 문제가 있던 부분을 고쳐 사무소 명의로 다시 응모했다.

어째서 그런 중요한 이야기를 먼저 말하지 않은 거지?

"그 미술관은 기타가미 요스케의 출발점, 평생토록 뛰어넘지 못한 대표작이라고들 하잖아요? 외할아버지 이름은 어디로 갔죠? 외할아버지는 정말 사고로 돌아가신 건가요? 외할머니 말씀처럼 외할아버지는 살해당한 게 아닌가요?"

"정말 사고였어요. 그렇죠, 모리야마 씨?"

나쓰미 씨가 모리야마 씨를 보았다. 나도 모리야마 씨를 보았다. 모두가 주목했다.

"사모님은 요스케 씨에게 진실을 듣지 못했습니까?"

"진실이라니, 무슨 소리죠?"

"사고 당일에 있었던 일입니다. 요스케 씨가 경찰에 거짓 증언을 한 일 말입니다."

나쓰미 씨가 숨을 집어삼켰다.

"그날, 요스케 씨하고 가즈야 씨, 저 셋이서 소나기 계곡에 갔습니다. 그곳에서 건물 전체 상을 구상하고 싶으니 미카사 산에 오르자는 말을 꺼낸 사람은, 요스케 씨였습니다."

모리야마 씨는 그날 있었던 일을 털어놓았다.

가즈야 외할아버지는 구름이 심상치 않으니 그만두자고 말렸지만 요스케 씨가 혼자서라도 가겠다고 고집을 부려 어쩔 수 없이 셋이서 미카사 산에 오르게 되었다. 가는 길에 차 안에서 외할아버지는 모리야마 씨에게 외할머니의 몸 상태 때문에 그의 어머님께 의논하고 싶은 일이 있다는 말을 했는데, 요스케 씨는 그 말을 빌미삼아 아내에게 푹 빠져 등산 하는 법도 잊었느냐고 했다고 한다. 외할아버지는 그 도발 때문에 갈 수밖에 없었는지도 모른다. 더군다나 외할아버지와 모리야마 씨는 운동화를 신고 있었지만 요스케 씨는 구두였다.

예상대로 비가 내렸고, 다들 흠뻑 젖은 꼴로 산길 중간에 있는 강에 튀어나온 바위터에 도착했다. 요스케 씨는 그곳에서 사진을 찍겠다고 했다. 외할아버지는 아무래도 구두를 신고 바위에 오르면 위험하니 자기가 찍어 오겠다고 카메라를 들고 바위터로 갔다가 그곳에서 굴러 떨어져 익사했다.

"경찰에는 뭐라고 증언했지요?"

떨리는 손끝을 꾹 움켜쥐고 물었다.

"가즈야 씨가 산에 오르겠다며 고집을 피웠다고."

"어째서 그런 거짓말을? 모리야마 씨는 진실을 말하지 않았던 건가요?"

"말할 수 없었습니다."

"어째서?"

"저도 가즈야 씨에게 떳떳치 못한 점이 있었기 때문입니다. 가즈야 씨가 공모전에 응모한 사실을 요스케 씨에게 전한 사람은 접니다. 요스케 씨와 둘이서 산을 내려가는데 요스케 씨가 말했습니다. 가즈야가 산에 올라가자고 고집을 부렸다고 하자, 그렇지 않으면 공모전 문제가 원인이 되어 내가 죽인 게 아닌가 하는 당치도 않은 의심을 사고 만다. 너도 마찬가지다. 그래서 거짓말을 했습니다."

"너무해."

이를 갈고 싶은 심정으로 있는 내 옆에서 또다시 나쓰미 씨가 얼빠진 소리를 했다.

"요스케 씨에게 그 말을 한 게 당신이었어요? 미유키 씨는 사람들 앞에서 날 탓했어요. 가즈야 씨 이야기를 요스케와 나눈 적도 없는 나를. 아마 지금도 내 탓이라고 생각할 테죠. 하지만 당신은 어째서 그런 짓을 했죠? 요스케보다 가즈야 씨를 따랐잖아요."

"그림 해석 때문입니다."

"네?"

모리야마 씨의 대답에 나까지 얼빠진 소리를 내고 말았다.

"며칠 전 호텔에서 리카 씨에게 가사이 미치오의 그림에 대해 여쭸을 때 들은 당신의 해석, 그건 가족분들이 해준 이야기지요?"

"아니요, 아니에요. 우리 가족은 가사이의 가 자도 꺼낸 적 없고, 저도 소풍 갔다가 망신당한 이야기는 집에서 하지 않았으니까요."

"설마……."

"제 눈에는 그렇게 보이니 어쩔 수 없잖아요. 요전에도 말씀드렸지만 추상화 해석은 사람마다 다르지 않겠어요?"

어째서 지금 가사이 미치오가 나오는 걸까?

"제 할머니는 가사이 미치오의 그림에 대해 당신과 똑같은 해석을 내렸습니다. 할머니의 해석을 듣고 있노라니 제 눈에도 꼭 그렇게 보이더군요. 저는 그 이야기를 가즈야 씨에게도 했습니다. 그리고 가즈야 씨도 그렇게 보이기 시작했다면서 미술관 설계도를 완성시켰어요. 저는 응모자란에 제 이름도 써주지 않을까 하는 기대로 현청에서 일하는 친구에게 몰래 물어봤습니다. 하지만 가즈야 씨 이름밖에 없었어요. 그게 분했던 겁니다."

"요전에 물었던 건 외할아버지의 이야기였군요. 별것도 아닌 일을."

"제게는 큰일입니다. 할머니께 죄송한 마음이 가득했어요. 저는 어쩌면 할머니가 가사이 미치오와 특별한 사이였을지도 모른다고 생각했습니다. 애인이 암자를 찾았다는 이야기를 들은 적이 있었으니까요. 방금 전까지도 그 상대가 할머니인 줄 알았습니다. 그러니 사랑하는 사람에게만 특별히 알려준 해석을 이용당했다고만……."

"당신은 외할아버지의 재능에 편승하지 못한 걸 시샘했을 뿐이잖아요. 그것도 착각으로. 외할아버지가 돌아가셨을 때 꼴 좋다 싶었나요?"

"그렇지 않습니다. 딱 한 번, 견딜 수 없어 사모님께 전부 털어놓으려 했습니다. 하지만 그럴 수 없는 문제가 터져 결국 말을 못했습니다. 어머니는 제가 떳떳하지 못한 마음을 품고 있다는 사실을 눈치채셨습니다. 어머니에게 전부 털어놓은 것은 사고로부터 삼년 후, 요스케 씨를 따라 도쿄로 떠나기 전날 밤이었습니다. 어머니는 전부 자기가 떠맡겠다면서 저를 보내주셨습니다."

"최악이야. 다들 자기가 한 짓을 그 동네에 남겨두고 나가버렸다는 말이네요. 태연한 얼굴로 행복하게 살다가 필요할 때만 울며불며 매달리는군요. 그런 사람들을 할머니가 용서할 것 같아요?"

"용서해주지 않았어."

나쓰미 씨가 말했다.

"가사이 미치오 미술관 덕에 유명해져서 입지를 다져놓고 이제 와서 이력에서 빼겠다니, 요스케 오빠가 그러고 싶은 것뿐이잖아. 세계적인 콩쿠르에서 상을 받았지만 첫 작품을 뛰어넘지는 못한다고 무슨 잡지에 실린 글을 본 적이 있어. 당신들하고 얽힌 기사를 피하고 있는 내 눈에도 들어왔을 정도니까 온 사방에서 듣는 소리겠지? 당신은 그저 가즈야 씨의 재능에서 도망치고 싶은 것 아니야? 훔쳤다면 책임을 지고 평생 끌어안고 있어."

외할머니의 말을 요스케, 나쓰미 부부는 그저 고개를 수그리고 들을 수밖에 없었다. 이제 끝이라고 포기했다. 하지만.

꽃 사슬

"나는 당신들에게 평생 '용서한다'는 말은 하지 않을 거야. 하지만 골수를 제공할지 말지 결정하는 건 딸이야. 그 아이가 정한 일에 나는 한마디도 참견하지 않을 거야. 그러니 그 아이가 어떤 답을 내리든 두 번 다시 이곳에는 오지 마. 나는 옛날에 있었던 일도, 당신들이 오늘 이곳에 온 일도 딸에게 말할 생각 없으니까."

외할머니는 그렇게 말했던 것이다. 할머니는 딸이 골수 제공에 동의할 줄 알고 있었던 게 아닐까? 그리고 어머니는 실제로 그런 결단을 내렸다.

외할머니와 어머니는 모녀지간에 서로 상처 입히지 않으려고 자신에게 있었던 일을 가슴속에 평생 봉인했던 것이다. 몇 년이고, 몇 십 년이고.

"사쓰키 씨가 세상을 떠난 뒤에 경제적 원조를 하겠다는 말을 꺼낸 것도, 매년 꽃을 보내달라고 고이치에게 부탁한 것도 나야. 미유키 씨는 우리 보답을 아무것도 받아주지 않았으니까."

나쓰미 씨가 말했다.

"외할머니도, 어머니도, 사실은 그런 걸 바라지 않았을 거예요. 하지만 저는 좋았어요. 꽃 사슬을 더듬어 부모님과 외조부모님의 과거를 알 수 있었으니까요."

"그렇게 말해주니 기쁘구나. 그래서 하는 말은 아니지만 미유키 씨 수술 비용은 우리가 내면 안 될까? 괜찮다면 네 취직자리도."

이 사람은 정말 아무것도 모르는구나. 평생 저렇겠지. 하지만 먼저 돈을 빌려달라고 부탁한 사람은 나다. 나는 절대 해서는 안 될 짓을 하고 말았던 것이다.

"제가 부탁해놓고 정말 죄송하지만, 수술비도 제 취직 문제도 거절하겠습니다. 이제는 꽃도 보내지 마세요. 이걸로 끝내도록 하죠."

"아무것도 못하게 하는구나."

나쓰미 씨가 토라진 목소리로 말했다.

"리카 씨, 부탁이야. 사쓰키 대신 하루 한 번의 부탁, 소원을 말해줘."

기미코 씨가 말했다. 무엇에 대한 것인지, 눈에 굵은 눈물을 달고 있다. 어머니 대신이라니 비겁하지만, 사실은 사정을 알면서도 한 가지 꼭 부탁하고 싶은 일이 있었다.

"그럼 한 번만. 할머니 소원을 들어주세요."

*

휠체어에 할머니를 태우고 천천히 밀었다. 슬로프를 올랐다. 공공시설에서는 계단을 뭉개 덧붙인 듯한 슬로프를 종종 볼 수 있는데 이곳에는 처음부터 슬로프가 있었다. 할아버지는 이곳을 찾을 다양한 사람들을 염두에 두었던 것이리라.

입구에서 입장권을 두 장 사서 곧장 안으로 들어갔다. 그 그림은 널찍한 플로어 중앙, 가장 눈길을 사로잡는 장소에 전시되어 있었다.

〈미명의 달〉. 경매에 나온 그림을 기타가미 건축사무소가 매입해 회사 창립 오십오 주년 기념으로 이 가사이 미치오 미술관에 기증

꽃 사슬

한 것이다. 다카노 가즈야 씨의 공적을 기리며, 라는 글을 넣어서.

그림에 붙어 있는 그 한 줄을 보고 나는 비서 노부아키에게 교활한 꼼수는 쓰지 말라고 항의 전화를 했다. 하지만 "당신이 외할머니를 좋아하는 것처럼 나도 할아버지를 좋아하니 그만 할아버지를 해방시켜드리고 싶어"라는 그의 말에서 기타가미 요스케의 지금 상태를 알고 조용히 물러났다.

기타가미 요스케는 공식적으로 알려진 건 아니지만 벌써 십 년 전부터 치매 증세가 나타나 시설에 들어가 있다고 한다. 가족마저 까맣게 잊어버린 지금도 이따금 갑자기 생각난 것처럼 종이에 연필로 가사이 미치오 미술관 같은 형태를 그렸다가는 찢어버린다고 한다.

외할머니는 그림을 뚫어져라 바라보면서 눈시울을 적셨다.

"이걸로 다 잘된 거죠?"

손수건을 내밀며 물었다.

"고맙구나."

외할머니는 흐르는 눈물을 손수건으로 닦으며 그렇게 말했다. 시선은 여전히 그림에 멈춰 있다. 무슨 생각을 하시는 걸까?

수술 전날, 나는 외할머니에게 기요사토의 별장에서 있었던 일을 전부 털어놓았다. 어쩌면 내 가슴속에 담아두어야만 했는지 모르지만, 알려야만 할 일과 그렇지 않은 일을 판가름하기가 어려워 체념했다.

외할머니는 말없이 이따금 눈물을 글썽이며 이야기를 들으셨다.

일 하나하나에 어떤 추억이 있는지는 모른다. 내 말을 다 듣고 나서 외할머니가 유일하게 한 말은 어머니에 대한 이야기였다.

"사쓰키가 마에다 씨하고 함께 산에 갔다는 건 알고 있었단다. 나쓰미 씨가 보낸 편지를 읽었으니 동행이 기미코가 아니라는 건 알았고, 마에다 씨가 내가 일하던 식당에서 저녁을 먹으면서 야쓰가타케 지도를 펼쳐놓고 있었거든."

영정 앞에서는 그 이야기까지 포함해 알려드렸다.

하는 김에 겐타에게도 알려주었고, 옥션에 입찰할 필요가 없다는 말도 전했다.

취직자리도 어찌어찌 찾아, 다음 달부터 시내 학원에서 질리지도 않고 또 영어 교사 일을 할 예정이지만 과연 어찌 될지…….

"저, 죄송합니다."

뒤에서 누가 말을 걸었다. 미술관 여직원이다. 핑크색 장미 꽃다발을 들고 있다.

"왜 그러시죠?"

"실은 지금 이 층에서 결혼식이 열리고 있는데요, 곧 끝나서 신랑신부가 저쪽 계단에서 내려올 텐데, 이 꽃 좀 건네주실 수 있을까요?"

그 말을 듣고 계단 주변을 보니 장미를 한 송이씩 손에 든 사람들이 줄을 서서 버진로드를 만들고 있었다. 이 미술관이 인연이 되어 만난 홋카이도에 사는 건축가 커플이 이 먼 시골 동네까지 와서 단둘이 식을 올리고 있으니 내방객과 함께 축하해주고 싶다는 미술관 측의 배려였다.

꽃 사슬

외할머니와 둘이서 한 송이씩 꽃을 받아들고 계단 아래로 이어지는 버진로드 옆에 섰다.

미술관 안에 음악이 흐르기 시작했다. 동시에 신랑신부가 계단 위에 모습을 드러냈다. 순백의 드레스가 눈부시다. 얼굴 가득히 웃음을 머금은 두 사람은 고개를 살짝 숙이고 팔짱을 낀 채 한 걸음씩 계단을 내려왔다.

"참 아름답구나."

외할머니가 눈웃음을 지었다.

"오늘은 정말 좋은 날이야. 신부가 우리 리카였다면 더 좋았을 텐데."

얄밉기도 한 그 소리가 왠지 너무 기뻐서 흐르는 눈물이 그치지 않았다.

※ 작품 내용을 언급하고 있습니다.

세 가지 시점으로 동시에 진행되는 이 작품을 하나로 묶어주는 아름다운 사슬, '설월화'는 〈장한가〉로 유명한 중국 당나라 중기의 위대한 시인 백거이가 부하였던 은협률에게 보내는 〈기은협률〉에 나오는 시 한 구절에서 유래한 것입니다.

눈과 달, 꽃은 곧 아름다운 풍광을 뜻하는 단어로, 좋은 계절에 친구를 그리워하는 내용을 담은 이 시는 교우를 주제로 하는 대표적인 시입니다. 일본에서는 더 나아가 전통적인 일본의 미적 감각을 연상하는 용법으로도 다양하게 쓰이고 있습니다.

작품 속에 등장하는 세 주인공, 미유키美雪, 사쓰키紗月, 리카梨花의 이름에는 각각 눈, 달, 꽃을 의미하는 한자가 들어 있습니다. 작가는 아버지, 남편이라는 존재의 부재와 그에 얽힌 말할 수 없는 비밀 때문에 벌어지는 어머니와 딸 사이의 미묘한 갈등과, 그럼에도 유지되고 대물림되는 어머니와 딸의 깊은 유대를 '설월화'라는 우아한 키워드로 풀어냅니다.

이 작품이 특히 매력적인 이유는 이름처럼 각기 다른 매력을 가진 세 여성 캐릭터의 존재입니다. 겨울의 하얀 눈처럼 아름답고 순수한 미유키, 고고한 달처럼 고독하지만 굳센 사쓰키, 하얀 배꽃처럼 따스하면서도 당찬 리카. 할머니, 어머니, 딸 세 여성의 이십대 시절의 이야기가 동시에 진행됩니다. 처음에는 언뜻 서로 상관없어 보이다가 베일에 싸였던 그 관계가 점점 드러나는 과정은 3대에 걸친 인생이 하나로 연결되면서 감동의 절정을 맞이합니다.

데뷔작인《고백》등을 비롯하여 뒷맛이 개운치 않은 미스터리를 잘 쓰기로 유명한 미나토 가나에가 미스터리적 요소를 십분 활용하면서도 그전의 작풍과는 또 다르게, 여성의 순수하면서도 굳센 일면을 잘 그려낸 작품입니다. 특히 똑같은 1인칭 주인공 시점으로 전개되지만 캐릭터에 따라 다른 문체와 분위기가 읽는 맛을 더합니다.

이 작품에는 꽃이 참 많이 등장합니다. 그러다 보니 필연적으로 꽃말이 궁금해집니다. 리카의 이름인 배꽃의 꽃말은 온화한 애정으로, 할머니와 어머니를 사랑하는 리카의 마음이 느껴지는 것 같습니다. 세 모녀를 둘러싼 마을을 중심으로 계속 등장하는 코스모스는 순정, 미유키가 좋아하는 용담의 꽃말은 애수입니다. 용담은 또 다른 꽃말이 '당신이 힘들 때 나는 사랑한다'로, 서로 힘들 때 의지가 되어주고 상대를 보듬어주는 가즈야와 미유키 부부의 헌신 적인 사랑을 느끼게 합니다. 사쓰키를 둘러싸고 등장하는 말나리는 순결, 애기금매화는 꿈 많은 소녀, 바람꽃은 덧없는 사랑, 성주풀은 긍지라는 꽃말을 가지고 있습니다. 보면 볼수록 각 인물들의 성격 과 인생을 함축적으로 잘 드러내는 꽃들이라는 생각이 듭니다.

꽃과 함께 또 신경 쓰이는 아이템이 바로 '긴쓰바金鍔'라는 화과 자입니다.

저도 그전까지는 긴쓰바가 어떤 음식인지도 몰랐는데 이 《꽃 사 슬》을 읽고 나니 자꾸만 신경이 쓰였습니다. 긴쓰바는 원래 일본 에 도 시대(1603-1868) 중기에 교토에서 처음 만들어 먹기 시작한 과자 라고 합니다. 결국 나중에 먹어볼 기회가 있었는데, 삼백 년에 가까 운 역사를 가진 음식이라 그런지, 여러 맛이 가미된 부드럽고 달콤 한 요즘 군것질거리들과 달리 팥소와 밀가루 피라는 단순한 재료로 만들어 소박하면서도 정갈한 맛이 느껴지는 음식이었습니다.

미유키와 가즈야의 오붓한 추억이 담긴 이 과자는 아버지 없이 자라 검소한 사쓰키에게는 주위의 동정을 느끼게 하는 매개체이기 도 합니다. 하지만 생활을 위해 매향당에서 일하며 긴쓰바를 새로 운 형태로 발전시키려는 그녀의 모습에서는 조용하게나마 자신의 인생을 개척해나가려는 의지도 엿보입니다.

따로따로 흩어져 있던 퍼즐 조각이 하나의 그림으로 완성되듯 세 주인공의 교차 서술로 점점 전체의 윤곽을 드러내는 이 작품, 추운 겨울밤 따뜻한 차 한 잔과 달콤한 과자를 친구 삼아 읽어보면 분명 더욱 각별하게 다가오지 않을까요?

2015년 새해

김선영

옮긴이 김선영

한국외국어대학교 일본어과를 졸업했다. KBS를 비롯한 다양한 매체에서 전문 번역가로 활동했다. 옮긴 책으로 미나토 가나에의 《고백》《야행관람차》《왕복서간》 등을 비롯해, 나가오카 히로키의 《교장》, 사사키 조의 《경관의 피》《경관의 조건》, 오카지마 후타리의 《클라인의 항아리》, 아리스가와 아리스의 《주홍색 연구》, 그밖에 《완전연애》《살아 있는 시체의 죽음》《엠브리오 기담》 등이 있다.

꽃 사슬 블랙&화이트 059

1판 1쇄 발행 2015년 1월 15일 **1판 3쇄 발행** 2016년 9월 11일

지은이 미나토 가나에 **옮긴이** 김선영
펴낸이 김강유
편집 장선정 이승희 박정선 김지선
디자인 길하나

발행처 비채
주소 경기도 파주시 문발로 197(문발동) 우편번호 10881
등록 1979년 5월 17일 (제406-2003-036호)
주문 및 문의 전화 031)955-3200 **팩스** 031)955-3111
편집부 전화 02)3668-3295 **팩스** 02)745-4827 **전자우편** literature@gimmyoung.com
비채카페 cafe.naver.com/vichebooks **인스타그램** @drviche
트위터 @vichebook **페이스북** facebook.com/vichebook

ISBN 979-11-85014-72-2 03830 책값은 뒤표지에 있습니다.

비채는 김영사의 문학 브랜드입니다.

이 도서의 국립중앙도서관 출판시도서목록(CIP)은 서지정보유통지원시스템 홈페이지(http://seoji.nl.go.kr)와 국가자료공동목록시스템(http://www.nl.go.kr/kolisnet)에서 이용하실 수 있습니다. (CIP제어번호: CIP2014036616)